ベイジン(上)

真山 仁

幻冬舎文庫

ベイジン
（上）

ベイジン（上）目次

◉『ベイジン』上巻の主な登場人物

田嶋伸悟《たじましんご》…………紅陽核電の技術顧問・運転開始責任者、嶺南原発プロジェクトの頓挫を機に中国へ赴任
門田次朗《もんたじろう》…………DEC（大亜エンジニアリング）原子力部長
遠山康明《とおやまやすあき》…………DHI（大亜重工業）常務で子会社DEC社長、田嶋の上司
山城　彰《やましろあきら》…………日本原子力の嶺南原発プロジェクト室長
岡部　直《おかべただし》…………田嶋の同期で紅陽核電での前任者

鄧　学耕《ドンシュエグン》…………大連市党副書記、紅陽核電運転開始責任者の特命を持つ
馬　漢研《マーハンイエン》…………中央紀律委員会の副書記、鄧学耕の元上司
黄　剛《ホアンガン》…………廃品回収業で巨富を築いた、鄧学耕の幼なじみで親友
宋　蓮《ソンリエン》…………鄧学耕の妻
宋　建邦《ソンジェンパン》…………鄧学耕の岳父、北京市党副書記

朱《チュー》　鈴《リン》……………鄧学耕の秘書、叔父は遼寧省党書記の朱克明《チュー・クミン》

李《リ》　寧寧《ニンニン》……………副首相夫人、DPG（大連鳳凰集団）の総帥、「李総《リ・ゾン》」とも呼ばれる

趙《チャオ》　凱陽《カイヤン》……………大連市長

大町浩幸《おおまちひろゆき》……………田嶋のDHI時代の後輩、紅陽核電での腹心の部下

洪《ホン》　毅《イー》……………紅陽核電の建設事務所副所長

焦《ジャオ》　広大《グァンダー》……………紅陽核電の建設事務所長

前原《まえはら》　貢《みつぐ》……………DHI北京支社駐在員

楊《ヤン》　麗清《リーチン》……………北京五輪記録映画の総監督

テッド・ブラナー……楊麗清の恋人、映画プロデューサー

楊《ヤン》　敏英《ミンイン》……………楊麗清の父、国務院幹部

潘《パン》　慶《チン》……………楊麗清の母、元米国駐在公使

李《リ》　明恵《ミンフィ》……………小説家、楊麗清の大学時代からの親友

毎夜それは生まれ、毎夜それは消えるもの——
それは、希望

……歌劇『トゥーランドット』より

序章　開幕一時間前

1

二〇〇八年八月／北京

体の芯が燃えているようだった。

楊麗清《ヤン・リーチン》は首に巻いたタオルで流れ落ちる汗を拭《ふ》きながら、喘《あえ》ぐように呼吸した。

「何か問題、ありますか」

彼女のため息を映像への不満と思ったのか、助監督の論龍翔《ルン・ロンシャン》はモニターから目を外して、麗清を覗き込んだ。

彼は流れる汗を気にもしていない。暑さで気が散っている自分が子供っぽく見られているようで、麗清は顔をしかめた。

「映像に問題はないわ。ただ、暑くてどうにかなりそうなだけ」

普段は冴えない男だが、本番に入ると、人が変わったような厳しい顔つきになった。〝六・四〟天安門事件の革命家崩れと呼ばれる論の本性が、その表情にはっきりと出ていた。

彼は曖昧に頷くと、再び食い入るようにモニターを見つめた。カメラは、メインスタジアムめがけ軽快に走る聖火ランナーを捉えていた。

　こんな暑さの中、炎を手によくも楽しげに走れるもんだわ。

　既に陽は沈んだというのに、蒸し暑さは一向に収まらない。夏が苦手で、夜通し冷房をつけて寝る麗清にとって、この部屋は拷問だった。

　オリンピックスタジアムの北京五輪記録映画専用室。コンクリートの打ち放しが四方を囲むだけの、窓ひとつない部屋にはモニターがズラリと並び、総監督の麗清以下二〇人近いスタッフがひしめき合っていた。彼らの体温と機材、パソコンが放出する熱で、冷房を最強にしても一向に効果がなかった。室温は、優に四〇度を超えているに違いない。専用室がいかにも急ごしらえなのは、ギリギリまで記録映画の製作が決まらなかったためだ。

　オリンピックでは概ね、公式記録映画が撮影されている。その多くは、記録映画の最高峰とまで言われたベルリン五輪のレニ・リーフェンシュタールの『民族の祭典』など、開催国の一流監督がメガホンを執るのが一般的だった。だが、ここ数回は、開催国による撮影が適《かな》わず、世界的な記録映画作家のバド・グリーンスパンが監督を務めてきた。

　陳凱歌《チェン・カイコー》、張藝謀《チャン・イーモウ》、王家衛《ウォン・カーワイ》ら多くの人気映画監督を輩出する中国では、オリンピック開催国に決定した直後から、どの〝巨匠〟がメガホンを執るのかと話題になった。ところが、いずれの監督も固辞し、記録映画自体の製作が危ぶまれていた。そのため、本来なら用意されるべき専用室を隣接する放送センターの中に確保することすら適わなかった。

紆余曲折の挙句に五輪公式記録映画監督という大役を務めることになった楊麗清だが、カメラの設置場所や専用ブース確保に苦労させられる羽目に陥っていた。

テレビ局の人間は皆、冷房の利いた最新鋭の施設にいるというのに、私たちの扱いの悪さは一体なんだ。

麗清は事あるごとに不満を吐き、怒りをまき散らした。

「周辺の様子を伝えるカットもいるぞ」

モニターを睨んでいた論が、インカムマイクごしにカメラマンの怠慢を非難していた。三月二五日から世界中を巡ってきた聖火は、行く先々でトラブルに巻き込まれていた。チベット自治区で起きた暴動を、中国政府が武力鎮圧したことへの抗議のためだ。パリでは、三度も聖火の火が消え、さらに五月には四川大地震が発生するなど、各地で予想外の〝事件〟に見舞われたため、この日の北京はまさに厳戒態勢で、妨害阻止の構えを敷いていた。

論の声で冷静さを取り戻した麗清は、モニターを見た。

「聖火ランナーでいいじゃない。とても良い表情をしてるんだから」

論は不満そうだったが、麗清は無視して聖火ランナーを見つめ続けた。ランナーが誇らしげに市街を快走していた。

「それにしても、よくこんな涼しげに走れるもんだわ」

今度は声になって出た。

ランナーは額にうっすらと汗を滲ませる程度で、狂気じみた猛暑の中で走っていることなど微塵も感じさせなかった。麗清の妙な感心に同調するように、若手スタッフたちが失笑した。

大体、何だってこんな一番暑い時期に、オリンピックをやるんだ。

バカげた理由だった。中国人に最も愛されている〝八〟が並ぶ日に、世紀の祭典の幕を開けたかったからだ。二〇〇八年八月八日午後八時開会などという、くだらないラッキーナンバーにこだわった人間を、彼女は許せなかった。

「開会式まであと一時間です！」

ランナーに負けじと、記録係が声を張り上げた。既に、記録映画班の〝祭典〟は始まっている。スタジアムの五カ所にカメラを据え、他に周辺の撮影班が三班、聖火ランナーを追いかけるなどの外回りも五班を配備した。いずれもが、開幕前の興奮と緊張の場面をカメラに収めているはずだった。

「貴賓席の画《え》を出して」

巨大なプラズマ画面に、メインスタジアムのロイヤルボックスが映し出された。カメラは中央にある空席に焦点を合わせていた。この日の主役の一人、国家主席の席だった。

「ちょっと暗いんじゃないの」

麗清は呟《つぶや》くと、インカムで現場ディレクターを呼び出した。

「墓場みたいよ、もっと明るくしてよ」

「開会式の邪魔になるので、光量を落とせと言われまして」

主席の顔を、陰気くさく撮るわけにいかないでしょうが！

「いいから、テストだと言って明るくしてよ」

ディレクターの自棄《やけ》気味な怒鳴り声がヘッドセット越しに聞こえたが、暫くすると画面中央が急に眩《まばゆ》くなった。

「主席席にフォーカスして。周りは暗い方が、彼が輝いて見える」

指示通りに照明の輪が絞られて、光が一点に集まった。彼女の脳裏に、主席の輝く笑顔のイメージが浮かんだ。

「結構よ、本番は、それでいって」

「こんなの、許可出ませんよ」

「許可なんていらないわよ。国家主席を輝かせる光を妨げるようなバカな奴は、この国にはいないわ」

暑いだけでも腹立たしいのに、ここの連中ときたら、文句ばっかり！

麗清はヘッドセットを外すと、鬱憤《うっぷん》を振り払うように席を立った。滝のような汗のせいで湿ったブラウスのボタンを一つ外し、部屋の隅に置かれたクーラーボックスを開いた。中は空っぽだった。英語で悪態をつくと、クーラーボックスを覗き込んだままの姿勢で声を上げた。

「誰か、氷もらってきて！」

雑用係の少年が、慌てて飛び出していった。少年が扉を開けた刹那、涼しい空気が流れ込んだ気がして、麗清は部屋を出た。

廊下も噎《む》せ返るように暑かった。それでも、部屋にこもっていた閉塞感はない。麗清は大きく伸びをしてから壁際のベンチにへたり込み、目を閉じた。

ハリウッドから戻って一年。こんな酷暑の中で、映画を撮るとは思っていなかった。国を代表して記録映画を製作する栄誉は嬉しかった。だが、全てにおいて旧態依然としたこの国のやり方には、我慢ならなかった。

やっぱり、私にはこの国は合わない。これで結果を出して、今度はヨーロッパで勝負しよう。そのためにも、今まで誰も見たこともないような凄い作品を創り上げてみせる。

人の気配で目を開くと、先ほどの少年が立っていた。

「何？」

彼は白い歯を見せて彼女にハンドタオルを差し出した。受け取ったタオルは、ひんやりと冷たかった。

「ありがとう。あなたは、優しい子ね」

少年ははにかみながら、何度もお辞儀をした。

麗清はタオルの冷たさで、しばし恍惚となった。だがその至福は、携帯電話の着信音で破られた。

もう、全く。今度は、何！

彼女は舌打ちをして、ディスプレイを開いた。紅陽市にいるディレクターの名が画面にあった。開会式に合わせて大連市郊外にある世界最大の原子力発電所が運転開始する予定だった。そのセレモニーの様子を、オリンピックスタジアムのオーロラビジョンに映し出すことになっていた。ディレクターはその中継担当者だ。

嫌な予感と共に麗清は電話に出た。

「どうも雲行きが、怪しくなってきました」

この男は、どんな時でも回りくどい。

「さっさと用件を言って」

「責任者同士が、中央制御室の中で言い争いを始めまして……」

二人の顔が、同時に浮かんだ。一人は鄧学耕《ドン・シュエグン》、冷酷な目をした叩き上げの共産党エリート。もう一人は日本人技術顧問の田嶋伸悟、核電建設にロマンを抱く、楽観主義者だ。この二人が、世界最大の核電（原発）の運開、すなわち営業運転開始の責任者だった。

「どういうこと？　事情を説明して」

「何が起きているか、詳細は分かりかねます」

相手に聞こえるように舌打ちした麗清は、命令口調で言い放った。

「じゃあ、分かる人に聞いてきなさいよ」

嫌みなため息が返ってきた。思わずカッとなった麗清は、追討ちをかけた。

「五分以内にやりなさい」

反論を封じ込めるように、彼女は携帯電話を切った。

部屋から秘書が飛び出してきた。

「ロイヤルボックスから早く来いと、うるさく言ってきています」

「はいはい、今、行くわ」

関係者は開会式一時間前には、所定のロイヤルボックスに、正装で待機するよう厳命されていた。だから、シルクブラウスなんてものを着て、汗でぐっしょり濡れそぼる羽目に陥ったのだ。麗清は顔をしかめて立ち上がった。

「楊さん、忘れ物」

歩き始めた麗清を、秘書が呼び止めた。ジャケットを手にしていた。

「ちょっと待ってください」

秘書は持っていたポーチを開き、化粧崩れを直してくれた。

「ありがとう、あなたがいないと、私はこの国で生きていけないわ」

麗清はウインクすると、大股で薄暗い廊下を歩き始めた。

——没弁法《メイバンファー》（しょうがない）、それが中国よ、という言葉を心で繰り返しながら。

2

二〇〇八年八月／大連・紅陽核電

運開すれば世界最大となる紅陽原子力発電所——。この核電の運転と安全を司る中央制御室には、数百に及ぶ最新鋭の計器が並ぶ。まるで軍事基地の作戦本部を思わせる、ハイテクの要塞だった。そこに今、通常の五倍以上の人間が集まり、二人の男のやりとりを固唾《かたず》を呑んで見守っていた。

男の一人、鄧学耕は努めて感情を殺し、自分より頭一つ高い日本人を冷たく見上げていた。

「田嶋さん、今すぐそこをどいてください」

「鄧さん、あなたこそ、私の邪魔をしないでくださいよ。安全に著しい疑問が出たので、原子炉を停《と》める。それが、私の責務です」

田嶋伸悟は怯む気配もなく、終始笑顔を浮かべている。この期に及んで原子炉を停めろとは、この男は正気を失ったのか。

「今日がどういう日か分かってるんですか。しかも核電は既に三日前から、出力一〇〇％の状態で何の問題もなく動いている。北京への送電だって始まっているんです。運開なんて、書類上の手続きじゃないですか。なのになぜ、この期に及んで停止するんです」

相手の目に狂気の気配を探りながら、鄧は諭《さと》すように話しかけた。

「問題があるから停めるんです。私は紅陽核電の技術顧問として、ここにいる。絶対的な安全が確認できない以上、停めるのは当然の職務だ」

普段は権威や肩書きを嫌う田嶋が、珍しく権限を振りかざしてきた。彼は日本人だが、中国政府から乞われて技術顧問に就任していた。そのため、紅陽核電建設の最高責任者としての権限を持っていたのだ。

本来はこんな強い権限を、外国人、しかも日本人に与えるべきではない。しかし、自国の技術だけでは核電建設がままならぬ中国は、核電先進国の日本やフランスからベテランの技術者を技術顧問として招いていた。田嶋もその一人だった。

中国人民なら一発で黙り込む党幹部の意向というのも、外国人であるこの男には通用しなかった。

「一体、どこに問題があるんです」

鄧は詰問口調にならないように心掛けたが、田嶋のように緊迫した空気の中で笑みを浮かべる余裕はなかった。

信じられないというように、田嶋が大げさに首を振った。

「停電時に起動するはずのDG（非常用ディーゼル発電機）の起動失敗率が、規定の一〇〇〇分の一はおろか、三〇％にも達している」

すかさず鄧の隣にいた発電所長がファイルを突き出し、該当箇所を指で叩いた。

「ここには、一〇二四分の一にまで改善されているとありますが」

「私が昨晩チェックしたら、起動失敗率は三〇％を超えていました」

チェックだと……。

鄧は昨夜、核電を留守にしていた。もう一つの任務を全うするためだったが、その間も、田嶋は核電の安全チェックを続けていたのだ。

「粗探しをしたわけじゃないですよ。ただ、ちょっと気になることがあったので、再調査をした結果、問題が見つかっただけです」

鄧の目つきが険しくなったのに気づいたらしく、田嶋はすかさず言葉を足した。

「しかし、ＤＧが今すぐ必要になる可能性は、万分の一以下じゃないんですか」

それは、以前に田嶋自身が言っていたことだ。にもかかわらず彼は揺るがなかった。

「でも、ゼロではない。さらにね、鄧さん。自家発電用の軽油が何者かに抜き取られていたことも判明したんです。現在は規定の一〇分の一以下の量しか残っていない」

真偽を質《ただ》すように発電所長を見たが、彼は肩をすくめるだけだった。

いつ使うか分からないものは、いま必要な者が使う。それが、中国なんだよ、田嶋さん。

「何より気になるのが、核電内の清掃がこの期に及んでも徹底されないことです」

田嶋は本当に狂ったのだと鄧は確信した。掃除が不十分だからと言って原子炉を停める奴が、どこの世界にいるんだ。

「そんな理由で、核電を停めろというのは合点がいきません」

二人のやりとりを見守る所員たちも、呆れたような声を上げた。

「核電内が不潔では、重大事故のシグナルを見落としてしまう。たとえば廊下の隅に染みや水溜まりがあれば、事故の可能性を考えなければならない。だが未だに、原因不明の水溜まりや汚れが、少なくとも一〇〇カ所以上ある」

田嶋の目は真剣だった。いや怒っていると言った方が正しい。何がそんなに彼を怒らせるのか。鄧は珍しく戸惑った。

「分かりました。全てきれいにさせましょう。だが、とにかくセレモニーだけはやらせてください。安全性に問題があるのであれば、その後で、あなたの好きにすればいい」

最大限の妥協だった。無論、約束を守るつもりはなかった。だが、時間が迫っている。

北京五輪の開会式のこの日、国家環境保護総局の検査官から総合負荷性能検査の合格証授与があり、紅陽核電は晴れて営業運転を開始する。

その模様が、五輪の開会式会場の大スクリーンに映し出されるため、副首相までもが北京からやって来るのだ。今は何としてでも田嶋に引き下がって欲しかった。

「世界中に、やらせの証拠を握らせるのかね。そんなことをしたら、あんたの国の威信は、地に墜ちる」

田嶋はわざとらしく、上方にある見学ルームを見上げた。世界最大の核電運開の一瞬を捉えるため、世界中のメディアがカメラを構えていた。

連中が見ているぞ、田嶋は暗にそう言っているのだ。鄧はその挑発を無視した。

「だからこそ、我々は予定通りのセレモニーをおこなわなければならないのです」

「でもね、鄧さん。こんな状態で運開したら、世界中の物笑いになる。心急吃不了熱豆腐《シンジーチープリャオルードウフー》（熱い豆腐は急《せ》いては食べられない）、急いては事を仕損ずるです」

田嶋が中国語で格言めいた言葉を口にした瞬間、鄧の我慢は限界を超えた。不安そうに控える紅陽市の警察署長に、命令口調で促した。

「この男を拘束し、排除しろ」

背後で署長が躊躇している気配を感じ取った。署長と田嶋は、酒飲み友達だった。鄧はゆっくりと振り向くと署長を睨み付けた。

「呉《ウー》署長、大連市党副書記である私の命令が、聞こえましたね」

署長は不承不承なのを隠そうともせず、部下にあごで指示した。二人の若い警官が、田嶋の両脇を摑んだ。

田嶋は鄧を睨みつけたが、抵抗せず素直に従った。異変を感じ取ったらしい見学室からストロボの光が降り注いだ。

「事故が起きた時、誰もあんたを庇《かば》ってはくれないんだ。私の判断を信じなさい」

通り過ぎざまに、田嶋が言葉をぶつけてきた。鄧は思わず彼の顔を見つめた。日本人エンジニアの哀しげな目が、鄧の心に小さな穴を開けた。

誰もあなたを庇ってはくれないんだ、という一言で、得体の知れない不安が暴れ出した。だが、鄧はすぐに動揺を鎮めた。

今に始まったことじゃない。そんな状況の中を、俺はずっと生き抜いてきたんですよ、田嶋さん。

鄧は発電所長の方に向き直ると、検査官を招き入れるように告げた。

3 二〇〇八年八月／紅陽核電

「なあ呉さん、友達をこんな目に遭わせて、心が痛まないのか」

署長は足下を見つめたきり無言を通した。田嶋の目は、その足下の先に吸い寄せられた。何かが染み出たような跡があった。

田嶋が思わずしゃがみ込もうとするのを、二人の警官が慌てて制した。脇を吊り上げられた痛みを堪《こら》えて、田嶋は訴えた。

「ほら、そこの染みを見てごらん、呉さん。核電にこんなものがあってはいけない。見つけたらすぐに染みの原因を調べなきゃならないんだ。こういう染みが大事故を生むんだ」

彼が指摘する染みを、誰も見ようとしなかった。見ざる聞かざる言わざるの文化は、この国の方が遥かに徹底されている。

――日本の原発建設の技術力を世界に誇示してくるんだ。世界で一番安全な原発を造れるのは、我々だということを中国で証明してこい。

そう言われて紅陽に送り込まれたが、技術を誇示する気などなかった。そんな奢《おご》りを持てば、必ずトラブルや事故の原因となる。安全な原発を造り上げたい。その一心でやってきた。

紅陽に赴任して三年余り。若いスタッフに原発のいろはを叩き込む過程で、田嶋はこの仕事に大いなる誇りを抱くようになっていた。巨大プロジェクトに挑む思いが、国や民族の壁を超えて一つになった実感があった。

それだけに、念には念を入れたかった。調べた箇所全てで、問題が見つかった。いずれも些細ではあった。しかし、〝小さな違和感を見過ごすな、臆病になれ〟という原発マンの鉄則からすれば、放っておけないものばかりだった。

誰にだってミスはある。仕事を適当に流す時もある。だが、原発という怪物は、人間がわずかでも隙を見せた瞬間、取り返しのつかない暴走を始める。

「なあ呉さん、俺はいい加減な男かい」

「お願いだ、田嶋さん。私を厄介事に巻き込まないでくれ。私たちにとって党幹部の意向は、絶対なんだ。私には、あんたを救えない」

タンクのような肥満体型の署長が、喉から振り絞るような声で言った。

「あんたが救うのは、私じゃない。この国の人民なんだよ」

署長が意外そうな顔をした。

「人民を救う？」

「そうとも。いいかね、呉さん。紅陽核電は危ない。俺の長年の勘が、そう言ってるんだよ。このままでは死人が出る」

呉の目が怯えていた。何事も聞かざるを決めこんでいた彼の耳に、ようやく田嶋の言葉が届いたらしい。田嶋は勢い込んで続けた。

「あんたの奥さんも可愛い孫たちも、死ぬかも知れない」

思わず口をついた一言が意味するものに気づいて、田嶋の背筋に悪寒が走った。そんな軽はずみなことを言ってもいいのか。まだ、決定的な危険を確認したわけじゃない。ただ、小さな違和感があるだけだ。

もしかすると、この巨大プロジェクトの最終的なゴーサインを出すのが単に怖いだけかも知れない。

いや、違う。この現状は杜撰《ずさん》すぎる。誰も経験したことのない巨大プラントをなめてはいけない。原発の絶対的な安全性を守るために、俺はここにいるんだ。ならば、躊躇してはならない。

「なあ、呉さん。勇気を持ってくれよ。あんたの家族の命を守るために、俺に力を貸してくれ」

呉が自問自答するように頭《かぶり》を振った後、田嶋をまっすぐに見返した。呉の目に同意の意思が浮かんだように思えて、田嶋はさらに一歩踏み込んだ。

「お願いだ、俺にこの発電所を停めさせてくれ」

第一章　ミッション

二〇〇五年五月／敦賀

1

「ご安全に」

すれ違いざまに発電所の建設現場特有の言葉で挨拶された田嶋伸悟は、慌てて笑みで返した。

「ご安全に」

だが相手の姿はすでになく、誰もいない薄暗い廊下に田嶋の声が響いただけだった。

考え事をすると周囲が見えなくなる。田嶋の悪い癖だった。しかも深刻になればなるほど、視野も狭くなる。今なら、せいぜい周囲三〇センチ程度か。自覚している以上に悩みは深いようだ。

DEC（Dia Engineering Company＝大亜エンジニアリング）のプラント部長である田嶋の視野を狭くしているのは、彼が率いるプロジェクトの頓挫がいよいよ決定的になった、という情報のせいだった。彼は福井県敦賀の嶺南発電所で、独立系原子力発電会社の日本原子力

（日原）と共に、世界最大級のＡＰＷＲ（Advanced Pressurized Water Reactor＝改良型加圧水型原子炉）原子力発電所の建設に挑んでいた。

地球温暖化や慢性的なエネルギー不足に悩む中国やインドによる原発建設計画ラッシュ、さらに過去三〇年も新規の原発建設を封印していたアメリカが新プラント建設を再開し、世界の原発機運は一気に高まりを見せていた。

地球温暖化防止の圧力は高まっても、決定的な決め手はなく、その上ＢＲＩＣｓ（ブラジル・ロシア・インド・中国）などの新興国の急成長で、温暖化は抑圧されるどころか、悪化の一途を辿っていた。その結果、安全面で及び腰だったヨーロッパ諸国ですら、化石燃料発電の代替発電には原発しかないという認識が高まってきた。さらに、二〇〇五年、ＯＥＣＤ（経済協力開発機構）のエネルギー問題に関する専門機関ＩＥＡ、国際エネルギー機関が、「世界エネルギー見通し」という文書で、原発推進を強力に後押しする姿勢を鮮明にした。これによって先進国内での原発推進ムードは一気に強まった。

一方、アメリカが原発建設を凍結していた間に、着実に原発を増やした日本は、世界屈指の原発大国へ登り詰めた。今や世界中の原発は、日本の原発メーカーと製鋼技術なしでは成り立たない。

そうした状況の中、日本の原発業界では、従来の一〇〇万キロワットタイプから、一五〇万キロワット超の巨大原発の建設に期待が集まっていた。実際、日本のライバルであるフランスや、原発エンジニアリング（設計監理）分野でリードし続けるアメリカなどでも、大型改良型炉の研究開発が続いていた。

一五〇万キロワット超級の原発とは、ただ規模が大きいだけに止《とど》まらない。不幸な事故をも含めた過去の様々な経験を生かした、より安全で信頼性の高い効率的な技術が求められるのだ。

田嶋らが取り組んできたプラントは〝原発大国・ニッポン〟を世界に誇示するための国家的プロジェクトだった。成功すれば世界の先駆けとなり、今後の大型原発建設競争を間違いなくリードすることになる。

もっとも日本国内では、必ずしも原発に対して追い風が吹いているわけではなかった。二一世紀に入っても深刻な事故が続き、二〇〇四年には関西電力美浜発電所三号機で五名もの死者を出す事故が発生。それに前後して、原発運転中に起きたトラブル情報を電力各社が隠蔽したり、改竄《かいざん》した事実が発覚して、国民の間に原発不信の波が広がった。そしてマスコミに煽《あお》られ、「これ以上の原発は不要」という声が各方面から上がった。

日本の年間総発電量は、約一兆キロワット。ここ一〇年、横ばい状態が続いている。バブルが崩壊しても、消費電力だけは右肩上がりが続き、電力業界は不況知らずだと言われた。

それればかりかIT時代の到来で、電力需要はさらに強まると見られていたのだが、期待は大きく裏切られた。

長引いた景気後退の影響で、消費者側がコスト削減を推し進めたためだ。すなわち快適な生活は続けたいが、世界屈指の高さと言われる電気代は抑えたい。企業から個人に至るまでの一致した思いによって実現した省エネ技術の革新が、電力消費を抑制したのだ。それが、新規原発不要論の一因になっていた。

しかし、たとえ新規需要が見込めなくても、地球温暖化の元凶である化石燃料発電に頼る現状からの脱皮には、原子力が絶対必要！　という政府の音頭の下、田嶋らは夢を繋《つな》いできた。

もちろん頓挫の危機は何度もあった。しかし、「世界をリードする日本の原発技術の炎を消すな！」という関係者の強い想いが、プロジェクトの存続を守ってきた。

今回も何とかなると高をくくっていた矢先、日原のプロジェクト室長・山城彰から思い詰めたような口調で呼び出された。それが先週の話だった。

――プロジェクト資金の融資元が、今後の融資について再考したいと言ってきたんだ。

田嶋が部屋に入るなり、憤懣やるかたない様子の山城が切り出した。

嶺南四号機の建設費は、約五〇〇〇億円。しかし、困難を極めた工事は大幅に遅れ、技術的な改良の必要性などもあって、追加資金が必要だった。

——運開から向こう一〇年の電力需要シミュレーションを再度調査したところ、投資回収期間が甘いという判断が下されたそうだ。

すなわち、これ以上の融資は無理ということだ。しかし、資金調達の方法は、他にもあるはずだった。実際、新たなる資金調達先が見つかりそうだという話もあったのだ。そこに降って湧いたのが、今年に入っていきなり大株主になったドイツ系ファンドからの圧力だった。

——現在の日本の電力需要を考えると、嶺南四号機の送電先が曖昧すぎると言うんだ。

外資系ファンドが、日本の発電会社の大株主になるという事態を想定していない日原経営陣は、発電という国益に寄与する事業について、外資系ファンドから意見を言われる筋合いはないと突っぱね続けていた。だが、相手は簡単に引き下がらず、泥沼の状態が続いていた。

——連中は、さらに株を買い集め、もうすぐ一五％を超えるそうだ。

外資系ファンドが口出しする厄介さは理解できたが、発電した電気の売り先が決まっていれば、ファンドと言えども文句はないはずだ。「周辺の電力会社はいずれも、四号機からの電力を期待しているという話だったじゃないか」と田嶋がそう反論すると、山城は渋い顔で首を振った。

——奴らが独自で各電力会社に確認したところ、何《いず》れも確約したわけでもなく、まだ契約書も交わしていないとにべもない回答が返ってきたそうだ。

その後、このまま四号機建設を進めるのであれば、経営陣を背任で告訴するとファンドから脅しをかけられて、経営陣は遂に音を上げた。プロジェクトの凍結を真剣に考え始め、近々政府に申し出るのではないかと見られていたのだ。

電力は貯蔵できない。消費電力に応じて、発電量を調整しながら発電を行っている。それが、日原の泣き所なのだ。日原は、日本の原発の歴史をリードし続けてきた半官半民のような原発の老舗だ。常に半歩先を見据えた実験に取り組み、彼らの成果があったからこそ、電力各社の原発プラント建設に最先端技術を導入できたのだ。

しかし日原には、電力を独占的に供給できる地域がない。電力会社なら、発電した電気はそのまま自社のエリアに送電すればいい。たとえ電力需要が低下しても、CO_2をより多く排出する石炭や石油火力発電所を閉鎖すれば、原発を稼働し続けられた。

——電力各社による新規原発プラント建設が皆、先細っているだけに、ウチに先を越されることをよしとしない連中もいる。

そこまで分かっているなら、なぜ相応の対策を練らなかったのか。日原の詰めの甘さを非難するのは簡単だが、今さら過ぎたことをとやかく議論しても始まらなかった。

そして今朝、日原の社長は経済産業省に赴き、プロジェクトの凍結を正式に報告するため、東京に向かった。

——過去にも何度か、我々がくじけそうになった時、政府からの叱咤激励のおかげでプロジェクトが継続したケースもある。だから、大逆転に期待するばかりなんだがね……。

しかし、普段は強気を通す山城の顔に、敗北感がくっきりと浮かんでいるのを見て、田嶋も覚悟を決めざるを得なかった。

止《とど》めは昼食後に受けたＤＥＣの社長からの電話だった。

「急で申し訳ないのだが今晩、ちょっと時間を作ってくれませんか」

長電話が好きな社長が、この日は手短にそれだけ言って電話を切った。余裕のない社長の話しぶりで、田嶋は「いよいよダメか……」という想いを強くした。

それについて考え込みながら、田嶋はある男を探して、現在定検（定期点検）が行われている嶺南三号機の構内を歩いていた。

「ご安全に」

向こうから数人の若い技術者がやってくるのに気づいた田嶋は、先に挨拶した。

「ご安全に」

技術者らは壁際に寄って、田嶋に道を譲った。

「雨はまだ降ってますか」

すれ違い様に訊ねられて、田嶋は朝から土砂降りだったのを思い出した。原発内にいると、季節も天候の変化もほとんど感じられない。それも原発で働く者の辛さだった。

「朝より酷くなってるよ」

「最悪！　明日の野球大会、どうなりますかねえ」

土曜日は、日原と定検チームの試合が予定されていた。

「雨が止《や》みさえすれば大丈夫だろう。ここのグラウンドは、水はけがいいから」

おそらく明日は、野球大会どころではないだろうがね。

そう言いたいところだが、田嶋は抑えた。

「門田が、どこにいるか知らないか？」

彼らなら、今、探している男の居場所を知っているかもしれない。

「門田部長なら、さっきまでBループ室にいらっしゃいましたが」

ループ室には、蒸気発生器がある。定検が行われている嶺南三号機は、PWR（Pressurized Water Reactor＝加圧水型原子炉）と呼ばれるタイプで、SG（蒸気発生器）はPWRの特徴の一つだ。

原子力発電は燃料であるウランが核分裂する際に生まれる熱を利用して水を沸騰させ、タービンを回して発電する仕組みだ。

ただ、全てが同じタイプではない。日本の場合、現在営業運転している原発には、二つのタイプがある。

一つは、BWR（Boiling Water Reactor＝沸騰水型原子炉）と呼ばれる型で、核分裂の熱で水を沸騰させてタービンを回す。東京電力や中部電力がBWRを採用している。

もう一つが、嶺南三号機のようなPWRだ。こちらは原子炉内に圧力をかけて三〇〇度近い熱水をつくり、それを蒸気発生器内の金属細管に流し、蒸気発生器内の水を沸騰させてタービンを回す。関西電力や北海道電力、九州電力などが、このタイプを採っている。

PWRの蒸気発生器は、一つの原子炉に三、四器あるのが一般的で、出力一二〇万キロワットの嶺南三号機の場合、蒸気発生器が原子炉の四方に配置されていた。

田嶋が探しているDECの原子力部長・門田次朗は、嶺南三号機の定検の監理進行責任者だった。

門田がどこにいるかは、数十メートル手前からでも分かる。小柄ながら恰幅の良い彼は、腹の底から声を出す。しかも野太い上に関西訛《なま》りがきつく、始終怒鳴っているからだ。

「アホか。分からんから、説明せえと言うとるやろうが！」

Ｂループ室の遥か手前から声が響いてきて、田嶋は苦笑いした。

「何やと、よう分からんとは、どういうこっちゃ」

開け放たれた原子炉格納容器の扉の前で、門田を囲んで数人の作業員が厳しい表情を浮かべて立っていた。門田に怒鳴られているのは、若い技師だった。

「これは、誤差の範囲ですよ」

どうやら細管の減肉の状況で揉めているようだった。ＰＷＲの泣き所と言われている伝熱管の細管は、高温、腐食に強いインコネルという鉄、ニッケル、クロム等の合金で作られている。高温高圧に耐えられるだけではなく、凄まじい勢いで細管を流れる水流にも強い材質だった。とはいえ経年すれば、内側は自然と削られる。それを減肉と呼んだ。

「誤差の範囲やと？　おまえの計算では、あと〇・〇五ミリは厚いはずやろ。細管の厚みがなんぼあるか知ってんねんやろ」

「一・三ミリです」

「その中の〇・〇五ミリが、どれぐらい大きな比率やと思てんねん。あかん、徹底的に調べろ」

「しかし、そもそもスケジュールが遅れてるんです。これ以上は」

「何、言うとんねん、わしらにとって大事なんはどっちや、納期か絶対的安全性か」

若い技師が口ごもると、門田はファイルを勢いよく閉じた。

「何、ぼそぼそ言うてる、聞こえん！」

「絶対的安全性です！」

若い技師は真っ赤な顔になって、門田を睨んだ。門田は彼めがけてファイルをぶつけた。

「分かってんねんやったら、やれ」

その時、所員の一人が田嶋に気づき、門田に耳打ちした。

「おう、何やもうそんな時間か」

金曜日なので、久しぶりに敦賀市街まで足を延ばして二人で飲もうと約束していた。

「いや、急に神戸に戻らなきゃならなくなった」

「神戸やと。何や、家族がどないかしたんか」

田嶋の自宅は、神戸市内にある。

「オヤジが、お呼びなんだ」

門田は難しい顔のままで、田嶋をBループ室の外に連れ出した。

「オヤジが何の用や。まさかおまえさんだけ、本社にお召しというんちゃうやろな」

歯に衣着せない物言いも、門田らしいところだった。田嶋も門田も、DECの親会社であるDHI（Dia Heavy Industry＝大亜重工業）からの出向組だった。田嶋はDECの仕事にやりがいを感じていたのだが、門田は現在のポジションを〝左遷〟と言って憚《はばか》らず、事あるごとに本社復帰を求めていた。飲むと最後はいつもその愚痴で終わる。恐らく今夜もそうなるはずだった。

先ほどまでの鬼部長とは別人のような冴えない顔つきになった門田は、田嶋を廊下の先へ誘った。

「呼ばれたんが、おまえだけっちゅうのが気に入らんねんけど、何の用なんや」

「分からんよ、それは」

門田が責めるような目で、田嶋を見上げていた。一六〇センチ足らずの短軀と一八〇センチ以上はある田嶋とが並ぶと漫才コンビのようだとよく言われるが、今、誰かがそう冷やかしたら間違いなく門田は殴るだろう。

「何か、隠しとんのとちゃうんか」

「別に。ただ、心当たりはある」

「隠し事がないんやったら言うてくれ」

「嶺南四号のプラントが、棚上げになったという噂がある」

門田は、複雑な表情を浮かべた。最初ホッとしたように見えたのだが、暫くして失望したように唇を強く結んだ。嶺南四号のプラント建設が本格稼働した暁には、建設責任者の一人として本社に戻れるだろうと、彼は信じていた。ＤＨＩ側が〝三顧の礼〟を尽くして、復帰を懇願するはずだ、というのが彼の言い分だった。

　優秀な技術者の宝庫と言われるＤＨＩの中でも、大型プロジェクトにおける門田の実力は群を抜いている。その功績は枚挙に暇《いとま》がないが、現在は中断している日本初の高速増殖炉製造の技術開発で、門田は従来の原子炉製造の常識を破る製造法を生み出しただけでなく、事故が続いていたＰＷＲの蒸気発生器の強度でも、創意工夫によって問題を解決した。

　彼が〝天才的〟と呼ばれるのは、頭脳だけではない。設計図に拘泥することなく、現場の状況に応じて一工夫する臨機応変な解決力は秀逸だった。

　だが、口の悪さと融通が利かない頑固さ故に上司に疎《うと》まれ、最前線から放り出されてここにいると、彼自身は思っているらしい。原発メーカーとして圧倒的なシェアを誇るＤＨＩだったが、所詮は原発建設の一請負業者に過ぎなかった。構想から数えると最低でも一〇年、総額にして五〇〇〇億円以上のビッグプロジェクトを司るのは、エンジニアリングと呼ばれる設計監理会社だった。

　原発建設とは、環境アセスメント調査から、土地造成、基礎工事、建屋建設、原子炉をはじめとする原発本体の建設に至るまで、世界最高峰の企業の粋を結集してこそ果たせる大事業だ。そうした企業選定から工事が設計通り進んでいるかの監理監督まで、エンジニアリング会社が一切を取り仕切る。

したがって原発建設を受注するのもエンジニアリング会社の役割になる。すなわち予算の裁量を握っているわけで、現場でミクロ単位の精緻な機器を製作するＤＨＩなどの原発メーカーより遥かに高い利益を手にしている。

原発本体部分の製造に関しては、ほぼ自社でまかなえるＤＨＩだったが、未だ世界の受注競争に参入することが叶わない。同社には、それまで世界に比肩するエンジニアリング部門がなかったためだ。

そこで、トータルで原発建設を受注するために誕生したのが、ＤＥＣだったのだ。世界に君臨するエンジニアリング会社は、数社しかない。ＤＥＣは、その仲間入りを狙っていたのだ。

「わしは現場が好きなんや。機械油の臭いのせん場所なんぞ行けるか」と、門田は現在の待遇に不満たらたらだった。定検に当たっては、本来ならば彼は快適な定検本部に陣取っていればいい。だが、じっとしていられない門田は、現場に出張っては怒鳴り声を上げ、スタッフに嫌な顔をされていた。

嶺南四号機では、ＤＨＩが独自開発を続けてきたＤ型ＡＰＷＲが初めて導入される。門田はかつて、そのＤ型開発プロジェクトのメインメンバーだったのだ。

「あかん、棚上げはまずいな。どんなことしても、阻止してくれ」

門田の鼻息の荒さに気圧《けお》されそうになりながらも、田嶋はやんわりと宥めた。

「まあ、そう結論を急ぐなよ」

「けど、間違いないやろ。噂はいろいろ耳に入っとった」

門田を師と仰ぐ技術者、研究者の数は世界規模といえる。おかげで、彼はいち早く的確な情報を得られるネットワークを持っていた。田嶋が、定検現場まで門田を訪ねた理由の一つも、彼の情報を訊いてみたかったからだ。

「どんな噂だ」

「ドイツ系のファンドが、ごちゃごちゃ言うてるんやろ」

田嶋は周囲に人がいないかを見渡してから、肩をすくめた。

「その上、なんやかんやと外圧もある」

「外圧?」

門田が近づいてきて、声をひそめた。

「何で十電力を差し置いて、日原でＡＰＷＲをやんのか、と騒ぐ外圧がひとつ」

確かにそういうやっかみがあるのは、聞いていた。十電力とは、日本で独占的に電力を発電供給している電力会社を指す。しかし、ＤＨＩは日原の前に各社に打診して、断られていたのだ。

「さらに、WC陰謀説なんてのもある」

「なんだ、それは?」

「ドイツファンドの後ろにいるのは、WC、ウィルバー・コムだという話や」

WC(ウィルバー・コム)は、世界最大の原発エンジニアリング会社だ。特にPWR分野では、世界を圧倒していた。DHIもWC社とパートナーを組んで原発建設を続けてきた。

「D型APWRが気に入らんねやろ」

陰謀好きの門田らしい発想だったが、今回はあながちデマではない気がした。

元々WC社は、設計施工から原子炉建設まで全てを網羅した原発総合メーカーだった。しかし効率の良いビジネスに専念するようになり、徐々に細部の高度技術を外部発注に移し、現在は設計監理会社となっていた。プロジェクトを司る旨味はある一方で、パートナー企業がいなければ、何も造れないというジレンマも持っていた。

内側から湧いてきた嫌な気分を紛らわすように、田嶋は被っていたヘルメットを脱いだ。

規律にうるさい門田が咎めるような目つきで、先を続けた。

「最近、WCには身売り話が出てるやろ。連中も焦ってんねや。最大のパートナーであるDHIがWCグループから抜けたら、身売りどころやなくなる」

元はアメリカ企業だったWCだが、現在は英国の半官半民企業の傘下にあった。英国が国内の反対運動などもあって原発建設に及び腰になっているため、WCを手放すのではないかという噂もあった。それが本当だとすると、ますます厄介な話だった。田嶋は不安を振り切るように明るく答えた。

「まっ、これ以上ここで考えてもしょうがない」

「そんな悠長なことでええんか。おまえ、四号のプロジェクトがぽしゃっても、ええんか」

「よくはない。このプロジェクトは、俺にとっても夢、いや最大の使命だと思っている」

「ほな、どんなことしても、中止させたらあかんぞ」

門田の分厚い手が、田嶋の肩に置かれた。

「ああ、そうだな」

「何や、煮え切らんのお」

門田の不満げな顔に、田嶋は苦笑いを返した。

「俺の性分だ。おまえさんみたいに、何でもゴリゴリはやれんよ。ダメなものはダメ。そういうもんだ」

門田の手に力がこもった。田嶋はその手を振り切って、ヘルメットを被った。

「今回は頑張ってみるさ。ここまで頑張って敦賀から去るのはご免だからな」

「ほんまや、頼むで」

田嶋が頷くのと、技術者がBループ室から門田を呼ぶのが同時だった。門田は舌打ちしながら振り向いて「分かっとる、ちょっと待っとけ」と怒鳴ると、田嶋に追いすがった。

「わしも、一緒に行こか」

「いや、いい。とにかく話を聞いたら、報告するから」

「分かった。絶対やで」

田嶋が頷く前に、門田は踵《きびす》を返していた。だが、数歩歩くと何かに気づいたらしく、立ち止まるなり声を張り上げた。

「おい、この濡れは何や！」

廊下の隅に小さな水溜まりを見つけたようだった。門田に怒鳴られて、二人の現場職員がBループ室から慌てて飛び出して来た。下請け会社の作業員がしゃがみ込んで、手で水滴を調べようとすると、門田は血相を変えた。

「あほ、ちゃんと放射線を調べんかい」

「きっと雨の滴《しずく》ですよ。さっきここを、ビニールかけた荷物が通ったんですが、そのビニールが濡れてましたから」

「そんなもん何で通すねん。ビニールは入口で外すんが、規則やろうが」

しゃがみ込んだままの作業員は、困った顔で頷いた。

「まあ、それはそうですが」

「いずれにしても、線量計でちゃんと調べてから掃除しろ。それと、ビニールそのままにしたアホを呼んでこい」

田嶋は苦笑いを抑えながら、彼らの脇をすり抜けた。背中から門田のダメ押しの声が飛んできた。

「オヤジの話が分かったら、電話してな。遅うでもええから」

田嶋は右手を挙げて了解したと告げて、Bループ室から離れた。

原発の現場にとって、門田の厳しさは得難い。本来は彼が標準であるべきなのだ。だが、現実はそうなっていない。その厳しさと頑固さ故に上司や部下に煙たがられている。

俺たちは門田のような厳しさを疎んじてはいけない。

そもそも大型プラントは、一寸先が闇なんだ。海外を含めて何度も大きなプラント計画に携わった田嶋にとって、計画中止や棚上げなんぞ別に珍しいことでも何でもなかった。それに、正式な通達がない段階であれこれ悩むのは、自分のやり方ではなかった。

悲観論からは何も生まれない。たとえ地獄の中でも俺は笑って生きる。

それが、数々の修羅場と不条理を生き抜いてきた田嶋伸悟の処世術だった。

2

二〇〇五年五月／神戸

　敦賀では土砂降りだった雨も、北陸本線の特急サンダーバードが大阪に着いたあたりで小雨に落ち着き、田嶋がＪＲ元町駅の改札を抜けた頃には、すっかり止《や》んでいた。

　社長の遠山康明との面談は当初、神戸市灘区摩耶埠頭にある本社オフィスで行うことになっていたが、田嶋が特急に乗り込んだ直後に、携帯電話のメールに場所変更の指示が飛んできた。

　午後八時に南京町の「小小心縁《シャオシャオシンエン》」で落ち合おう。

　一体どういう風の吹き回しだ。

　遠山とは、三〇年近いつきあいだったが、二人きりで食事をした記憶がなかった。それが今日にかぎって、どうしたというのか。

　携帯電話の小さなディスプレイに浮かび上がったメッセージを睨みながら、田嶋は予想以上の凶報が告げられる覚悟をした。

——嶺南四号機のプロジェクトは、棚上げになった。

それだけなら、本社でそう宣告すれば済む。実際、DHIからDECに出向を命ぜられた時も、上司から部屋に呼びつけられ、理由も告げられずに辞令を渡されただけだ。

田嶋は元町商店街を早足で急ぎながら、社長の不可解な態度に戸惑っていた。

DECの社長・遠山康明は、今年で六四歳になる。田嶋より一回り以上年上の元原子力エンジニアは、日本の原発史と共にキャリアを積んできた伝説的な男だった。

東大で原子物理学の博士号を取得した後、アメリカに留学。当時、米軍の原子力潜水艦で相次いだトラブルを解決する画期的な技術を発表し、世界にその名を轟かせた。帰国後は名だたる原発メーカーからのスカウトを蹴って、留学前から内定を得ていたDHIに遠山は入社した。原発基幹工場があるDHI神戸製作所に配属され、日本最初の本格的営業運転を始めた嶺南発電所の運開にも立ち会った。いわば日本の原子力発電の生き証人的な存在だった。

遠山がいたからなし得たという世界的な技術革新も、数知れなかった。だが、技術者としては優秀だったが、実績を振りかざす権威主義的な傲慢さがあった。

鳴り物入りでの入社以来、会社から人一倍厚遇されることは当然だという態度を、遠山は隠しもしなかった。その上、部下には、問答無用の絶対服従を強いた。

彼の気質は、何事にも悠揚として争いを好まないDHIの社風に合わなかった。それにもかかわらず、日本屈指の巨大重工業メーカーで役員にまで上り詰められたのは、天才的な頭脳と強気な行動力のお陰だった。だが役員になっても周囲との争いが絶えないため、今ではDHIの常務兼任でありながら、実質的にはDECの社長専従という微妙なポジションに追いやられていた。しかし、転んでもただでは起きない遠山は、自らの発案で設立したDECで、「世界最大のAPWRを建造して、DHIを世界企業にする」と豪語して、積極的な営業活動に余念がなかった。

あのオヤジは、自分に益のない会食なんぞ絶対にやらない。俺にまた、何か無理難題を吹っかけるに違いない。

雨上がりの蒸し暑さも不快だったがそれ以上に、体の芯から湧き上がる不安と苛立ちのせいで、南京町に辿り着いた時には、既に背中が汗ばんでいた。

横浜と同様に中華街を持つ神戸だったが、趣は似て非なるものだ。まず規模が違う。横浜の中華街は一巡するだけでも一時間以上はかかるし、観光的要素のみならず港町横浜に根付いた華僑文化が色濃くあった。

一方、神戸の南京町は、一回りしても三〇分とかからない。こぢんまりとしていて、観光色が強かった。華僑文化は神戸の街に深く浸透しているのだが、南京町は、観光客受けするテーマパークのような様相を呈していた。

それにしても、と田嶋は西楼門をくぐりながら訝《いぶか》った。格式ある料亭や一流フランス料理店というブランド好きな遠山が、なぜよりによってあの店を選んだのか。

遠山が指定した「小小心縁」は、トアロードに近い下山手の路地にあった頃から田嶋の馴染みの店だった。食道楽の田嶋は、単なる有名店よりも自分の舌が「おいしい」と納得する店を探すのが好きだった。現場にこもっている時は別にして、暇さえあれば街を歩き回り、新しい店の開拓を楽しんでいた。そのため、東京などから味にうるさい来客があると、店選びの相談が持ち込まれることも少なくなかった。

「小小心縁」も、そうして見つけた店だった。福建省出身の主人は、食材選びからこだわる人だった。滋味豊かに仕上げられた料理は、何度食べても飽きなかった。神戸には高級な中国料理店がいくらでもあったが、田嶋は、この店の味が気に入っていた。だが店の雰囲気や〝格〟からすれば、どう考えても遠山が選ぶ店ではなかった。

南京町は雨上がりにもかかわらず、週末で浮かれる客で賑わっていた。手に土産物の袋を抱えた観光客に混じり、出張先での接待を受けるスーツ姿の一団もぞろぞろ歩いていた。雨上がりの潤いが、普段よりしっとりとした夜の風情を漂わせていた。食欲を刺激する料理の匂いに混じって、海に近い神戸独特のかすかな潮の香りが田嶋の鼻孔をくすぐった。

同じ海沿いでも敦賀では感じない元町の匂いだった。田嶋は、賑わいから逸《のが》れるように薄暗く細い路地に入った。店に到着したのは、約束の時間より五分ほど早かった。

田嶋は首筋に流れた汗を拭《ぬぐ》いながら、安堵した。遠山は人をいくら待たせても平気だが、自分が待たされるのは何よりも嫌う。

「あら、田嶋さん、お久しぶり！」

顔見知りの店員から声をかけられ、田嶋は相好を崩した。

「いやあ、兆《チャオ》さん、またきれいになったね」

「いやだわ、田嶋さん。あなた、いつも同じことしか言わないから」

五〇過ぎのベテラン店員は、まんざらでもない顔で田嶋の肩を叩いて続けた。

「今日は、お一人？」

「いや、おそらく遠山の名で、予約していると思うんだけど」

田嶋が言い終わる前に、兆は独特の中国訛《なま》りで声を張り上げた。

「遠山さんのお連れ、見えたよ！」

「何、もう遠山さん、来てんの」

「そうね、一五分ほど前から」

田嶋はますます戸惑ったが、表情には出さず、兆の後に続いた。外観は地味だが、店内のしつらいには中国らしい赤や黄色がちりばめられていた。塗り壁を模した間仕切りで仕切った半個室が並ぶ中、一番奥まった部屋に案内された。

兆が個室のカーテンを開けると、テーブルに行儀よく座ってビールを飲む遠山の姿があった。

「よお、早かったじゃないか」

彼は口ひげにビールの泡を少し残したまま、鷹揚に頷いて見せた。まるで、目通りを願い出た家臣に「大儀じゃ」と返す食事中の殿様の風情だった。実際、瓜実顔《うりざねがお》といい、少し後退した額と細い眉といい、武士の髷《まげ》が似合いそうな風貌だった。

「すみません、お待たせしてしまって」

田嶋は、手にしていたハンドタオルで額の汗を拭いながら一礼した。

「いや、僕が勝手に早く来たんだ。気にせんでくれ」

田嶋は遠山に勧められるまま、向かいの席に腰を下ろした。

「ひどい雨だったろう」

「ええ、敦賀は嵐でした。琵琶湖沿いは強風で徐行運転をしたため、定刻より一五分ほど遅れました」

「生ビールでいいかね」と遠山は、田嶋の話を聞き流して尋ねた。空になりかけた遠山のジョッキを見て、田嶋はビールを二杯注文した。

「なかなかいい店じゃないですか」

残りを飲み干すと、遠山はつき出しのザーサイを口に放り込みながら誉めた。

「ええ、味よし、値段よし、サービスよしのお奨めです」

空調の効いた店内でもまだ流れる汗を拭いながら、田嶋は作り笑いを浮かべた。

「上着、脱ぎ給え。私もそうしているから」

遠山は食事だけでなく、身につけるものも高級品しか選ばない。田嶋はスーツをハンガーに掛けながら、隣にぶら下がっていた遠山の上着をちらりと見た。銀座「壹番館」のテーラーメードらしく、上質な光沢と質感が一目で窺え、田嶋の皺だらけの安物のスーツとは全く別物に見えた。

ビールが運ばれてきた。田嶋は乾杯するなり、ジョッキの半分を一気にあけた。

「相変わらず、いい飲みっぷりだなあ。見ていて惚れ惚れしますよ」

「いや、社長をお待たせしてはいけないと思って、駅から急いできたもんですから、喉が渇いてました。おかげで落ち着きました」

二人の前には、まだメニューが置かれたままだった。

「何か料理を頼まれましたか」

「適当にやってくれ、って言ったら、嫌な顔されちゃいましてね。とりあえず、つまみだけ頼んだ」

おまかせコースもあったはずだが、おそらく兆が、遠山の態度を嫌ったのだろう。田嶋は、メニューを開くと遠山の好みを訊ねた。

「うん、任せるよ。君が言う味よしってのを見繕ってよ」

遠山から呼び出したのだからさすがに割り勘はないだろうと思いつつ、田嶋は無難なものを数品選んだ。海鮮炒めに仔牛の黒胡椒ソース煮、福建省炒飯などを頼み、ビールのお代わりも追加した。

話を聞く準備はできた。あとは背筋を伸ばして黙っていればいい。そうすれば、〝お殿様〟のご託宣が始まる。

「今日無理を言って、戻ってきてもらったのは、ほかでもないんだ」

ビールを飲んだにもかかわらず、田嶋の喉はいっそう渇きを覚えた。

「君に頑張ってもらっていた嶺南の四号機プロジェクトだが、残念ながら無期延期が決まった」

予想はしていたとはいえ、こうもあっさり言われると堪《こた》えた。

「まあ、君としては色々文句もあろうが、ここは全て呑み込んで欲しい」

どうやら交渉の余地はなさそうだった。完全な既成事実として遠山は話している。

「よろしければ、無期延期になった理由をお聞かせ願えませんか」

「ああ、そうね。そりゃそうだ」

遠山は、ビールを舐めて続けた。

「端的に言えば、時代に合わなかった。そういうことのようだ」

まるで他人事だった。

「けしからん話だ。原発は時代をリードするもんだ。時代に合わせてどうする！　と一応、僕も怒ったわけ。でも、日原が呑んじゃったんでね。どうしようもないわけですよ」

遠山は憤ったように言うものの、その口調に屈託はない。ただ、世界初が好きな遠山にとっても、このプロジェクトは重要な意味があるはずだった。田嶋は、何も言わず聞き手に徹した。

「まあねえ、あそこも昔は、すごい会社だったんだ。知ってるでしょ、日本で初めて原発の本格的な営業運転を、日原がやったのを」

「ええ、確か一九七〇年三月一四日、大阪万博の開幕日でしたよね」

この手の話は、耳にタコができるほど、事あるごとに遠山から聞かされていた。

「そう、万博の開幕日に原子力の灯を灯そうってね。僕はあの頃、美浜にいましてねえ。何とか嶺南の先を越したかったんだけれど、ミティ（旧通産省）のバカタレが首を縦に振らないんですよ」

日本で初めて原発を運開するのだ。通常の規定以上に検査に時間をかけて当然だった。だが、入社直後から世界的な知名度を振りかざして今以上に生意気だった遠山は、「俺が大丈夫だと言ってんだから、やれ！」と、本気で通産省の人間につかみかかったと聞いたこともある。

結局、日本初の営業運転開始という栄誉は、嶺南一号機に持っていかれた。その上、遠山は運開当日に、運開日を競っていた日原の嶺南発電所に招待されたのだから、恨みの根が深い。

「いやあ、今思い出しても、腸《はらわた》が煮えくりかえる。あれはね絶対、B組の陰謀ですよ」

B組とは、BWR型の原発を導入している電力会社とメーカーを指す。一方、PWRに携わるチームをP組、と遠山は呼んでいた。日本で最初に運開した嶺南一号機はBWRだったのだ。

半官半民で、日本の原発技術の牽引車的役割を果たした日原は、他の電力会社と異なり、BWR、PWR両方の原発を持っていた。

「原発は皆、Pでやるべきなんですよ。その方が遥かに安全なんだ。何しろPは、原子力潜水艦のために開発されたんですから、安全面では絶対なんです」

海底何千メートルの深海を航行する原潜内でトラブルが発生した場合、核分裂の熱によって沸騰した熱水でエンジンを回すBWRであれば、配管に穴が開くだけで大惨事が起きる。その対策として、一手間かけたPWR方式が生み出されたと言われている。

「核分裂で熱した水で、そのままタービンを回すなんざ幼稚ですよ。熱水が漏れたら、とんでもない事態になるんですから」

だからといってPWRがBWRより絶対安全かと言えば、ことはそう単純ではなかった。実際、国内で起きている事故を見ると、遠山が胸を張って「安全！」と断言しているPWRの方が深刻だった。ただ、放射能に汚染された熱水が漏れるリスクは、PWRの方が低いと田嶋も思っていたし、だからこそPWRにこだわってきた。

「まあ、それはともかく。当時の日原は元気な会社でした。誰もが、自分たちが日本をリードしているという情熱と誇りがあったなあ。私は、あそこの二号機、三号機の開発をやったんだけど、チャレンジングな会社でしたよ。それが、どうです。ハゲタカファンドから時代に合わないとガタガタ言われてやめるとはねえ」

二人の前には料理が並び始めた。遠山は話の興が乗り始めると、食事も忘れてしゃべり続ける。にもかかわらず、自分より先に部下が料理に箸をつけると機嫌が悪くなるという迷惑な癖がある。田嶋は話の切れ目を狙いすまして、切り込んだ。

「社長、熱いうちにどうぞ」

陶然と語っていた遠山は、我に返って目の前の料理を見下ろした。

「ああ、うっかりしていた。ほお、これはうまそうだ」

彼がアワビとフカヒレの煮込みに箸をつけると、田嶋も続いた。

「お酒、どうしましょうか。紹興酒もお奨めですよ」

「うん、そうしよう。今日は、まあパァーッといこうじゃないですか。君とこうやって差しで飲むのも、滅多にないんだから」

遠山の機嫌の良さにさらなる違和感を覚えながらも、田嶋は紹興酒を燗で頼んだ。

「そう言えば、あれは、ちょうど八月八日だったなあ」

あれとは、PWR型の関西電力美浜発電所が、万博会場への試験送電に成功した日のことを指す。日原には五カ月ほど先を越されたものの、万博会場では「本日、美浜発電所から原子力の電気が試送電されてきました」とお披露目された。

七〇年代は原発バラ色の時代だったのだ。

「ちょうど、と言いますと」

真鯛をたっぷり使った海鮮炒めを取り分けながら、田嶋が訊ねた。

遠山の顔つきが変わった。さっきまでの想い出に浸る遠くを見つめるような目つきは影を潜め、ビジネスライクな社長の目に戻った。

間の悪いことに、紹興酒が運ばれてきた。兆が酒をつごうとするのを制して下がってもらい、田嶋が遠山の杯に酒をついで、自分は手酌した。遠山は一気に酒を飲み干すと、おしぼりで手を拭きながら切り出した。

「中国でＤＨＩが、Ｐのでかい奴をやってるのは知っているよね」

敦賀から元町に辿り着くまでに色々考えを巡らしてきた田嶋だったが、予想もしない話が飛び出して驚いた。

「ええ、大連郊外、紅陽市の沿岸部ですね」

「ほお、さすがにＤＥＣのプラント部長、詳しいじゃないですか」

当たり前だ。そのプラントをＤＨＩで立ち上げかけた矢先、遠山の鶴の一声で、田嶋はＤＥＣに引き抜かれたのだから。田嶋は苦笑いを酒でごまかして、謙遜するように首を振った。

「ＤＨＩにいる時、少し携わっていましたから」

「ああ、そうだったっけ。いや、それは好都合だ」

話の行先がどうにも見えない。遠山は何を言おうとしているのか。

「実はね、数カ月前から、紅陽の技術顧問として君を出してほしいと、ＤＨＩから言われてねえ」

予想だにしなかった話で、田嶋は面食らった。もちろん遠山は部下の反応など全く気にしていない。

「どうしても君にと、ラブコールをしつこく送ってくるんだ。でも、僕としては、君には嶺南で頑張って欲しいと思っていたから、断り続けていたんだ」

だが嶺南が頓挫した今、断る理由はなくなった。遠山は、そう考えたわけだ。しかも紅陽の原発は、嶺南以上の規模だった。

「さっき、ちょうど八月八日と言ったのはね、中国が昔の我々みたいに、運開をお祭りにしたいと言ってるからなんだ」

それ以上聞きたくなかった。だが、遠山の話は止まらない。

「ほら、二〇〇八年、中国は北京オリンピックを開くでしょ。開会式が、何と八月八日なんだよ」

混乱していた田嶋にも、ようやく話の筋が見えてきた。

「つまり、連中は、開会式に合わせて運開をしたいと」

遠山は嬉しそうに、箸の先を田嶋に向けた。

「そう！　しかも連中、凄いねえ、運開セレモニーを五輪開会式の会場で、中継して見せるってんだから」

何が凄いんだ。そう反論するより早く、遠山は引導を渡した。

「このビッグプロジェクト、ぜひ、君にやってもらいたい」

3

二〇〇五年五月／北京

午後五時を過ぎると、北京市内の渋滞が始まった。車での移動を諦めた鄧学耕は、最寄りの地下鉄駅で降ろすようにタクシー運転手に告げた。

運転手は露骨に舌打ちをしたが、鄧が一向に動じないのを見ると、クラクションを何度も鳴らし強引に車を路肩に寄せた。停まった場所は王府井《ワンフージン》。北京一の繁華街だった。

車を降りると、強烈な熱気に襲われた。鄧は息苦しさを感じて顔をしかめながら、ネクタイを緩めた。帰宅を急ぐ勤め人や学生に揉まれて地下鉄一号線の階段を下りている最中に、携帯電話が鳴った。

「私」

妻の宋《ソン》・蓮《リエン》だった。

「どうした、おまえ」

鄧は、タクシー運転手に対していたのとは別人のような優しい口調で囁《ささや》いた。

「今、何してるの？」

彼女は毎日数回は、鄧の携帯電話を鳴らす。用件はない。夫が女と会っていないか疑っているのだ。

「王府井から、地下鉄に乗るところだよ」

「王府井ですって！　いつからあなた、そんなところで仕事をするようになったの」

鄧は、正直に駅名を言ったことを後悔した。

「いや、おまえ。車が渋滞したんで、降ろしてもらっただけだよ」

「どうだか。どこかの女のために、高級ブランド品を買ってたんでしょ」

「何を言ってるんだね。私にそんな女はいないよ」

思わず声を荒らげると、隣を歩いていた若い女性が、逃げるように鄧から離れた。彼は不快感を呑み込んで、改札を通った。

妻の嫉妬は、年々深く執拗になっていた。党幹部の娘として生まれ、何一つ不自由のない暮らしをしてきたが、彼女は容貌にコンプレックスがあった。その上、贅沢な食事のせいで、体重が増え続けていることも、本人は気に入らないようだった。

「これから、黄《ホアン》に会うんだ」

「あんな河南賊《フーナンゼイ》！　何で、あんなごろつきと会うのよ」

妻の口から反射的に、河南省出身者への蔑称が飛び出した。中国の大都市、中でも北京や上海では、地方出身者を頭からバカにする風潮があった。北京の人間にとっては、上海人すら〝金の亡者の田舎者〟であり、片や上海人は、北京人を〝権力ボケした野暮〟と蔑んでいた。それが、対地方出身者になるとさらに辛辣《しんらつ》になる。中でも、約一億人という中国最大の人口を擁する河南省は、洛陽などの古都を有しながらも、国中から嫌われていた。

「何を言ってるんだ。黄は、僕らの大切な友達じゃないか」

「誰が、あんなゴミ屋なんか！」

黄剛《ガン》は、北京で廃品回収業を営んでいる。黄は小学校の同級生だった。鄧も妻も親の下放によって、子供時代を河南省南東部、固始県の農村で過ごした。下放とは文化大革命時代に知識層というだけで地方に追放された悪制度である。それだけに妻のプライドは高く、自分たちは北京人であり、卑しい河南人の黄とは別の人種だと言って憚《はばか》らない。駅構内の人いきれと妻の言葉への苛立ちが重なり、汗が体にじっとりまとわりついた。だが鄧は忍耐強く妻をなだめた。

「行きたがっていたプレミア映画試写会の招待券を、手に入れたよ」

「本当?!」

彼女は特別扱いされることが大好きであり、芸能人や映画スターが顔を出すパーティに出席するのが生き甲斐だった。

「パーティ付きだよ」

「素敵、ねえ私、ドレスを新調しようかしら」

そんな金がどこにあるんだ、という怒りを鄧は呑み込んだ。

「じゃあ明日、買いに行こう」

「王府井にね」

金の算段をしながら、鄧は生返事を返して話を切り上げた。思わず大きなため息が出た。すぐそばに立っていた男が、お互い女房には苦労するなとでも言うように同情的に笑いかけてきた。鄧は曖昧な表情を返すと、男から少し離れて地下鉄に乗り込んだ。

北京の交通事情は、年々酷くなっている。ラッシュ時の大渋滞は言うまでもなく、バスや地下鉄も殺人的だった。地下鉄は降車する人を待たずに乗車する者が多く、ホームの至る所で怒声や悲鳴が上がる。何とか車内に体を押し込み、鄧は目を閉じた。少し考えたいことがあったのだ。

鄧は、中国共産党中央紀律検査委員会（中紀委）特捜班の検査員という要職にあった。中紀委は中国共産党の綱紀粛正、腐敗防止、そして徹底した取り締まりを行う、いわば党の内部監査機関だ。

江沢民《ジャン・ツォーミン》政権時代に「先に豊かになる者が豊かになればいい」という先富論が推し進められたため、政府の中枢から末端の人民に至るまで、金の亡者が闊歩するようになった。腐敗は広くかつ深刻で、現政権を揺るがしかねない致命的な病巣にまで膨らんでいた。

彼は、現政権が掲げる腐敗一掃のため誕生した、巨額汚職を専門に捜査する特命チームのメンバーだった。発足以来、めざましい業績を挙げてきた鄧を陰で支えてくれたのが、幼なじみの黄だったのだ。

北京の中紀委に属して間もない頃、十数年ぶりに黄と偶然再会した。黄の仕事の話を聞いて、鄧はあることを思いついた。河南人の廃品回収ネットワークを、自分の仕事に生かすという妙案だった。

中国で最も嫌われ、エイズ村や泥棒村まであると蔑まれる河南省出身者は、その蔑視をバネに、社会の底流で深い絆を育んできた。本来は都市においては戸籍を持たない彼らが、北京市内に大きなコロニーを形成しているのも、同じ故郷を持つ絆のお陰だった。そして彼らの生活を支えているのが、廃品回収業だった。

中国では、農村戸籍を持つ者の都市への移住は厳しく制限されている。しかし改革開放路線が始まると、農村部からの出稼ぎが奨励された。民工と呼ばれる彼らは、安い賃金で国家繁栄の底辺である土木作業や工場労働などに従事する。

契約期間が終われば、出身地に戻らなければならないのだが、多くの民工たちは、そのまま大都会に居着いてしまう。外地人と呼ばれる地方出身者の北京在住者数は、三〇〇万人以上。地元に戻っても仕事もなく、明日食べるのすら大変なのだ。都会にいれば、その気になれば食べ物にも仕事にも困らない。彼らはレストランの服務員や家政婦、低賃金の単純労働で食い繋《つな》いでいた。住む場所も限られていた。

そんな中で河南人は同じ外地人であるはずの他地域の人からも嫌われ、口汚く罵られていた。曰く「奴らは汗水流して働く気はない。楽して稼ごうとしている。廃品を集めているならまして、工事現場から金属や金目のものを盗む」。

それで〝賊〟などと呼ばれている。しかし、当の河南人は、そんな蔑視にも動じない。大都会の底辺からのし上がり、逞しく生きていた。誰もやりたがらない仕事だから河南人がやっていると、北京人はさも当たり前のように吐き捨てる。だが、河南人はもっと強《したた》かだった。汚れ仕事ではあったが、廃品回収業は服務員や単純労働より遥かに実入りが多かったのだ。しかも絆の深さを活用し、回収業を集約して利を稼いだ。

今や北京市内の廃品回収業界では、河南人が独占的なシェアを占め、中には不動産をいくつも持つ大立者もいた。黄もその一人だった。

　鄧が目をつけたのは、河南人の強かさと廃品回収業という仕事の利点だった。ゴミは、情報の宝庫だ。汚職は社会の潤滑油などという考え方まである北京では、情報のガードも甘かった。汚職官僚や党員の多くは、豪勢な自宅や妾宅を何軒も持ち、金の元になる様々な文書を持ち帰る。その上、平気でゴミ箱に極秘資料や汚職の証拠を捨ててしまう。

　鄧は、羽振りがよいと噂される官僚の自宅や妾宅から出るゴミを、黄らに回収させようと目論んだのだ。

　昔から親分肌だった黄は、鄧の願いを快諾した。

　――学耕のためなら、喜んでやるよ。

　黄らの仕事は徹底していた。回収したゴミの全てを、信用のおける仲間に選別させ、多くの公文書や裏取引の証拠を見つけ出した。

　貴重な証拠を得た鄧は、この五年で、実に三〇人以上の高級官僚や企業家を、収賄容疑で告発。中国独特の刑罰で、軟禁して自己批判させる〝双規《シュアングイ》〟を行い、社会から葬った。その功績で彼は三四歳にして、要人腐敗捜査のエースにのし上がったのだ。

　そして半年前、大きなチャンスが巡ってきた。現総書記の最大のライバルと言われる上海市ナンバー１の腐敗を暴く端緒を摑んだのだ。

中国の成長を牽引してきたと自負する上海は、腐敗の巣窟でもあった。中国全土の格差を是正し、いくらかゆとりのある〝小康〟で調和のとれた社会、つまり「和諧社会」を標榜する現政権にとって、上海の実力者たちの拝金主義は、目の上のこぶだった。

これを暴くことができたら、間違いなく中紀委での昇進が約束される。特捜班の班長どころか、さらにその上の常務委員に推挙される可能性だってある。

叩き上げで、時に権力者の靴を舐めてでもはい上がってきた鄧は、支配される側ではなく、支配する側に立つことを夢見ていた。その夢が叶う千載一遇のチャンスが巡ってきたのだ。

極秘で続けた捜査の結果、鄧は巨悪の動かぬ証拠を押さえた。その時点で彼は、日頃から目をかけてくれている中紀委ナンバー2の副書記・馬漢研《マー・ハンイエン》に報告した。

馬は、鄧の頑張りを手放しで褒め称えた。一方で、鄧が手に入れた事実を、特捜班長にすら報告してはならないと告げた。

――極めて高度な政治問題だからね、これは。どこかで疎漏があると、立件は失敗に終わる。今後も、極秘で動いてください。

馬の指示で上海にも潜入捜査に赴き、さらに捜査を進めた鄧は、証拠を着実に積み上げた。

いよいよ捜査も大詰めになったのが先週の土曜日だった。経過報告のための習慣となった北海公園の散歩で、馬は唐突に、八〇年代に起きた事件について話し始めた。

将来の主席候補の一人を追い詰めた中紀委の検査員がいた。検査員の名は、劉学伯《リウ・シュエボー》。劉は伝説的な人物で、彼に睨まれたら最後、必ず摘発され失脚すると言われていた。劉は二年間にも及ぶ極秘捜査の後、主席候補を追い詰め、失脚させた。だがその後、劉は北京から姿を消し、二度とその名を聞く者がいなかった。

中紀委内の伝説では、「彼の大功績に報いるために党が海南島に別荘を与え、劉は悠々自適に暮らした」ということになっていた。

——あれは違うんだよ。

冬場は野外スケートリンクとなる北海には、カップルや家族連れがボートや水遊びに興じていた。馬は、北海をぼんやりと眺めながら、寂しげに言葉をこぼした。

——絶大な力を持っていた人物を、たった一人の力で失脚させた劉は、権力者に恐れられた。彼は人知れず殺されて、闇に葬られたんだ。

——何をおっしゃりたいんです。

だが馬は湖の賑わいを眺めながら、鄧の背中を軽く叩くばかりだった。

権力の階段を駆け上がるのに焦りは禁物だ。鄧はそう読み取った。今週に入って突然、常務委員の一人と特捜班長に、上海市紀委へ異動となる辞令が出た。共に中紀委では敏腕で鳴らしていた。

同じ日、鄧は特捜班長に呼ばれた。上海関連で何か調べていたかと訊ねられた。だが馬副書記との約束を守り、鄧は首を横に振った。

——おまえには関係ないが、どうやら上海で大物狩りが始まりそうだ。

班長は嬉しそうだった。鄧が上海事件の端緒を摑んだ時のようなはしゃぎぶりだった。

鄧は全てを呑み込んで、健闘を祈るとだけ告げた。これは俺の事件なんだという強いこだわりを持っていただけに、横取りされた喪失感は大きかった。だが、その一方で、馬の話も気になっていた。

今回の摘発では、よほどのことがない限り、上海市ナンバー1の首は獲れるだろう。しかし馬の言う通り、これほどの大仕事をした検査員は、権力者にとって諸刃の剣となり、厄介な存在となる。上海に異動になった彼らを待っているのは、必ずしも輝かしい未来ではないかも知れない。副書記は俺を救ってくれたのだろうか。

だが、なぜ馬がそんなことをするのか。それが解《げ》せなかった。

副書記は、自分に何を期待しているのか。上海に異動になった二人は、馬にとっては反勢力だった。今回の一件で、敵である彼らを遠ざけたとも言える。しかも馬自身は、摘発の陰の立役者として、総書記以下要人らの覚えもめでたくなる——。

つまり、俺は副書記の出世の道具に使われたということなのか。だが単なる道具なら、上海に派遣されたのは自分だったはずだ。

鄧は、この因果を電車に揺られながら考え続けていた。いつも馬は目を細めて俺を褒め称える——、それほど自分は高く買われているのだろうか。いや、事はそんな単純じゃない。では、何だ。

地下鉄が、王府井から五つ目の大望路駅を過ぎたのに気づいた鄧は、扉の方に動き始めた。次の四恵駅で降りなければならない。駅の手前でトンネルを抜け出した地下鉄は、そのまま高架の駅に滑り込んだ。

再び乗降客同士の押し合いの渦に揉まれながら、鄧は電車を降りた。駅の階段を下りて大通りまで辿り着くと、ようやく人心地ついた。

新興の高層マンションの間を大きな道路が交差していた。北京を東西に走る建国路と、環状道路の一つ四環中路の交差点だった。鄧は交差点の東側で再びタクシーを拾うと、四環中路を北に行くよう告げた。

五輪誘致が決まった二〇〇一年から、北京の街は大がかりな街のお色直しを始めた。古い建物や貧民街を一掃し、インテリジェントビルや高層マンションを次々と建設した。鄧が向かおうとしている北豆各庄のあたりも、激変した地区の一つだった。

かつてこの一帯は河南人の巣窟と言われていた。バラックを建てて住み着いた彼らは、北京中の廃品を集めて来ては、売りさばいていたのだ。その状況は今も変わらず、田舎から着の身着のままでやって来た河南人を受け入れる〝村〟もある。だが、通りに面した一帯は、成功者のための高層マンションが立ち並び、その背後にある〝村〟を包み隠してしまったのだ。

「その辺でいい」

助手席に乗っていた鄧は、一際《ひときわ》豪華な地上三八階建ての高層マンションの前で、タクシーを降りた。そして躊躇することなく、一階の高級レストランに入った。

「いらっしゃいませ」

タキシード姿の支配人が慇懃《いんぎん》にドアを開けた。店内では、既に夜の営業の準備が整い始めていた。支配人自身が案内に立ち、一番奥まった個室のドアをノックした。

赤いビロードのカーテンが四方を囲む個室では、大柄の朋友が待っていた。

「おお、兄弟。さあ、入ってくれ」

黄は真っ黒に日焼けした赤銅色の顔を皺だらけにして鄧を抱きしめた。毎週定期的に会っているにもかかわらず、黄の顔は会うたびに日焼けの度を増す。

鄧が河南人ネットワークを捜査に利用していることは、馬副書記も知っている。のみならず馬の計らいで、資金的な援助や様々な特権も黄は手にしていた。

「また、ゴルフ三昧か」

　客の大半が欧米人という高級料理店のオーナーであるだけではなく、黄は北京市内に幾つもの高級マンションを持つ大富豪だった。そして、北京人でもなかなかプレーできない一流カントリークラブのメンバーでもあった。いずれもが戸籍のない〝河南賊〟にできることではない。しかし、彼は中紀委の庇護の下、お咎めを受けない程度に私腹を肥やしていたのだ。

　いくら大富豪になっても、黄は毎夕、作業着に着替え、高級マンションの裏側にひっそりと隠れるように建つ回収品置き場に足を運び、その日の収穫を自分でチェックする日課を欠かさなかった。

　黄はハバナ産の葉巻をくわえながら、鄧に席を勧めた。この日も、部屋にはそぐわない薄汚れた作業着を着ていた。

「どうした、浮かない顔だな」

　年代物のボルドーワインを注ぎながら、黄は即座に鄧の不安を言い当てた。

「そうでもない」

「おいおい、学耕、おまえは昔から何か心配事があると、そうやって口の周りを右手でこする癖があるんだ」

　鄧の右手が止まった。黄は愉快そうに笑い、日焼けした鼻から葉巻の煙を吐き出した。

「ほんと、わっかりやすい奴だ」

黄は河南訛《なま》りを隠そうともせずに、ワイングラスを掲げた。

「女か」

「バカ言うな。俺は、おまえとは違う」

ドアがノックされ、二〇歳前後の色白の女が、二人の前に酒の肴を運んできた。

鄧がこの店で食事することは滅多にない。こうしてワイン一本に軽いつまみを口にするだけで、食事はできる限り自宅で摂っていた。

黄は女の細い腕を摑むと、卑猥な笑みを朋友に向けた。

「どうだ、彼女は。エイズ検査も終わってるぞ」

女は恥ずかしげに黄の手をふりほどき、奥へ消えた。黄はまた高笑いして、ワインをあおった。

この男は、下品な河南人を演じている。昔から黄を知っている鄧は、彼の振る舞いがポーズであることを見抜いていた。

元々は、何代も続く洛陽の旧家の出だったが、文革の影響で家は断絶。黄の両親は金を積んで地元で暮らすことを許してもらったのだが、扱いは酷いものだった。彼は恵まれた体格を生かし、腕っ節一つでのし上がった。見た目と違い根は繊細な男だった。北京から下放されたインテリの息子といじめられていた鄧を、守ってくれたのも黄だった。

「さあ、話してみろ」

黄に促されるままに、鄧は上海事件に関する一連の懸念を口にした。先ほどまでの野卑な男とは別人のような真顔で、黄は黙って話を聞いていた。そして鄧が話し終えると、ワインのボトルを手にして鄧に勧めた。

「それで、いいんじゃないか」

「どういう意味だ」

「あの事件は、政争のにおいがぷんぷんしていた。あれだけの相手を仕留めたら、おまえはいずれ排除されたろう。危険すぎる。いいボスに仕えたということだ」

朋友はもっと怒りを露《あらわ》にすると思っていた。半年かけて危ない橋を渡ってきたのは、黄に他ならない。

「おまえは怒らないのか」

「なぜ」

「危ない橋をたくさん渡らせた」

「俺は、おまえに頼まれたことをやっただけだ。上海のクソ野郎を誰が捕まえようが、気にしない」

淡々と話す黄の太い指が、カマンベールチーズをつまんだ。鄒も、自嘲気味にワインを舐めた。

「俺は単にオヤジにいいように使われているだけかも知れん」

「結構じゃないか。俺たちは皆、そうやって利用し合ってんだ」

鄒は黙ったまま、朋友の顔を見た。

「もっと大人になれ。おまえは、あんな最低の女を嫁に迎えてまで、権力者を目指したんだろ。ならば、中紀委副書記を利用するぐらいの強かさを持てよ」

野卑な男の顔に戻った黄が睨んだ。

「じゃあ、おまえさんを元気づけるもんをやるよ」

言いながらテーブルに積んであった雑誌の中からクリアファイルを取り出して、鄒に手渡した。

「フカヒレアワビのエロオヤジ」

虚を衝かれて、思わず鄒は顔を上げた。

「北京市副市長のネタが獲れたんだな」

黄は親指を突き出した。

「あのオヤジ、北京五輪のスタジアムで利権食いしてやがる」

4

二〇〇五年五月／北京

〝フカヒレアワビのエロオヤジ〟と陰口を叩かれている男がいる。北京市内全区に愛人を囲い、夜ごと高級ブランデーとアワビ入りのフカヒレスープをすすっていると揶揄されているのだ。

男の名は、馮海峰《フォン・ハイフォン》。北京市副市長、人口約一五〇〇万人を抱える中国の首都で最高幹部の一人という立場にある。

北京市党書記の御曹司として、馮は生まれた。北京市政府のエリート官僚として出世の階段を上り続けてきたが、だからといって彼自身は能吏ではない。それどころか、全ての公文書を部下に代筆させ、常に侍らせている美人秘書に文書を読み上げさせるだけと言われていた。

にもかかわらず現在の地位に就き権勢を振るえたのは、何代も続く北京の有力者で組織される〝北京大人《ベイジンダーレン》〟の後ろ盾があったからだ。彼が関係者に様々な便宜を図り、その見返りとして多額の賄賂を受け取り、贅沢三昧の暮らしを送っていることは、半ば公然の秘密だった。

黄から手渡された馮の調査ファイルを、鄧は貪《むさぼ》るように読み耽った。

黄の仕事は、今やゴミを調べるだけではない。マークした家の周辺に張り込み、出入りする人間をチェックし、留守宅に忍び込んで盗聴マイクや隠しカメラを仕掛けることすらやってのけた。

「どうせ俺たちは、〝河南賊〟だから」と黄は高笑いするが、鄧や中紀委の後ろ盾をフルに活用していることは間違いない。

「噂には聞いていたが、このオヤジの酷さは、普通じゃねえな」

黄は分厚いチャーシューを頬張りながら、言葉を漏らした。

「短期間に、よくここまで調べたな」

北京市副市長を調べて欲しいと、鄧が頼んだのは二カ月ほど前だった。

「俺たちを甘く見てもらっては困るな。二カ月もあれば、アメリカ大統領の秘密でも暴いてみせるぜ」

鄧は書類から顔を上げて、黄の表情を窺った。

「何だ、もっと前からマークしていたのか」

黄はワインを注ぎながら、黄色い歯を見せた。

「あのオヤジには、因縁があってな」

「因縁？」

興奮で渇いた喉を、鄧は赤ワインで潤した。

「東昇路《ドンションルー》のそばで、俺たちがバカ坊ちゃんやお嬢ちゃん向けに、高級マンションを建てようとしていたのを知ってるだろ」

東昇路は北京北部の郊外、清華大学の近くにある。近年、高級マンションの開発が進むエリアの一つで、彼は数区画の開発権を手にしていた。

「ああ。それと、フカヒレオヤジとどう繋《つな》がる」

「半年前だ。北京市政府に手続きの不備を指摘された挙げ句、開発権を取り上げられた。おまけに、ほぼ完成していた建物まで没収された。その時の黒幕が、このオッサンだった」

初めて聞く話だった。鄧が眉を顰《ひそ》めたのを見て、黄が付け足した。

「おまえは、上海に行きっぱなしだったろ。それに、こんな話で煩わせたくないからな」

黄は気働きのできる男ではない。ただ、必要以上のもたれ合いは避けた方が互いに安全だという程度は、理解しているようだ。

「いつか仇をとってやろうと思っていた矢先さ。おまえから話があったのは」

鄧が馮に興味を持ったのは、中紀委に毎日大量に寄せられる告発文、挙報の一つがきっかけだった。

〝偉大なる我が中華人民共和国の首都である北京市の要職を、私利私欲の道具にしている男を、義心より糾弾す〟という硬い古風な文面で始まる文書で、馮をはじめとする〝北京大人〟の悪行が事細かに綴られていた。

馮の評判の悪さは有名だった。中紀委でも〝北京大人〟による闇支配や利権漁りを、知らない者はいなかった。だが、〝北京大人〟はアンタッチャブルな相手であり、中紀委の中ですら見て見ぬふりをし続けていた。

汚職や腐敗は、中国にとって文化のようなものだ。中紀委内部でもそう言って憚《はばか》らない人間は大勢いた。

「目に余るものだけを、見せしめに取り締まればいい」が不文律だと言われ、〝北京大人〟の連中にそれを適用する〝愚か者〟はいなかった。

そもそも見せしめの選定にも、ルールがある。ターゲットは、後ろ盾を失った人間に限るという至極政治的なものだった。正義でも綱紀粛正でもない。

だが副書記の馬は、そうしたタブーの打破を敢行した。まず彼自身が陣頭指揮に立ち、党の実力者を追い詰めたのを手始めに、容赦なく巨悪に大鉈を振るいはじめた。黄一党を使った捜査ができるのも、馬の方針と後ろ盾があったためだ。

無論、馬が正義感から巨悪に挑めと指示したとは、鄧も思っていない。それでも生き甲斐を見つけた気がしていた。理屈ではなく、能力もなく努力もせずに温々《ぬくぬく》と生きている連中が、生理的に許せなかった。

捜査の経緯を得々と説明する友の言葉を遮って、鄧は目の前の文書を指で叩いた。

「これは、どこで見つけたんだ」

五輪関連施設工事の競争入札で決まった企業の一覧だった。いくつかの企業名が二重線で消され、別の会社名が手書きされていた。それが五カ所もあった。

「エロオヤジ一番のお気に入りの娘の家だ」

「家？」

鄧が咎めるような目を向けると、朋友は照れくさそうに笑って酒を勧めた。

「堅いことは言うな」

「勝手に入ったというのか」

「そうじゃない。実はな、おまえには言ってなかったが、最近ホストクラブをやり始めたんだ」

『朋友には何の隠し事もしない』が口癖の黄だったが、鄧は不信感を抱かざるを得なかった。

「何だ、それは」

「女が男を買う店だよ」

「そんなことは知っている。なぜ、おまえに、そんな店がやれる」

廃品回収業に限らず、北京で事業を興すには、様々な許可がいる。そのための最低条件は、北京市に戸籍があることだ。横取りされた黄の不動産開発権も、高い金を払って北京市民から名義を借りて申請している。ホストクラブとなると、もっと厄介なはずだった。

「なあに、金に狂ったこの国に、金で買えないものはない」

鄧は咎めるように首を左右に振った。鄧の女のような手に、黄のゴツゴツした手が重なった。

「心配するな、迷惑はかけん」

「そういう問題じゃない。俺はおまえのことを心配しているんだ」

黄は嬉しそうに、鄧の手の甲を叩いた。

「おまえは本当にいい奴だ。だが、安心しろ」

黄は顔色一つ変えず平気で嘘をつく。にやけた顔でワインをあおる顔から真偽を見抜くのは、至難の業だった。

口元をナプキンで拭いてから、黄は大げさに両手を広げた。

「あのエロ爺が一番気に入っているかわいこちゃんをホストクラブに招待したら、向こうが男に入れあげてしまったってだけの話だ」

罠を仕掛けたのか、と訊ねても黄は肩をすくめるだけだろう。逆に黄が質問をぶつけてきた。

「エロ爺に会ったことがあるか」

「何度も」

「なら分かるだろう。フカヒレアワビだけじゃなく、フォアグラだ、ステーキだと食べてみろ。脂肪の塊になっちまう。いくら金のためとはいえ、あんな脂ぎったオヤジに抱かれるのは反吐《へど》が出るだろ。かっこいい男に走るのを誰にも咎められん」

話がすり替えられていた。だが黄は、それ以上は聞くなという風に右手を振った。

「ここに手書きされている会社だが」

「尹《イン》の息の掛かった会社ばかりだ」

チーズをつまもうとしていた鄧の手が止まった。

「尹だと。建都集団の尹龍誠《ロンチョン》のことか」

建都集団とは、〝北京大人〟の有力者が役員に名を連ねる北京市直轄のゼネコンだった。

黄は自慢げに頷くと立ち上がり、ドアを開けて服務員に酒と食事を持ってくるように告げた。

「いや、俺は食事は」

鄧の拒絶を、黄は大げさなジェスチャーで咎めた。

「もう九時前だぞ。俺はもう腹が減って死にそうだ。たまには飯を付き合え」

鄧は曖昧に頷き、視線を先ほどの文書に戻した。書き足された企業が全て建都集団の関連会社なら、とんでもないことになる。

「外国への手前、公明正大な競争入札なんぞをやってみたものの、思ったほど建都に仕事が落ちなかった。それで、馮は尹から大目玉を食らった。その結果が、これだ」

あり得る話だが、証拠がいる。

「証拠は」

黄が作業着のポケットからカセットテープを取り出した。

「尹が直々に妾宅に電話をして、延々と馮を脅し続けている」

なるほど、黄の仕事は徹底していた。

「それにしてもあのクソオヤジの性欲と来たら、異常なんてもんじゃない。一度、奴がやっているビデオを見てみるか」

「おい、阿剛《ガンちゃん》!」

鄧は子供時代の愛称で黄を呼び、思わず立ち上がった。黄は戯《おど》け顔で両手を挙げた。

「そう怒るなって。化けもん相手に勝負する時は、徹底的に弱みを押さえておくべきだ。それが結局、おまえや俺が生き抜くための保険になる」

保険か。そんなものはどうでもいいと思うことが時々ある。

「なあ、学耕。おまえ、本気で馮を追い詰める気か」

憤然としたまま鄧は、腰を下ろした。

「当然だろ」

「おまえを見ていると、危なっかしくてしょうがない。こんな大物ばかり狙っていたら、命がいくつあっても足りんぞ」

「分かっている。だが、これが俺の仕事だ」

ドアがノックされて、シャンパンと料理が運ばれた。アワビ入りのフカヒレスープもあった。鄧が非難の眼差しをぶつけると、黄は嬉しそうに笑い声を上げた。

「今日、フカヒレアワビを食わんで、どうする。さあ、改めて祝杯だ」

彼はシャンパンの栓を抜くと、鄧のグラスになみなみと注いだ。渋々グラスを手にして、鄧は高そうな酒を一息にあおった。気持ちとは裏腹に品のいい泡が口の中を刺激し、喉をさわやかに潤した。

服務員が下がるのを見届けてから、黄が続けた。

「馮を告発するのは、やめろ」

酒の心地よさが、吹き飛んだ。

「何だと」

「上に握り潰されるだけだぞ。ならば、おまえの立身出世の道具にすればいい」

黄の言わんとしている意味は、察しがついた。これをネタに馮たちに貸しを作れと言っているのだ。だが、それは鄧のやり方ではなかった。

「おまえ、もっと狡く強かに生きたらどうだ。いつまでも正義の味方でもないだろ」

聞きたくない話だった。鄧は議論しないために、目の前でうまそうに湯気を立てるスープに手をつけた。アワビの旨味が溶け込んだスープは、自分自身の頑さも溶かしてくれそうだった。

「おまえが、どんな苦労をしてここまで辿り着いたか、俺は知っている」

「止《よ》せ」

だが、黄はやめなかった。

「北京で将来を嘱望された歴史学者だったあんたのオヤジさんは、文革で、河南省の片田舎に下放された。頑固なオヤジさんだったよな。俺たちには優しかったが、自説を曲げられず、文革が終わっても北京に戻れなかった」

鄧は無視したまま黙々と料理を食べた。そうでもしなければ怒りが爆発して、黄に摑みかかりかねない。

「結局、河南の地に馴染んだのは、おまえだけだった。おまえは村の子として俺たちと遊び、俺たちと一緒に悪さをした。出来のいいおまえの兄貴には、できないことだった」

だが、父が愛したのは兄だった。

「お前の兄貴は、勉強は確かにできた。良い人でもあった。だが、六・四で殺されちゃあ意味がない」

六・四とは、一九八九年に起きた天安門事件のことだ。当時北京大生だった兄は、党幹部の腐敗糾弾と農村の悲惨を訴えて運動の先頭に立ち、軍によって逮捕された。そして五日間にもわたって拷問された後に果てた。

「もういいだろ。その話は、したくない」

「じゃあ、もっと大人になれ。おまえは、兄貴のせいで合格した大学にも行けず、相思相愛だった俺の妹を捨てて、高慢な女を選んだんだ。あのクソ女のオヤジが、党のお偉いさんだったからだ」

鄧はたまらなくなって、拳でテーブルを叩いた。怒りで肩が震えていた。それでも黄は怯まなかった。それどころか彼は、何事もなかったかのように平然と続けた。

「だがな、俺はおまえを恨んじゃいない。それは愛鈴《アイリン》も同じだ。おまえは偉くなって、自分たちを虫けらのように踏みにじった奴らを見返すために、夢も希望も捨てたんだ。それでいい」

かつての恋人、愛鈴の名を聞くだけで胸が痛んだ。彼女は今なお独身を通し、二人の故郷である河南省固始県で、小学校の教師をしていた。

黄は容赦なく、鄧の古傷を抉《えぐ》ってきた。

「ここまでよくやってきたよ。下放された自由主義者の息子、六・四事件の過激派の弟、そして河南賊と蔑《さげす》まれても、常に結果を出してきた。俺なんぞ死んでも入りたくない共青団で、反吐が出るような仕事を常に率先して引き受けて頭角を現してきたのも、偉くなるためだろ」

共青団すなわち共産主義青年団とは、共産党員のリーダーにすべき人材に一四歳から英才教育を施す青年組織のことだ。開明的なリーダーとして人民に愛された胡耀邦《フー・ヤオバン》、そして現総書記・胡錦濤《フー・ジンタオ》らを輩出した組織としても知られている。

鄧は一四歳で、共青団に入団した。学歴か門閥がなければのし上がれない中国で、唯一残されたエリートへの可能性に賭けたのだ。

黄は続けた。

「だが、この先、おまえが本当に偉くなるためには、もっと狡賢く立ち回る必要がある。敵を後ろから刺すぐらいでなければ、おまえが刺されるぞ」

手にしていた箸で、黄は皿の上の大きな肉片を突き刺した。食事に専念していた鄧は、黄が突き刺した肉を見てしまった。彼は渋い顔で答えた。

「分かっているさ。だからこそ馮を叩く。この男は、馬副書記とは犬猿の仲だからな」

不敵な笑みを浮かべた黄は大口を開けて肉を放り込み、下品な音を立てて咀嚼しながら、さらに諫《いさ》めを付け足した。

「まあ、それならいいがな。でも、馬の大将も今回ばかりは強引なことはやらんと思う。だから絶対に無理をするな。そして、退路を必ず確保するんだね」

反射的に鄧は、黄の左手の甲を叩いていた。それに応えるように黄は、器用に鄧の手を摑んだ。

「なあ、学耕、嫌な仕事は何でもやってやる。だから、偉くなってくれ」

鄧は、友情に応えるように手を強く握り返した。

「ありがとう」

目尻を下げた黄は手を放すと、懐から分厚い封筒を取り出して、鄧の前に放り投げた。中には百元札が、ぎっしり詰まっていた。

「何の真似だ」

「おまえへの投資の手付金だ」

「投資？」

「そうだ、欧米では株や不動産だけでなく、人にも投資するそうだぞ。だから俺は、おまえに投資する。何倍にもして返してくれ」

「こんなものは受け取れない」

鄧は汚い物にでも触れるように、封筒を押し返した。

「受け取るんだ。それが、おまえが俺との約束を果たす証《あかし》だ」

「約束を果たす証だと」

黄の顔から笑みが消えていた。何度も苦難を乗り越えてきた男の顔つきになっていた。

「本当に手段を選ばずのし上がっていきたいなら、カネを持っていけ。これからおまえに必要なものの一つだ。三万元のはした金なんぞ、俺には何でもない。だが、おまえには貴重なカネだ。いいか、この国はカネが人の口を開かせ、将来の道を拓かせるんだ」

そんなことは、言われなくても分かっていた。だが、汚職を取り締まる側がカネにまみれれば大義名分が消えてしまう。鄧はそれが怖かった。彼は、放り投げられた封筒を険しい目で見つめていた。

「カネは人を狂わせる。いや、この国は、人民全部がカネで狂っている。だがな、学耕。おまえならカネを使いこなせるはずだ。カネを道具にし、カネを支配した奴だけが、この国の勝者になれる。俺はそう思っている」

黄の言葉は、頑なまでに潔癖な鄧の心の扉を開こうとしていた。彼は、まっすぐに自分を見つめる友の顔を見た。幼い頃から、頭一つ小さい友を守ってきた頼もしさがあった。

「偉くなれ。偉くなって、この理不尽な国から絶望や嘆きを消して、希望の国にしてくれ。そのために、封筒を手にするんだ」

まるで催眠術に掛かったように、鄧の手は封筒に伸びた。彼は震える手で封筒を鷲掴みした。そこに再び、黄の大きな手が重なった。

「俺が、おまえをどんなことをしても守ってやる。どこにいてもな。おまえは、河南人の誇りになるんだ」

自分がそんなものになれると鄧には思えなかった。だが、彼は反射的に頷いていた。

5

二〇〇五年五月／北京

タクシーのシートに体を預けながら、鄧はぼんやりと夜の街を眺めていた。時刻は、既に午後十一時を過ぎていた。遅くなると妻に連絡していなかったため、気が重かった。だが、それ以上に、上着の内ポケットに入っているものの重さがこたえた。

無理矢理押しつけた黄は、「賄賂ではなく、投資」だという。確かに、黄が学耕に賄賂を贈っても何の意味もない。直接の利害関係はないからだ。かといって、彼から三万元ものカネをもらういわれはなかった。

週末の馬といい黄といい、今まで鄧のやり方にここまで踏み込んで意見を言ったことはなかった。

人を信用しない鄧にとって、心を許す二人から同時に指摘を受けたことは、捨てておけなかった。言い方はそれぞれ違うが、二人は同じ点を気にしていた。すなわち、鄧の潔癖さと頑さだった。

「俺は、そんなに潔癖で頑固なんだろうか」

「何です」

思わず口をついた独り言に、運転手が反応した。

「いや、独り言だ」

「旦那、煙草持ってませんか」

反射的に上着のポケットから「大前門」を取り出しまるごと渡した。

「いいんですか」

「取っておけ」

運転手が鼻歌まじりに煙草を吸い出すと、鄧はまた独り物思いに耽《ふけ》った。夕方の渋滞が嘘のように車は大通りを西に向かって疾走していた。

俺は潔癖でも何でもない。正義なんぞにも興味すらない。

ただ、人から支配されたくないだけだ。黄の言う通り、父は不器用な男だった。息子たちには理想を常に説いたが、それが絵空事であるのを決して認めようとしなかった。

そして、どれだけ家族が虐げられ、貧しい暮らしをしていようと、父は「希望を忘れるな。豊かな社会とは、自らが抱いた希望が実現できる社会を言うんだからな」と言い続けた。

――希望とは、人が生きる原動力だ。どんな酷い目に遭っても、どんなに貧しくても、希望を失ってはならない。そして、人々から希望を奪う者がいれば、我々は勇気を持って闘わなければならない。

早くから河南省の田舎に馴染んだ学耕は、父の言葉に半信半疑だった。村での暮らしのどこにも希望なんてものは見つけられなかったし、皆、今日を生きるので精一杯だった。そして学耕自身はその状況が苦にならなかった。

だが兄の英峰《インフォン》は違った。早くから村随一の秀才と言われた英峰は父に心酔し、父の理想の実現こそ己の使命だと信じていた。彼はスポーツも得意だったし、人望も厚かった。学耕が共青団に入れたのも、兄のお陰だった。

しかし英峰は早くから、共産主義の限界と欺瞞に気づいていた。そして、現在の政治体制では、彼が信じる希望は実現できないと悟ってしまったのだ。奇《く》しくも起きた天安門事件で、兄は何の迷いもなく運動にのめり込み、首謀者の多くが海外逃亡を企てても闘い続けた挙げ句、命を落としてしまった。

「何が、希望だ……」

煙草をもらって上機嫌になった運転手がラジオのボリュームを上げたので、今度は聞き咎められなかった。

希望なんぞ、この国では人を不幸にするだけだ。だが、それと同時に、希望を信じた兄を殺した社会を憎悪した。そして今の仕事に就いて悟ったのだ。希望とは、支配者階級だけが口にできる言葉であることを。

ならば、どんなことをしても支配者階級になってやる。エリートの道を目指す理由はそれだけだった。

黄の言うように、本当に偉くなりたければ、もっと狡賢く立ち回るべきなのだ。馬の言うように、生き残りたければ目立たないことなのだ。

頭では分かっていた。だが、彼の中に流れる血が、不正や腐敗を見過ごせなかった。

だが、それはどうやら間違いのようだった。

──それだけ、おまえさんが目立ったってことだ。

二本目の白酒《バイチユウ》の封を開けながら言った黄の言葉には、一理あった。

──馬のオヤジのように、誰かの盾の後ろに隠れるぐらいでなければ、生き残れんぞ。

その盾に黄がなるというのだ。そして、自らの野望のためとはいえ、馬もまた鄧の盾になっている。

──まあ、好きにやるさ。おまえが小賢しくなったら鄧学耕ではなくなるのは確かなんだから。ただ、ちょっとは息抜きしろよ。女とか、ギャンブルとかな……。

呂律《ろれつ》が回らなくなった頃に、黄はもう一度女を押しつけたが、それを潮に彼は店を出た。

「そこを右だ」

運転手は小さく頷くと、くわえ煙草のままハンドルを切った。

鄧の住まいは、北京市のほぼ中心部、安定門にある。地下鉄二号線の安定門駅を東に出て川沿いに五分ほど歩いた六階建ての古い建物だった。この一帯は、党の功労者用に建てられた社区（コミュニティ）で、引退した軍人や党の中堅などが住んでいた。ここに居を構えることは、河南省の寒村から成り上がってきた鄧にとって、一つのステイタスだった。

しかし、何事にも贅沢を好む妻は、友人の家族が次々と郊外の豪邸や高層マンションに住み始めたのをやっかみ、鄧を腑甲斐《ふがい》ない夫と罵っていた。

事情を察した黄が、所有する高級マンションを破格の値段で提供しようと申し出たこともあった。だが、中紀委の一員として、賄賂ととられかねない行動は慎むべきだと断った。止《や》むことのない妻の愚痴に辟易《へきえき》する友人を見かねた黄は、贅沢な内装にリフォームしてくれた。費用については、毎月鄧が払える範囲の割賦で返していた。

「ここでいい」

社区の門の前で車を降りた鄧は、「かみさんへの土産だ」と黄から渡された紙袋を右手に、重い革鞄を左手に構内を進んだ。

老人が多く入居しているせいもあって、灯りがついている部屋はほとんどなかった。団地全体がひっそりと寝息を立てているような静けさの中、鄧は何度も修理を重ねた靴の音を気にしながら自宅のある棟を目指した。

さすがに深酒の後の階段はきつかった。彼は自室の三階の前で息を整え、そっとドアノブを回した。滅多にかけない鍵がかかっていた。

やれやれ、これは一波乱あるな……。

荷物を床に置いて歪んだネクタイを締め直し、無駄と知りつつ口臭止めで酒臭さをごまかした。さらに、これから起きる事態を想定して、カネの入った封筒を革鞄の奥底にしまい込んでから、鍵を差し込んだ。

ドアを開いた瞬間、暗闇から何かが飛んできた。とっさに身を引くと、閉まりかけていたドアが身代りになり、派手な音をたてて茶碗が砕けた。

「蓮々《リエンリエン》、何を」そう話しかけながら廊下を進んだ鄧に、今度は波状攻撃のように料理が皿ごと次々と投げつけられた。鄧はもう避けなかった。彼の灰色の背広は見る見るうちに、汁と油まみれになったが、それでも鄧は歩を緩めなかった。

「来ないで、この裏切者！」

鬼のような形相の妻が手当たり次第に物を投げつけてきた。彼の顔に杏仁豆腐が飛んできたところで、鄧は妻の両肩を抱きしめた。強い酒と汗の臭いがしたが、それも厭《いと》わなかった。

「ゴメンよ、蓮々。切羽詰まった仕事の話でね」

「何が切羽詰まった仕事の話よ。分かってんだ。あのくそ黄剛に、女を紹介させて遊んでたんだ。放せ、汚らわしい」

妻は小柄な鄧より、身長も横幅も大きかった。渾身の力でぶたれると、吹き飛ばされそうになる。鄧は何とか堪《こら》え、彼女の耳元で囁《ささや》き続けた。

「分かってるだろ、黄はそんなことしないさ。彼は蓮々を傷つけたりしない。見てみろよ、この部屋だって、おまえのために黄が特別仕立てに」

「騙されるもんか！　そうやってあんたらは、私をバカにして笑ってるに違いないんだ」

彼女は鄧の手を振りほどくと大声で喚《わめ》き、今度は食器棚の中の皿やカップを投げ始めた。

鄧は避けずに、彼女の気の済むまで投げさせた。やがて根負けした宋蓮は、膝をついて大声で泣いた。

鄧はホッとした。ひとまず峠は越した。あとは、抱きしめながら寝かしつければいい。彼は汚れた上着を脱ぎ捨てて、妻を抱きしめた。

「私には、おまえしかいないんだよ、蓮々。おまえが全てなんだ」

彼女は嫌々するように首を激しく振り続けた。

「知っているはずだよ。私がどれぐらい蓮々を愛しているか。ほら、見てくれ。遅くなったお詫びに、王府井のティファニーでお土産を買ってきた」

こんな時刻まで空いているはずはないのだが、妻は泣きはらした顔を上げた。鄧は上がり框《かまち》に置きっぱなしにしてきたティファニーの紙袋を取りに行き、彼女に手渡した。

「これを、あたしに」

「そうだ。気に入ると思うな」

中身は、知らなかった。だが、女たらしの黄がくれたものだ。半端な品ではないはずだった。

宋蓮はしゃくりあげながら包装紙を破り、もどかしそうにケースを開けようとしたのだが、太い指が震えて小さな金具が外れなかった。鄧が優しくケースを受け取り、蓋を開いて見せた。ダイヤを真ん中にあしらったハート形のネックレスだった。

「わあ、素敵」

さっきまでの狂乱が嘘のような声を上げた。

「さあ、つけてみよう」

鄧は手際よくネックレスを妻の首にかけてやった。

「とてもよく似合うよ」

「本当？」

「ああ、ほら見てご覧」

鄧は彼女を立たせると、姿見の前に連れて行った。泣きはらした眼と、料理を投げつけたせいで汚れたオレンジ色のワンピースが哀れだったが、彼女はもう気にもしていないようだった。

「ちょっと、若すぎないかしら」

「とんでもない。まるで、君のために作られたようだよ。今度のパーティにつけていけばいい」

「そうね、じゃあ、これに合ったドレスも新調しないと」

やれやれと思いながらも、鄧は笑顔で頷いた。

「そうだったね、明日、王府井に行ってみよう。さあ、もうおなかぺこぺこなんだ。君の手料理は、まだ残っているのかい」

全部投げきってくれていることを祈りながら、彼は切り出した。

「もうないわ。でも、何なら作り直す」

「とんでもない。君に心配を掛けた罰だよ、僕が作る。それより、君はシャワーを浴びて、先に寝るといい。明日、王府井にお洒落していくためにも、たっぷり睡眠をとらないと」

「そうね。ねえ、学耕。一緒に寝てくれる？」

この料理まみれの服でかい、と聞いてみたかったが、鄧は優しく頷いた。

「もちろん」

不意に脳裏に、黄の不機嫌そうな顔が浮かんだ。

――相思相愛だった俺の妹を捨てて、高慢な女を選んだんだ。あのクソ女のオヤジが、党のお偉いさんだったからだ。

そうじゃない。俺がこの女を踏み台にしたんだ。一族の厄介者だった彼女を手中にしたからこそ、俺は今の地位にいられるんだ。だから、彼女を守ってやらなきゃならないんだ。

「ねえ、学耕。お風呂に入るから、ネックレス外して」

妻の甘えた言葉に我に返ると、鄧は彼女を後ろに向かせてネックレスを外してやった。

俺は関わる人間を皆、不幸にしている。だが、それが俺の生きる道なんだ。

甘える妻を風呂場まで誘《いざな》いながら、鄧は正念場にいることを自覚し始めていた。

6

二〇〇五年五月／カンヌ

美しい街が憎らしかった。澄み切った空も、吸い込まれるような海の青さも、楊麗清には癪《しゃく》だった。

昨日までは、この空と海が私を称《たた》えてくれるように思えたのに……。

憧れのフランス、夢にまで見たカンヌ。私の輝ける未来が、ここから始まる。ホテルにチェックインして部屋のバルコニーに立った時は、疑うことなくそう確信していた。

世界最大の映画フェスティバル、カンヌ映画祭。カメラドールを手にするために、麗清は映画人憧れの地へやって来た。

カメラドールとは、カンヌにおけるいわば最優秀新人監督賞だ。誰もがエントリーできるわけではない。候補作に選ばれるのは、一〇作足らず。熾烈な競争を勝ち抜いた作品だけが、映画セレブリティの前で披露され、今年一番の期待の星が選ばれるのだ。

ノミネートされただけで胸を張れる出来事だった。だが、何でも一番が好きな彼女にとって、参加するだけでは無意味だった。必ずカメラドールを手にしてアメリカに凱旋する。それでなければ来た意味がなかった。

中国出身の映画監督には、成功の方程式のようなものがある。映画監督を養成する北京電影学院を卒業し、海外の映画祭に作品を出品、欧米で高い評価を受けて名声を手にするというパターンだ。各国映画祭の常連と言われている陳凱歌や張藝謀などの巨匠も、カンヌが育てたようなものだった。

麗清の場合は家庭的に恵まれていたこともあり、電影学院から名門南カリフォルニア大学(USC)映画学部に留学した。卒業後もハリウッドに残ってアシスタントを続けながら、デビューのチャンスを狙っていた。

そして、アメリカに来てからレニ・ヤンの名義で初めて監督した作品が、カンヌ映画祭批評家週間の出品作品に選ばれたのだ。

これで私の時代が来る！　と彼女は確信した。同時に今までは見向きもしなかったアメリカメディアが褒め称えたことが彼女の溜飲を下げた。

『小皇帝《リトル・エンペラー》』は、一人っ子政策のためにわがまま放題に育てられ、何不自由ない暮らしをしていた中国人女性を描いたドキュメンタリータッチの作品だった。アメリカに留学したヒロインは、白人社会だけでなく、今や母国中国より伝統的な習慣を重んじる中国系アメリカ人社会からも疎外され苦悩しながら、強く生き抜こうと決意する。

人口爆発の抑制対策として、中国で一人っ子政策が始まったのが一九七九年。正式には「計画生育」と呼ぶ。施行当初は、家督相続や男尊女卑の意識が強い一部の農村部で女の子が生まれると殺すという事件が相次いだために、これらの地域では二人まで規制緩和されているが、都市部で認められる出産は依然、一人に限られていた。

元々中国では子供は宝物という発想が強く、一人っ子政策ではそれがマイナス要因として働いている。

子供を一人しか産めないから、両親ばかりか一族総出で溺愛する。欲しい物は何でも買い与え、甘やかし放題した結果、一人っ子は我慢や協調性に欠けたわがままな大人になり、社会問題になっていた。

作品タイトルの『小皇帝』は、一人の幼児に、大の大人がかしずく様から生まれた中国の流行語からとった。政策が始まった七九年に生まれた麗清にとって、映画はいわば自伝的作品だった。父親が上海出身の国務院幹部であり、同世代の中でも豊かで自由な生活を謳歌した。また、母が外務官僚だったこともあり、子供の頃から英語にも親しんだし、国際人としての教育も受けた。そんな環境で育った彼女ですら、米国留学直後のショックは忘れられなかった。

何でも夢が叶う自由と平等の国。中国の若者の誰もが、胸躍るような憧れをアメリカに抱いていた。だが、実際には人種の偏見、言葉の壁、所得格差など、裕福な家に生まれた麗清も、人種的劣等感を何度も味わった。

それと同時に麗清を圧倒したのは、同級生たちの豊かな才能だった。いや、凄まじさと言った方がいいかもしれない。

北京電影学院時代は、向かうところ敵なしと思っていた麗清だったが、USCで学び始めて、自分がいかに平凡かを思い知らされた。ここで学ぶ連中の才能は、努力や技術習得で超えられるものではないと打ちのめされた。

切り替えの早い彼女はすぐに、センスや閃《ひらめ》きで勝負するのをやめた。中国映画界でも個性的で異彩を放つ監督は、既に充分多い。そこで敢えて、アナログで泥臭いジャーナリスティックなタッチで、この世界を生き抜こうと決めたのだ。

CNNの支局でアルバイトをしながら、著名な記録映画監督のアシスタントを務めた。そこでは麗清が、欧米の記録映画に毒されていないことが功を奏した。彼女の〝師匠〟が、枠にはまった記録映画を否定していたのと、自由な発想をアシスタントに求めたためだ。

　全てが初めての体験だったが、逆に何もかもが新鮮だった。好きなことへの貪欲さも手伝って、彼女は見る見るうちに〝師匠〟の映画手法を吸収した。さらに、物怖じしない性格も幸いした。彼女は、気づいたこと、思いついたことをどんどん発言し、何度も「バカ」呼ばわりされながらも、彼から様々な〝秘伝〟を伝授された。

〝師匠〟から何度も言われたのが、自分はどう考えるか、どう見るかという二つのこだわりを持ち続けることだった。約二年、彼の下について頑張った結果「やっぱりフィクションで勝負したい」と言った時、〝師匠〟は驚きはしたが、高笑いしながら許してくれた。

『小皇帝』は、ハリウッドだけでなく、ニューヨークでも試写会を開いた。それはプロデューサーであるボーイフレンドの力だったが、高い評価を得たのは、自分自身の実力以外の何物でもないと自負している。

　だからこそカメラドール受賞を確信してカンヌに乗り込んできた。上映後の反応も、上出来だった。気の早いメディアは、「映画界に新女王誕生」と囃《はや》し立てた。

　しかし上映会場で賞賛を浴びたのは、麗清だけではなかった。中でもノルウェーとベトナムの作品は、『小皇帝』に負けず劣らず高評価だった。いずれも彼女の作品とは全くタイプの違うもので、カメラドールの行方は審査員の好み次第だろうというのが、大方の予想だった。

じたばたしても始まらない。気持ちを切り替えた麗清は、結果が出るまで仲間たちとパーティ三昧に明け暮れた。憧れのスターたちと過ごすパーティは夢のようだった。多くの著名人が彼女の作品を褒め、次の仕事の誘いまで囁《ささや》いた。

強気な彼女は、自分が主役になるであろう記者会見のドレスもスピーチも、準備済みだった。後は、結果発表を待つばかりだ。なのに、一夜明けた発表の日、麗清は朝からずっと落ち着かなかった。

カメラドールは、広い意味ではカンヌ映画祭の賞なのだが、主催しているのは、フランス映画協会だった。そのため最高賞のパルムドールなど本賞の場合は、ノミネートされた作品の監督や俳優などの関係者がレッドカーペットを歩き、メイン会場で発表の瞬間を待つが、麗清は、その興奮が味わえなかった。カメラドールの発表は地味だった。審査結果は電話で受賞者に連絡され、別の会場で記者会見を開くのが一般的だった。

そろそろ発表があってもおかしくない昼過ぎになって、麗清は結果を知るのが怖くなって部屋に閉じこもってしまった。

「何だ、冴えない顔してるじゃん」

親友の李明恵《リ・ミンフィ》が、煙草をくわえてバルコニーに顔を出した。浙江省生まれの明恵は、北京の大学時代からの友人だった。北京外大フランス語学専攻の彼女とは、インターカレッジのイベントで知り合って意気投合した。麗清がUSCに留学したのと同時期、明恵は友人を頼ってパリに移り住んだ。ウエイトレスをしながら小説を書き続け、二年前にメイファの筆名で、フランス文壇へのデビューを果たしていた。

「ここの風景に、飽きてきただけ」

「あんたにも、そんなナイーブな一面があるのね」

彼女は皮肉交じりに鼻から煙を吐き出した。

「何、それ」

「さすがに、ビビっちゃってんでしょ。鋼《はがね》の女も、カンヌの前では、か弱いお嬢様だったか……」

麗清は鼻で笑い飛ばそうとした。

「いい映画だよ、あれは。賞を獲ろうと逃そうと、いい作品に変わりはない」

麗清は驚いて、友人の横顔を覗き込んだ。明恵は滅多に人を褒めない。煙草をふかしながら海のまぶしさに目を細めている明恵の横顔は、嘘やお追従を言っているようには見えなかった。

「ありがとう」

「うまくいかないのを人種のせいにするのは、やめたらどうだい。うまくいかないのは君自身のせいだ」

明恵は口調まで似せて、映画の台詞をそのまま口にした。

「外国で暮らす私たちみんなに当てはまる言葉だわ。あれはガツーンってきた。あたしのことだって」

欧米社会に溶け込んでいるはずの明恵の弱音が垣間見えた。

「だからいいじゃん、賞なんてどうでも」

「ダメよ。ここまで来たんだ。絶対、賞を獲って帰る。それが自分自身に課したミッションなの」

麗清はムッとして親友を睨んだ。

「なら、なぜ審査員全員と寝なかったの」

明恵は真顔だった。

「本当に賞が欲しければ、なりふり構わず体売ってでも獲りなさいよ。それでこそミッションでしょ」

小柄で華奢な体つきで未だに少女のような明恵だったが、この時ばかりは麗清より大きく感じられた。麗清は不覚にも口ごもってしまった。

「そこまでのもんじゃないんでしょ。だから、あんまり考えないの」

その時、部屋の奥から恋人の叫び声が聞こえた。

「ハニー、やった！　獲ったぞ」

彼は勢いよくバルコニーに飛び出すと、麗清を抱き上げた。

「今、審査員長から電話があった。ブラボーベイビー！　君は、やっぱり僕の最高のプリンセスだ！」

明恵が何か言ったようだった。だが、麗清にはもう何も聞こえなかった。うれしさと興奮で、頭の中が爆発していた。


受賞記者会見は、想像以上に大勢の記者が集まっていた。目がくらむようなストロボのシャワーも気持ちよかった。

雛壇には麗清と、プロデューサーであり最愛のパートナーでもあるテッド・ブラナー、さらに主演俳優二人とコーディネーターの五人が並んだ。テッドが記者団に感謝の意を述べた後、麗清が挨拶した。

「私が一番欲しかったご褒美を戴けたことを、心から喜んでいます。この賞をバネに、これからも社会に斬り込むジャーナリスティックな作品を撮り続けたいと思います」

無論、拍手をしてくれる者など誰もいなかった。ここは中国じゃない。記者は、基本的には敵なのだ。質問の大半は、麗清に集中した。作品のモチーフや狙いなど、アメリカで何度も訊ねられたのと同じような質問ばかりだった。それでも麗清は喜んで答えた。

二人の俳優にも通り一遍の質問があった後だった。最前列の人の良さそうな女性記者が手を挙げた。

「一人っ子政策の結果、四〇〇〇万人以上の黒孩子《ヘイハイズ》（戸籍のない子供）がいると言われていますが、どう思いますか」

嫌な質問だった。だが、予想はしていた。

「中国がもっと豊かになり、そうした子供たちのいない社会になればと願っています」

「豊かになるために、子供を減らしているという批判もありますが」

穏やかなクイーンズイングリッシュだったが、質問は鋭かった。

「今の中国は成長途上で、社会保障や福祉の面で立ち遅れていると思います。豊かさを求めるあまり犠牲になる子供たちもいる。哀しいことですが、それが現実ですね」

「現実だからこそ、お訊ねしているのです。人身売買や海外への密入国問題も絡んでいます。あなたが描いた一人っ子政策の映画には、そういう影の部分が抜け落ちているという反省はありませんか」

反省という一語に、麗清は拒絶反応を示した。だが彼女が答えるより前に、テッドがマイクに向かった。

「中国が抱える諸問題を、二時間足らずの映画で語り尽くすのは難しい。そういう側面が描けなかったというご指摘は甘んじて受けます。ただ、一人っ子政策については、世界ではまだ認知されていません。問題提起をしたことが、受賞に繋《つな》がったと思っています」

質問者が苦笑しながら肩をすくめた隙に、テッドは最後列にいる女性記者に次の質問を促した。

「マドモワゼル・ヤン、ダルフール問題をどう思いますか」

長い金髪を無造作に垂らした記者は、前置きなしで斬り込んできた。

麗清は相手の質問の意味が分からず、聞き返した。フランス語で訊ねた記者は、次は英語で言い直した。

「スーダンのダルフール問題をどう思いますか？」

思わず麗清はテッドを見た。彼は顔をしかめて耳元で囁いた。

「無視しろ」

「なぜ」

「避けた方がいい話題だ」

だが、彼女はマイクを手にすると質問者を見た。

「ごめんなさい。私、アフリカに詳しくなくて」

金髪をかき上げながら記者は、呆れ顔で説明を始めた。

「スーダンでは政府による市民の虐殺が続き、その数は約二〇〇万人以上と言われています」

ジェノサイドは、太古から続いているわ。そんな質問を、なぜ私にぶつけるわけ？

麗清は不満そうに会場を眺め渡したが、違和感を感じているのは、自分だけのようだった。多くの記者が食い入るように麗清を見つめていた。

記者が再び口を開いた。

「虐殺を経済的に支援しているのが中国だという事実を、どう思いますか」

麗清の頭の中から受賞の喜びが吹き飛んだ。そんな話、聞いたことがなかった。彼女はテッドの顔を覗き見た。どうやら彼は知っていたようだ。だから止めたんだと言わんばかりの渋面だった。

記者はさらに、中国がスーダンから購入している原油の収益が、虐殺の資金源になっていると説明してくれた。

テッドでも知っているのに、自分は知らない。どういうこと……。

「あなたはジャーナリスティックな作品づくりを目指すとコメントしていたけれど、これほどジャーナリスティックなテーマはないでしょ」

自分は政治的な映画は撮りたくない。アメリカで暮らしてはいても、中国が嫌いになったわけじゃない……。

麗清は迷った。テッドが苛立った顔で耳元で再度囁いた。

「適当に誤魔化せ」

「適当って？」

彼の弱腰な言葉にかっとなった。この日のために用意したというテッドの派手な黄色のネクタイを引っ張ってやりたい気分だった。その時、記者席の中からフランス語の声が上がった。

「その中国に武器を売りつけるために、大統領が行商人を務めたのは、どこの国なの」

会場がどよめいた。女性記者はムッとした表情で立ち上がると、声が聞こえた方に険しい眼差しを投げた。

「何ですって！」

「きれい事言わないでよ。アジアやアフリカの紛争で潤わなかった欧米先進国があるんだったら、教えて欲しいもんだわ。あんたらは、アジアの途上国が石油の利権を掠《かす》めたのが、気に入らないだけでしょ」

明恵だった。追い詰められていた麗清の視界が急に開けた気分だった。心の中で親友に感謝しながら、成り行きを見守った。

「一般論ではなく、中国人監督として社会派を名乗るなら、スーダンのダルフール問題ぐらい知っておくべきだと申し上げただけよ」

記者はたじろぎながらも防戦に入った。

「あたしは、中国のスーダン支援を糾弾するなら、その中国に臆面もなく武器を売ろうとしているフランスって国も、問題にしなさいと言ってんのよ」

会場が騒然となった。それまでは、フランス人記者の味方一色だったが、明恵に同調する者も増えたように思えた。

記者は、肩を震わせて怒りを露にした。一方の明恵は立ち上がりもせず、口元だけで冷笑して相手を挑発していた。

遅まきながらコーディネーターが割って入り、映画に関する質問だけに限定して欲しいと繰り返した。

別の白人記者が手を挙げた。

「二〇〇八年に北京オリンピックがあります。ここ数回の記録映画を撮影してきたバド・グリーンスパンが、今回の公式映画は中国人監督にやらせたいと言っているそうですが、興味はありますか」

　待っていた質問だった。麗清は勢い込んで、マイクを握った。

「もちろん！　私は、レニ・リーフェンシュタールの『オリンピア』こそ、記録映画の最高峰だと思っていますから」

　再び会場がどよめいた。ダルフールのリアクションよりもっと険悪な空気が充満した。理由が分からず混乱した麗清がテッドを見ると、彼は既に立ち上がっていた。

「君も立つんだ」

「どうして。私、何も悪いこと言っていないわ」

「ここをどこだと思ってるんだ。フランスだぞ。ヒトラーは、誇り高きフランス人のプライドをズタズタにした男だ。そのヒトラーの礼賛映画をつくったレニを絶賛するとは、君はどこまで世間知らずなんだ」

　何ですって！　レニ・リーフェンシュタールが好きだからレニと名乗ると言った時、あなたは素晴らしいって言わなかったっけ？　芸術は政治にも何にも縛られない崇高なものだと言って、あなたは全面的に賛同したんじゃなかった？

　彼女の肘《ひじ》を強く摑んで会場を出ようとしたテッドの手を、麗清は力任せに振り払った。

「私は逃げないわ。映画と政治は別でしょ」

テッドは答えなかった。

「テッド！」

「いいか、レニ。映画と政治は一蓮托生なんだ。そんなことも知らずに、君は映画を撮ってきたのか」

抗《あらが》おうとする彼女を引きずりながら、テッドは吐き捨てた。麗清はその手を再びふりほどいて睨みつけた。怒りと困惑で我を忘れそうだった。

知らないわけがない。あたしがどこで、生まれたと思っているんだ。

だが、彼女はそれ以上反論しなかった。

今まで一心同体だと思っていた恋人の背中が急に見知らぬ他人に見えて、麗清は暫し立ち尽くしたまま動けなかった。

7

二〇〇五年六月／神戸

昼下がりの病院というのは、気が滅入るものだ。待合室は薄暗く、外来時間を終えたせいで閑散としていた。

田嶋はＤＨＩの同期である岡部直《ただし》の見舞いに来ていた。手にしていた花束と重い書類鞄を長椅子の上に置くと、額の汗を拭《ぬぐ》いながら、うそ寂しさを感じた。

約束の時刻より少し早く着いたので待合室で時間を潰そうとしたのだが、長椅子に腰を下ろすなり、全身から疲れが噴き出してきた。

世界最大の原発を中国で運開するという新しいミッションを持ちかけられて、今日で一週間になる。

——即答しなくていい。楽な仕事じゃないから。じっくり考えてくれ。

神戸・南京町の中華料理店「小小心縁」で、遠山は珍しく一週間の猶予を与えた。店の支払いは割り勘だったが、遠山が辞令を出す相手に検討の余地を残したことの方が、遥かに衝撃的だった。

遠山は、部下は命令に絶対服従するものと考える男だった。

プロジェクトが頓挫した以上、敦賀で果たせなかった夢を中国で叶えたいと思った。あの場で、田嶋の答えは決まっていた。

選択の余地はない。俺を必要とする場所であれば、地球の裏側にだって行ってやる——。

だが、考える時間を一週間も与えられたのだ。期限ぎりぎりまで、本当にこのビッグプロジェクトに堪えられるかを考えてみるつもりだった。敦賀に戻り、頓挫した新規炉計画の残務処理をしながら、日原の山城や門田にも相談した。

二人とも「行くべし」と背中を押してくれた。門田は「何《なん》やったら俺も一緒に行ったるで」と付け足すのを忘れなかったが。

大連市郊外で建設が進む紅陽原子力発電所では、用地の整地作業が終わり、ゼネコンによる基礎工事が始まろうとしていた。

原子炉はD型APWR方式で、出力一七八万キロワットという巨大サイトだった。建設工事の主体は、中国国営の原発公司《コンス》である中国核電開発だったが、DHIが技術提携という形で参加。技術顧問を派遣してプラントの設計監理を司っていた。

工事は予定より大幅に遅れていたが、今年の全人代、全国人民代表大会で、紅陽核電開発が北京五輪関連の中核事業に指定されたため、作業の加速が予想されていた。

DHIから技術顧問として派遣されていた岡部が、胃潰瘍で倒れたのはその矢先だった。つまり今回の異動は、岡部の代わりということだ。

田嶋自身も過去に二度、中国での発電プラント事業に携わっている。いずれも原子炉格納容器内の建設など部分的なプラント協力だった。

世界の一等国として君臨するという野望を持つ中国は、全ての産業分野で世界一を目指している。現状を考えるとお笑いぐさだったが、彼らは真剣で、そのための投資も惜しまない。ただ、ものづくりに関して言うと、カネさえ出せばすぐに技術が向上するわけではないという点について理解が足りなかった。たとえ割り箸一本でも、製造するにはそれぞれの職人芸的要素が求められる。そして職人芸は一朝一夕に構築されるものではない。多くの先人による血と汗が、連綿と続いてようやく実を結ぶのだ。しかし、中国はそれをすっ飛ばして技術だけを手に入れようとする。

さらに、俄《にわか》勉強のレベルで国産化を謳い、アジア・アフリカの途上国に粗悪品を売りつけてしまう。それで事足りる商品であれば、問題はない。しかし、ＩＴの粋を結集した自動車や、巨大建造物でありながらミクロの精度を求められる原発の場合は、表面的なノウハウを真似た程度では、とんでもない事故を起こしかねなかった。

ただ、田嶋の経験で言うならば、中国の原子力発電の技術者は、想像以上に優秀だった。質も数も、飛躍的に向上していた。しかし、かの国独特の秘密主義や官僚主義は、原発建設に対しても大きな障害となった。また、現場で働く工員らの質は個人差が大きく、均質で高度な品質管理が求められる原発プラントの工事現場では、難しい問題が次々と起きた。

岡部も元はエンジニアだが企画畑が長く、現場経験も少ない。過去にも中国でのプラントに携わった経験はあるだろうが、現場で揉まれたわけではなかった。その上、彼は田嶋と違って完璧主義者ときている。何事もアバウトでなければやっていけない中国での仕事に、ひどく打ちのめされたに違いなかった。

やはり無理を通してでも俺が行くべきだった……。

岡部が倒れたと聞いた時、田嶋は当時の大変な体験を思い出して臍《ほぞ》を嚙んだ。

岡部はハードよりソフト面のエキスパートだった。一方の田嶋は技術者としてプラント全体の設計監理を指揮していた。もともと紅陽原子力発電所のプラントについては、田嶋がリーダーシップをとっていた。岡部は、プルトニウム利用計画の核である高速増殖炉のチームに籍を置いていたのだが、敦賀にある原型炉の事故が影響して、DHI内でのプロジェクトが中断。突然、紅陽核電チームに参加してきた。

紅陽核電は、中国の原発デベロッパーである中国核電開発との共同開発のプロジェクトで、中国からは、技術顧問の派遣依頼があった。そのため、中国に赴任するのは田嶋だろうと言われていた。

ところが、上層部が中国に派遣したのは、岡部だった。

おまけに、田嶋は設立されたばかりの系列のエンジニアリング会社、DECに出向となった。基本的に、人事には素直に従う田嶋は、異議を唱えることなくDECに出向した。

もっと我を通すべきだったのかも知れないと、今更思うが、所詮は巡り合わせなのだ。自分が動いたところで、ダメな時は、却って話をこじらせるだけだった。

職務の詳細を訊ねるために足を運んだ東京本社では、幹部から何度も「最初から、君に行かせるべきだと思っていたよ」と言われたが、今だから言える話に過ぎなかった。

ただ、本社の上層部が気にしている点が、二つあった。

一つは、遠山がＤＨＩに出した条件だった。田嶋を紅陽核電に派遣するのに異論はないが、ＤＥＣ社員のままで派遣したいと言ったらしい。

――紅陽核電の成功を、ＤＥＣの実績にしたいんだろうな。

かつての田嶋の上司で、紅陽核電の日本側の責任者である専務取締役原子力本部長は、渋い顔で条件を呑んだと告げた。

――まあ、形式的な部分は別にして、君をＤＨＩとして出すつもりだから、安心したまえ。向こうさんも、ＤＨＩの子会社の人間が岡部の代理では、許さんだろうからね。

田嶋にはどうでもいい話だったが、遠山の強かさに妙に感心していた。

専務が気にしているのは、岡部と現場の中国人スタッフとの関係がかなり険悪になっているという点だ。

――君も知っている大町君が孤軍奮闘しているが、よほどの頑張りがないと、彼らは技術顧問のアドバイスを聞かないだろうという話だった。

その点について大町浩幸は、そつのない男だった。入社直後から田嶋の薫陶を受けた優秀な技術者で、外国でのプラント経験もあり順応性も高かった。

さらに専務の心配は田嶋の家族に及んだ。岡部の胃潰瘍の一因は、一緒に渡中した妻がノイローゼになって、一年で帰国したこともあるという。

家族については、田嶋の支障にならなかった。彼らは、父親の決断に是も非もなかった。そもそも多くても年の半分ぐらいしか自宅にいない父だった。

上は二五歳の大学助手から、下は一七歳の高校球児までの二男一女の反応は、いつもと同様、至ってクールだった。ただ、今秋からアメリカへのＭＢＡ留学が決まっていた娘だけは、四月に中国で吹き荒れた反日暴動を気に掛けてくれた。

暴動のきっかけは、二〇〇五年三月二〇日、アナン国連事務総長による、国連安保理常任理事国の拡大談話だった。「その一つは、日本」という情報が、中国に広まったのだ。その直後から、インターネット上で、日本の国連安保理常任理事国入り反対の署名活動が始まり、一〇〇〇万人もの署名が一瞬にして集まった。

翌四月になると、二日には、四川省成都にあるイトーヨーカ堂の窓ガラスが割られるなどの暴動が発生。九日には、北京で大学生など約一万人が大がかりなデモ行進を行い、一部は大使館への投石などの行為に及んだ。彼らは皆、愛国心からの行動ならば何をしても許されるという意味の「愛国無罪」を連呼し、自身の行動を正当化した。

この無法ぶりを世界中のメディアが取り上げ、五輪開催に疑問符が投げかけられた時点で、ようやく中国政府が動いた。暴動を煽動していたと見られるリーダーの検挙や、インターネットサイトの強制的な閉鎖を行い、ひとまず騒ぎは沈静化していた。

娘の心配以上に驚かされたのは、妻の朝子が今回に限って「一緒に行こうかしら」と言い出したことだった。

子供たちが小学生の間は、家族一緒の時間を大切にしようと、転勤の度に一家で大移動した。しかし度重なる転校で、長男がいじめられているようだと妻に言われてから、単身赴任を選択した。

それだけに妻の反応には驚いた。もっとも彼女に言わせれば、子供に親のありがたみを分からせるいい機会というのが理由らしい。また、田嶋の影響で中国語を勉強し始め、中国人の友人が増えたのも、同行しようという動機になったようだった。

父親の場合と違い、子供たちから一斉に反対が出たが、彼女はどこ吹く風で、「たまにはママの好きにさせてもらうわ」と既決事項にしていた。

残る問題は、岡部と現地のスタッフの関係だった。

岡部が現地スタッフからいびり出されたとしても、田嶋に怯む気はない。だが彼が、紅陽で何をし、どんな事態を招いたのかは知っておくべきだった。

岡部は、神戸市街地を見下ろす山の中腹にある六甲山麓病院に入院していた。数日前、岡部の妻に岡部を見舞いたい旨を電話で伝えた。当初、彼女は田嶋の申し出を固辞した。

——当分、主人は、どなたにも会いたくないと申しておりますので。

親しく付き合っていたわけではないが、田嶋は相手の反応に強い違和感を感じた。

——そんなに、お悪いんですか。

——そういうわけでは。ですが、当分はそっとしておいてもらえませんか。

だが田嶋としては、当事者から紅陽核電の様子を聞いてみたいという思いが強かった。

それに、岡部の妻は普段から人付き合いが悪く、「誰にも会いたくない」というのが、果たして岡部の本意なのかも疑わしかった。田嶋は引き下がらず、「では、ご主人に聞いてもらえませんか。どうしても、業務上伺っておきたいことがありまして」と押し切った。彼女は渋々承諾してくれた。

翌日、再び電話を入れると「短時間なら、お会いすると申しております」と紋切型の口調で言われ、時間を指定された。

そういう経緯も、田嶋の気を重くしていたのかも知れなかった。

「遠いところを、ありがとうございます」

不意に声を掛けられて、田嶋は我に返った。憔悴しきった岡部の妻が、深々と頭を下げていた。

「こちらこそ、無理矢理押しかけてしまい、申し訳ありません」

彼女は田嶋と目を合わせることもなく踵《きびす》を返すと、早足で暗い廊下を歩き始めた。

「お加減は、いかがですか」

精一杯明るく彼女の背中に話しかけてみた。

「体は、随分良くなってきました」

電話で拒絶した時の強気が嘘のようなか細い声で答えると、彼女はさっさとエレベーターに乗り込んだ。

こういうのを、取り付く島がないというんだろうな、と思いながら、田嶋も続いた。彼女は無言のまま、五階のボタンを押した。内科のフロアだった。

病院独特のゆっくりした速度でエレベーターは昇り始めた。青白い蛍光灯の下で見ると、岡部の妻の顔色は死人のようだった。過去に一、二度、夜遅くに岡部の自宅を訪れたことがあるが、深夜であっても隙なく身なりを整えていた。

だが今、目の前に立っている彼女は、髪も乱れ肌の艶もなかった。いかにもおざなりな化粧はしていたが、後ろから見ると首筋の肌荒れが気になった。

田嶋がもう一度声をかけようとした時、エレベーターの扉が開いた。

「一つお願いがあります」

彼女は降りるなり、田嶋に向き直った。

「何でしょう」

「夫の体調は快復に向かっていますが、まだ精神的に相当参っています。そのあたりを、ご配慮いただけますか」

出世街道を駆け上がってきた男が躓《つまず》いたのだ。それは十分理解できた。田嶋は誠意を込めて頷き、手にしていた花束を差し出した。

「よろしければこれ、部屋に飾ってください」

無表情のまま花束を受け取った彼女は、黙って廊下を進み始めた。

待合室と比べると、内科病棟は明るかった。田嶋は陰気にならぬように気持ちを奮い立たせて、普段通りの足取りで廊下を進んだ。

一番奥の突き当たりの部屋が、岡部の病室だった。掲げられた名札は一つ。個室だった。

岡部は笑顔で迎えてくれた。田嶋も笑顔で応えようとしたが、岡部を正視した瞬間、愕然とした。まるで別人だった。

同期一の出世頭で、いつも自信が漲《みなぎ》っていた面影を見ることは叶わなかった。髪は真っ白で、げっそりと痩せた顔には生気がなかった。何よりショックだったのは、焦点の定まらない目だった。

「やあ、よく来てくれた」

以前は自信に溢れていたテノールも、哀れなほど嗄《か》れていた。

「もっと早く見舞いに来るべきなのに、申し訳ない」

「誰にも言っていないんだ。君が知るはずもないよ」

「それにしても、大変な目に遭ったんだね」

柔らかだった表情が強ばり、岡部は目を伏せた。

「まあ、他人から見たら、そういうことになるだろうな」

トゲのある言い方だった。田嶋は、それで少しホッとした。少なくともこういうところだけは昔の岡部と変わらない。

勧められるままに、田嶋はベッドサイドのパイプ椅子に腰を下ろした。岡部の妻がそっと部屋を出た。

「恥ずかしくて仕方がないんだよ」

ドアの方を向いた岡部が言葉をこぼした。

「恥ずかしいって、何がだい」

「生きる屍《しかばね》となった夫が、だよ。こんな酷い有様になったのが恥ずかしいんだ」

田嶋には理解できなかった。確かにプロジェクトの途中で体を壊して倒れた。だが、それは恥ずかしがることじゃない。

「誰もそんなこと」

「いいよ、間違ってない」

「岡部……」

三年前に自分を蹴落として、中国のビッグプロジェクトを手にした男を正視できなかった。岡部の中国赴任が決まった頃に、田嶋はある噂を耳にした。役員を目指す岡部が、どうしてもビッグプロジェクトをやり遂げたいがために、田嶋の代わりを担当役員に強硬に売り込んだ——。

「いい気味だと思っているんじゃないか」

岡部の辛辣な言葉に、田嶋は我に返った。

「紅陽プロジェクトは、君のもんだった。それを私が横から掠《かす》め取ったんだ。挙げ句にこんな有様になって戻ってきた。君に、ざまを見ろと思われても仕方ない」

「いや、済まないと思っているよ」

「なぜだ？」

「俺がもっと強引に、紅陽に行かせてくれと言えば良かった」

「そんなことが、できたと思うのか？」

「やってみなきゃ分からなかっただろう」

岡部は鼻で笑って、ベッドサイドに置かれたグラスの水を飲んだ。

「君の口癖だったな、やってみなければ分からないというのは。だが、君の紅陽行きはありえなかったよ」

今更どうでもいい話だ。結果的に中断を余儀なくはされたが、俺自身は敦賀で大きな成果を手にした。

つまらない議論を切り上げようと、田嶋は立ち上がり、窓辺に目をやった。海に向かって広がる神戸の街の果てにＤＨＩ神戸製作所の煙突が見えた。

「業務上で聞きたいことって何だね」

田嶋は窓の向こうを見たまま答えた。

「おまえさんの代わりに、紅陽に行くことになった」

「何だと！　嶺南はどうするんだ」

厳しい口調が田嶋の背中を刺した。

「無期延期になった」

「無期延期……」

「日本国内では、巨大原発はお呼びじゃないそうだ」

「何とバカな。そんな小さい視野で見るもんじゃないだろ。アメリカが原発開発を再開し、南米やアジアで原発需要が高まる中、嶺南の四号機は広告塔じゃないか。あれで世界の原発プラントを席巻するのが、我が社の野望だったはずだ」

　そう言われても、田嶋は手持ち無沙汰のように頭を撫でるしかなかった。

「その夢を、紅陽原発で果たせと、上は考えているようだ」

　――世界に日本の原発技術の凄さを思い知らせる絶好のチャンスだ。嶺南で得た叡智を発揮して欲しい。

　東京のＤＨＩ本社では、専務からも激励を受けた。まだ、田嶋が正式に承諾していないことなど、知りもしないような態度だった。

「ダメだ、田嶋、行っちゃダメだ」

　突然、ベッドから身を乗り出した岡部が、田嶋に摑みかかろうとした。点滴が外れそうになった体を、田嶋が慌てて支えた。反射的に摑んだ岡部の肩は、驚くほど細かった。

「おい岡部、どうしたんだ」

　岡部は問いに答えず、田嶋の襟元を強く握り締めた。痩せ衰えた男のどこにそんな力があったのかと思うほど強く、首を締め付けてきた。

「絶対にダメだ！　嫌だと言うんだ。おまえ、あの国に殺されるぞ。田嶋、中国は人を狂わせる。今おまえが見ている俺が、明日のおまえになるんだ」

田嶋は愕然としながらも、岡部の腕をやんわりと解《ほど》こうとした。

「何を言ってるんだ」

「あの国は、狂ってるんだ。まともな人間が仕事をする場所じゃない。おまえ、殺されるぞ。そうだ、絶対に殺される！」

「殺されるだと。たかだか原発の建設プラントで殺されるってのはどういう意味だ」

田嶋はついムキになって詰問していた。岡部は頭を左右に忙《せわ》しなく振ったかと思うと、両手で髪をかきむしった。腕に刺さっていた点滴の針が外れ、スタンドが床に倒れた。

「おい、どうしたんだ……」

みるみる岡部の顔が赤くなり、鼻息も荒くなった。やがて目が異様な光を帯び唇が震え始めたのを見て、田嶋は慌ててナースコールを押した。

興奮した岡部が奇声を上げたのと、ナースセンターからの看護師の応答がほぼ同時だった。

「どうしましたか」という看護師の声も岡部には届いていないようだった。

「殺される。狂った中国人たちに、俺は殺されるんだ。あいつらは、俺を殺して食べるんだ！」

田嶋は目の前の男の変貌ぶりに戦《おのの》きながらも、身体を支えて落ち着かせようとした。その時、病室のドアが勢いよく開かれて、看護師と医師が飛び込んできた。彼らは、二人がかりで岡部をベッドに押さえ付けると、田嶋に外に出るように指示した。後ずさった田嶋を、金切り声に近い声が追いかけてきた。

「いいか、田嶋。おまえ、本当に後悔するぞ。俺みたいになるな！」

8　二〇〇五年六月／北京

職場を出ようとした鄧学耕は、携帯電話に送られてきたメールに眉を顰《ひそ》めた。

〝午後五時半に景山公園、万春亭にて待つ　馬〟

薄暗い廊下でメールを受けた鄧は、周囲に人がいないか確かめた。二〇メートルほど先に、送信者がいる。にもかかわらず、歩いて三〇分はかかる場所にわざわざ呼び出す上司の意図を察したためだ。

人目を惹かず、盗聴の心配のない場所で話をしたい——。用件が何なのかも分かっていた。不意に鳩尾《みぞおち》を強打されたような息苦しさを感じた。

ようやく北京市副市長の汚職事件の全貌が浮かび上がってきたところだった。鄧は、敢えて北京市の紀律検査委員会のメンバーも警察も使わず、天津や大連から検査員を呼び寄せ、彼らに捜査をさせた。証拠が固まったところで、中紀委副書記、馬漢研に報告した。

報告書に目を通した馬は、穏やかに世間話をしながら、筆談で鄧の功績を称え、指示を与えた。盗聴を恐れていたのだ。

鄧は、すぐにでも北京市副市長・馮海峰を〝双規〟にかけたいと迫った。だが、馬は珍しく厳しい面差しになって制した。

〝馮は、トカゲの尻尾にすぎない。オオトカゲの首を狙いましょう〟

メモに書かれた字を見て、鄧の胸は躍った。馬が、励ますように鄧の肩を叩き、送り出した。

それから約一週間、捜査線上にオオトカゲの影が浮かんだ。北京市で、市長に次ぐナンバー3の要職にある党副書記・宋建邦《ソン・ジエンパン》だった。宋は、市オリンピック組織委員会の常任委員でもあった。

ただ、一つ問題があった。

彼は、鄧の妻、宋蓮の父だったのだ。宋の一族は古くからの北京人で、かつては建邦も北京市の職員だった。だが鄧の父と同様、文革時代、河南省固始県の片田舎に下放された。有力者の子弟の気ままさが平民の部下たちに疎《うと》まれ、走資派という資本主義に走る権威主義者と吊し上げられた挙げ句の追放だった。

中国人民の自由を求める主張をやめなかった鄧の父と違い、宋は数年の田舎暮らしを通して、百鬼夜行の中国で生き抜くための処世術を体で覚えた。裏切り、密告は当たり前、人を蹴落としてでも利を手に入れ、それを元手に権力者に媚びる。それこそが、チャイニーズ・ドリームに繫《つな》がる――。その方程式を積極的に実践し、彼はまず下放村のリーダーとして頭角を現した。

文化大革命が終わり、多くの有力者と共に宋は北京市政府に戻り、さらに党で培った巧みな処世術で幹部の階段を駆け上がった。

一方、鄧は、兄が六・四（天安門事件）に連座し獄死したことで将来への道が閉ざされると、宋に熱烈な手紙を送った。それに応えた宋は、鄧を北京に呼び寄せ、秘書に抜擢したのだ。

実際は秘書というより、汚れ役を一手に引き受けるドブさらいのような仕事ばかりだった。党幹部への賄賂の運び屋、宋の遊びの後始末も彼の仕事だった。さらに周到な宋は、鄧を北京市紀律検査委員会の検査員に送り込み、ライバルの排除と自身の保身に躍起になった。

まるで犬が飼い主に仕えるように、鄧は箸の上げ下げまで宋に従った。その一方で、自らの将来を築くための手だても忘れなかった。鄧に好意を寄せてくれた蓮に言い寄り籠絡したのだ。

宋は三度結婚しており、蓮は最初の妻の娘だった。複雑な家庭環境に育った蓮のわがままに、さすがの宋も手を焼いていた。一族の厄介者を妻にすることで、鄧は宋家の閨閥に入り、立身出世を狙ったのだ。

「お嬢さんを戴きたい」と額《ぬか》ずいた時の宋の反応を、鄧は鮮明に覚えている。驚きと安堵が入り交じった表情で、彼は高笑いした。

――学耕よ、貴様という奴は、なんと狡賢い男なんだ。わしの最愛の娘を嫁に欲しいだと。叛逆者一族の息子の分際で、何を考えている。

彼は笑いながらも、激しい侮蔑を隠そうともしなかった。だが鄧は涼しい顔で未来の岳父を見つめていた。

――悪い話ではないはずです。厄介な娘を片付けられる上、身を挺してあなたを守る息子を手に入れられるのです。

宋は手にしていた杯を学耕に投げつけた。学耕はビクとも動かず、額に傷を負った。一世一代の賭けだった。この国で生き抜くためには、有力者の羽の下に居場所を求めるしかなかったのだ。

結局、宋は三つの条件をつけることで、二人の結婚を認めた。

一つ、離婚したら殺す。

二つ、娘と結婚しても財産も与えないし、将来の身分も保障しない。

三つ、宋家のために、人生を捧げよ。

学耕は即答で応諾し、宋がその場で作らせた宣誓書に血判を捺した。

だからこそ、彼は妻の乱暴狼藉にも耐え続けた。彼女が実家に泣きついて金を無心するのは止めなかったが、鄧自身が金や好遇の計らいを頼んだことは一度もなかった。

結婚以後、宋との絆はさらに深くなった。岳父の栄達に合わせて鄧も出世の階段を上り始めた。中紀委の検査員というポストを得たのは、間違いなく岳父の引き立てのお陰だった。

その岳父を今、破滅させようとしている。

景山公園は、北京のシンボルである故宮の北側に位置する小高い丘だった。明の時代に紫禁城を建てた際、邪気は北から来るという風水の考えに則り、城を護るために生まれた広大な人工山だった。園内は深い緑に覆われ、景山の頂に市街を一望する万春亭がある。

鄧は景山公園に着くと、早足で万春亭を目指した。このところのオーバーワークが祟ってか途中で息があがったが、歩を緩めず、約束の時刻より一五分早く目的地に辿り着いた。カップルや観光客がたむろして、日没を待っていた。ここから見る夕景は格別に美しいのだ。鄧はネクタイを緩め、万春亭の一角に腰を下ろした。背広のポケットから煙草を取り出すと、火をつけた。庶民が愛飲している「大前門」だった。

眼下には、故宮の甍《いらか》の波が広がっていた。

悠久の歴史を刻んできた大中国の中心が、ここにある――。

初めて北京に来た折に、夕陽に輝き黄金色を帯び始めた故宮を一望した瞬間、鄧の心は震えた。

果てしなく連なる堅固な建物群、美しい曲線を描く屋根の優美さは、まさに世界を司る中華の象徴だった。時代や体制の変化をものともせず、人間の欲望すら突き放すかのように超然と構える威容――。北京にこの風景がある限り、中国は滅びない。自分もこんな毅然とした風格を身につけたいと願ったものだ。

だが、現実はどうだ。彼は己を蔑《さげす》むように煙草の煙を吐き出した。この風景に最も似合わぬ汚濁に、全身浸かりながらあがいている。

「いつ見ても身が引き締まる眺めですねえ」

声の方に顔を向けると、汗一つかいた様子のない副書記が、サングラスをかけて故宮を見下ろしていた。

「失礼しました」

慌てて腰を上げた鄧を制して、馬は隣に腰を下ろした。

「これぞまさしく中国。麗しくもあり、忌々しくもある」

彼は意味深長な言葉を漏らすと、手にしていたレジ袋から缶ビールを取り出して鄧に渡した。

「ちょっとぬるくなっているかも知れませんが、いかがです」

ハイネケンだった。鄧は両手で缶を受け取り、馬がプルトップを引くのを確かめてから栓を開けた。喉の奥まで染み渡る刺激が心地よかった。

「急に呼び出してすまなかったね」

「とんでもありません。副書記のお呼びとあれば、いつでもどこでも」

馬は乾いた笑い声を上げ、落日の赤に染まり始めた故宮に、暫し視線を投げていた。やがてビールを飲み干すと、彼は腰を上げた。

「少し歩きましょうか」

彼は先に立ち、ほど近い四阿《あずまや》に入った。誰もいなかった。

「行き止まりのようですね」

　鄧が隣に座るなり、馬は切り出した。

「と、おっしゃいますと」

「とんでもないオオトカゲがかかりましたね。お手柄ですが、これ以上あなたを、この事件に関わらせるわけにはいきません」

　鄧は、半身を副書記に向けて反論しかけた。だが、閉じたままの扇子が突き出された。

「身内の事件には、関われない。それは、あなたも承知のはずです」

「しかし」

「おやめなさい。人間、引き際が肝心です」

　簡単に引き下がるわけにはいかなかった。これは鄧学耕のヤマなのだ。

「毛《マオ》主席が、なぜ紫禁城を壊さなかったと思います？」

　思わぬ方向に話が飛んで、鄧は戸惑った。部下の困惑など気にかける様子もなく、いつもと変わらぬ穏やかな口調で、馬は続けた。

「紫禁城こそ、中国だからです」

「おっしゃっている意味が、分かりかねます」

　馬は愉快そうに部下を見た。

「常に荘厳で華麗であれ。しかし、外見の美しさを守ろうとするあまりに、血みどろの争いが繰り返された。つまり紫禁城とは、中国の面子《メンツ》の象徴なんです」

そんなことは歴史書にも教科書にも書いてなかった。馬が小さくため息をついた。

「まっ、与太話ですがね。でもね、学耕。我々が守るべきものは、まさしくあれなんです」

先ほど反論を制した扇子で、馬は故宮の甍を指した。

「どれほど中が腐っていようと、外観は華麗さを保つこと。外観を崩すような浄化は、御法度です」

馬が言わんとしている意味は分かる。だが、捜査を降ろされる理由と、どう繋がるのかが見えてこなかった。

「我々が求められているのは、腐った部分の摘出です。それ以上でも以下でもない。だが、あなたがこれ以上捜査を続けると、外観を損なう危険がある」

「私は、そうは思いませんが」

馬は暫く黙り込んだ。仕立ての良いスーツのポケットから高級煙草の「中華」を取り出した。鄧はすかさずライターを取り出して火をつけた。彼に倣《なら》って自身も煙草をくわえ、馬の言葉を待った。

「あなたは、宋建邦を守るために、人生を捧げる、という宣誓書に血判を捺したそうですね」

一瞬、心臓が縮んだ。岳父と自分しか知らぬ秘密だった。なぜ、それを副書記は知っているのか。

「あなたが、彼にどんな便宜を図ったかを知る必要はありません。しかし、このままだとあなたは、岳父上《おちちうえ》との約束を破ってしまいますよ」

「それによってさらなる党への忠誠心を、証明できます」

バカにしたように、馬は鼻から煙を吐き出した。

「権力者の不正を暴く行為が、必ずしも党への忠誠を表さないことぐらいは、重々承知のはずでしょ。それより身内を裏切った罪の方が重い。しかも、あなたは彼の権力を利用してのし上がってきたと、世間は思っているんですからね」

鄧は唇を嚙んだ。反論はいくらでもできる。だが、馬の指摘は的を射ていた。

「何より避けたいのは、重要なポストに、腐敗した人物を就けた党の見識に批判が起きることです」

馬の仄《ほの》めかしの意味が、ようやく理解できた。

「つまりこの一件は、表沙汰にせずに処理されるのですね」

「とてもデリケートな事件だと言っているんです。あなたと宋の関係が絡めば、事態はさらに厄介になるわけです」

「では、私にどうしろと」

「私に預けて欲しいんです」

言外の意味を探ろうと、鄧は食い入るように上司を凝視した。

「宋には、責任をとってもらいます。そのためにも、あなたには外れて欲しいんです」

不本意ではあったが、鄧は数回首を縦に振って見せた。鄧の受諾を確かめた上で、馬は続けた。

「一つ頼みがあります」

「何でしょう」

「宋建邦に、我々が迫っていると密告してくれませんか」

馬が狂ったのかと思った。

「本気でおっしゃってるんですか」

「あなたの身の安全のためです。中紀委が迫る前に、あなたから密告がなければ、宋も彼の仲間も、あなたが裏切ったと思うでしょう。あなたの将来は、そこで終わります」

馬の言う通りだった。中紀委にいきなり取り調べられれば、宋はまず最初に義理の息子を疑うだろう。

「意外そうな顔をしていますね。なぜ、私がそこまであなたを庇うのか。そう考えているんでしょう」

見事に胸の内を言い当てられた鄧は、慌てた拍子に煙草を落としてしまった。馬が愉快そうに笑い声を上げた。

「あなたを買っていると言っても、信じてもらえないだろうから、理由を挙げましょう。あなたから出された証拠だけでは、宋を追い詰めるのにはまだ弱い」

副書記は煙草を投げ捨ててから、立ち上がった。

「そのために、ちょっとした揺さぶりが必要なんですよ」

馬は、吸い殻を踏み潰した。

「あの男はとても用心深い一方で、傲慢でもある。自分は簡単に追い詰められないと考えている。その鼻をへし折ってみようと思いましてね。動揺したお岳父《とう》さんが、どう動くか。これは見物ですよ」

つまり俺は、穴の中に隠れている狐を追い立てるためのダックスフントというわけか……。

「逃亡や、証拠隠滅の恐れはないでしょうか」

「それも想定済みです。彼の家の全ての部屋に盗聴器をつけました。出入口は二四時間の監視体制に入っている。携帯電話も盗聴します」

馬は故宮の方を向いたまま続けた。

「密告は、三日後にお願いします。それまでに、万全な体制を整えます」

相談の余地はないのだと悟った。

「その後、私はどうなるんですか」

「できるだけ早く、北京を離れてもらおうと思っています。左遷ではありません。新しいミッションです」

夕陽を浴びる上司の背中が、黒いシルエットになった。

「大連に行ってもらいます。今度は党の幹部としてね。特命を帯びた市副書記として赴任するんです」

「特命、ですか？」

「噂は聞いているでしょう。北京五輪に合わせて、郊外の紅陽市で、世界最大の核電の運転が開始されるのを」

今ひとつ真意が摑めず、曖昧に頷いた。

「特命とは、五輪開会の日に、必ず核電の運転が成功するよう監督することです」

この人は、一体何を考えているんだ。今までに就いた党務といえば、河南省時代に共青団の専従職員になったぐらいだった。

確かに中紀委の仕事も党務ではある。だが潜入捜査や汚職の追及にずっと従事してきたのだ。そんな男に、何を命じているのだ。

「お言葉ではありますが、そんな大役は自分には無理です」

「いつまでも、こんな不毛な仕事をやり続ける気ですか。あなたはのし上がりたいんじゃなかったのかね。そのチャンスが来たんです」

「しかし、いきなり大連市の副書記とは、あり得ないのでは」

「そのための特命なんです。しかも、副書記はあくまでもカムフラージュです」

馬は扇子を開いて、扇《あお》ぎ始めた。

「あなたの本当の目的は、大連市に巣くうワルたちの一掃」

馬が一通の封筒を取り出した。

「大連市のある党員から寄せられた挙報です。あそこの酷さは、北京や上海に勝るとも劣らない。特に紅陽市は現副首相夫人の出身地でね、いろいろあるんです」

鄧は茶封筒の中身を確かめた。

「それはコピーです。結局、また大変な仕事を押しつけてしまいますね。もちろん、核電の方もしっかりやってください。二兎を追って両方を仕留めた暁には、党幹部への第一歩を踏み出すことになる」

そう聞いた瞬間に鄧の手は封筒を強く握りしめていた。

「切れすぎる刃物は、切れない鋏《はさみ》より使いにくい。私の処世訓です。ぜひ、心に刻んで欲しい」

「どういう意味でしょうか」

馬は笑って遥か彼方を見つめてしまった。

故宮側とは異なる近代化した北京の灰色の街が、夕闇の底に沈もうとしていた。暮れなずむ大陸を渡る静かな風音を聞きながら、沈む夕陽がまるで自分の置かれた立場のように思えた。どす黒い灰色の世界に、真っ赤に燃える情熱をもって果敢に挑んでいく。その赤は街を一瞬だけ色づかせるのだが、結局は夜の闇の中に呑み込まれていく。

馬は、そんな情熱は無駄だと言いたいのだろうか。

茫々《ぼうぼう》とした街を見つめながら、鄧は、再びこの夕陽を見る日が来るのだろうかと、思い始めていた。

第二章　郷に入っては

1　二〇〇五年六月／北京

七年ぶりの北京だった。期待と不安を抱いて税関ゲートを出た田嶋の目に最初に飛び込んできたのは、「星巴克」という見慣れない綴りと、見慣れた緑の看板だった。

「ほお、スタバをこう書くのか……」

その隣ではケンタッキーフライドチキン（肯徳基）の創業者が笑みを浮かべて、田嶋を歓迎していた。

俺はどこに辿り着いたんだ……。一瞬、降りた国を間違えたような錯覚に陥った。かつてアジア圏の国際空港の多くは、エネルギッシュな熱気を帯びていた。猥雑と言う方が的確かも知れない。洗練や上品という言葉からはほど遠いが、その国のありのままが現れていた。

それが最近は、どこも無機質な空間になりつつある。近年リニューアルされた国際空港は目隠しをして連行されたら、どこに辿り着いたか分からないほどだ。北京国際空港のターミナルも、同様のドライな雰囲気だった。

　これぞニューチャイナってことか。

「田嶋さん！」

　数メートル先からの呼び声に、田嶋は目を凝らした。ずらりと並んだ出迎えの群の中で、中背のスーツ姿の男が手を振っていた。ＤＨＩ（大亜重工業）北京支社の前原貢《みつぐ》だった。

「おう」と手を挙げて応えた田嶋は、大股で歩み寄った。三年ぶりの再会だった。

　前原は早稲田大学野球部の後輩で、卒業後は北京大学に留学している。田嶋が当時の北京支社長に前原を紹介したのが縁で支社でアルバイトを始め、そのままＤＨＩに就職した。入社以来、北京の政府関係や地元有力者とのパイプ作りを担っている。

　しばらく会わない間に、随分老け込んでいた。

「やあ、元気そうじゃないか」

「田嶋さんこそ、お変わりなく」

「最近、体重が増えてね。この腹じゃ、さすがにマウンドには立てんよ」

　田嶋がせり出した腹を叩くと、前原は笑いながらスーツケースを受け取った。

「家族は、元気か」

　早足の前原に歩調を合わせながら訊ねた。

「ええ。上は来年から小学校です」

「そうか、早いもんだな」

前原は留学時代から付き合っていた中国人女性と結婚していた。その仲人を務めたのが田嶋だった。

「田嶋さんのところは」

「ウチは皆、好き勝手にやってる」

苦笑しながら空港ターミナルを出ると、噎《む》せ返るような熱気に襲われた。

「北京は暑いな」

「夏はこれからですよ。今日はまだ涼しい方です」

早くも首の後ろに汗が滲み始めて、田嶋はうんざりして汗を拭《ぬぐ》った。

「どうぞ」

巨大な駐車場の一角で待機していた黒塗りのアウディの前で前原は立ち止まり、後部座席を開けた。運転手が慌てて飛び出して来てトランクを開くと、スーツケースを丁寧に収めた。

「北京支社は、随分羽振りがいいんだね」

田嶋は感心したように運転手の動きを見守っていた。七年前に来た時は、大事な機器が入っていると注意したのもお構いなしに、無造作にバンの後部座席にバッグを放り込まれた。

「北京の駐在員には、一人に社用車一台というのが普通でして」

前原はさほど嬉しそうな顔もせず、言い訳がましく説明した。荷物を積み終えた運転手が、前原が乗り込むのを待っていた。

「アジア駐在の特権ってとこか」

田嶋が座席シートの上質な革を撫でながら言うと、前原の表情が曇った。

「プラス営業ですね。この車を造っているメーカーに、工場プラントの売り込みをかけているんで、二〇台も買っちゃいましたから」

コネとカネがものを言う中国の営業スタイルを、田嶋は思い出した。

「なるほど。それで俺はＶＩＰ扱いをしてもらえるわけだな」

車は静かに走り出した。空港を出てすぐ、田嶋は再び違和感を覚えた。見渡す限り真新しい高層マンションが林立している。

「随分開けたねえ」

素直な感慨だった。

「マンションの建設ラッシュが凄まじいんです」

「改革開放路線の恩恵かね」

「弊害と呼ぶべきでしょうね」

前原は一々トゲのある皮肉を漏らす。以前はそんな男ではなかっただけに、田嶋は気になった。

「中国は、毎年一〇%前後の経済成長を続けています。ただ、その恩恵は中国人民すべてに平等なものではありません」

北京市街から二五キロも離れた空港付近まで高層マンションが立ち並ぶからには、北京市民は豊かになっているんじゃないのか……。田嶋の疑問を忖度《そんたく》するように前原は続けた。

「たとえば比較的豊かと言われている北京でも、富裕層は人口の数%です。月収一万円以下で暮らしている人が大勢います」

そう言われて田嶋は、最近新聞や雑誌などで中国の格差社会の凄まじさが取り上げられているのを思い出した。

「入居率が二、三割という物件もありますし、所有者の多くは北京市民ではありません」

田嶋は改めて車窓に目をやった。カーテンが掛かっていない窓が目についた。空室だということだろう。

「不動産はおいしい投資なんです。地方の金持ちが、北京や上海など都市部の高層マンションを投資目的で買い漁っています。賃貸する投資家もいますが、ただ所有しているだけでも何倍にも跳ね上がります」

「とんでもないバブルだね」

「建築費も安く、分譲戸数の二割から三割売れれば元が取れる。それが即日完売するんですから、建てる方にしてもボロいわけですね」

「即日完売……」

「実際は、発売前に売り切れています。中国お得意のコネですよ」

田嶋は口元をすぼめて唸《うな》った。車は渋滞に巻き込まれていた。空港から市街へ向かう道路は片側五車線もある。そのレーンを無視するように、車が無秩序にひしめき合っていた。

「この渋滞も、すっかり北京名物です。二〇〇三年のＳＡＲＳ《サーズ》の流行を機に、自家用車での通勤が一気に広がったんです。以来、この有様です。自転車のラッシュ風景なんて、ほとんどなくなりましたよ」

「しかし君の話では、北京市民は、そんな裕福じゃないはずだろ」

前原は携帯電話のフラップを、開けたり閉めたりしながら答えた。

「富裕層は数％と言っても、北京は人口一五〇〇万人以上の大都市です。東京で通勤に車を使う人は少ないでしょ。でも、ここは皆、こぞって車を使うんです」

確かに、東京都民全員が自家用車で会社に通い始めたら、都市機能は目も当てられない状態になるだろう。

「インフラが追いついていないというのも渋滞の一因です。地下鉄は現在四本。北京五輪までに一三本にすると言っていますがね」

北京五輪まで、三年余りしかない。

豊かさを享受し始めたかに思えた街が、田嶋の目にはむしろ殺伐としたものに映った。

「嫌な街になりました。僕はせかせかしている上海ではなく、おおらかな北京が好きだったんですが、その気質も日々消えつつあります」

それが、この男を急に老け込ませたのだろうか。携帯電話でメールを打ち始めた後輩の横顔を見ながら、神戸の病院で突然錯乱した岡部の血走った目と言葉を思い出していた。

――あいつらは、俺を殺して食べるんだ！

複雑な心境の田嶋を乗せた車は、渋滞を縫いながら北京市の中心部にある長富宮飯店《ホテルニューオータニ》に辿り着いた。

部屋に荷物を置くなり、すぐにロビーに戻り、前原と共に再び車に乗り込んだ。田嶋が技術顧問となる中国核電工程公司（核工）に、挨拶しに行くのだ。

核工は、五月に設立したばかりの中国初の原子力発電プラント建設総合エンジニアリング会社だった。

中国は核保有国でありながら、独力で原子力発電所を建設する技術を持っていなかった。一九九四年に運開した秦山発電所は国産と銘打っているが、実際は日本を含めた先進国の技術供与を受けていた。中国政府は原発の国産化を目指しており、中国核電工程公司は国産核電の成功をミッションに掲げていた。

これまでは、中国の国営原発開発会社・中国核電開発が紅陽核電建設を進めていたが、核工の創設で、プラント建設の推進役が交代した。岡部に代わって紅陽の技術顧問に赴任する田嶋も、核工に籍を置くことになる旨が伝えられていた。

核工は、北京市の北西部、ＩＴ集積地として知られる中関村《チョンガンツン》にあった。今度はさほど渋滞に巻き込まれることもなく、目的地に辿り着いた。

「ＩＢＭのパソコン事業部を買収したレノボも、中関村から生まれました。周囲のビルは皆、ＩＴ関連のベンチャーがひしめいています」

殺風景な高層ビル街を見上げている田嶋に、前原が説明した。

「ＩＴバブル沸騰中ってとこだな」

「ここの連中は貪欲ですよ。北京大や清華大という一流大学に籍を置きながら起業して、外車を乗り回している奴や、シリコンバレー帰りの猛者《もさ》もいます」

いかにも急ごしらえな雑然とした街だったが、熱気は感じられた。運転手が何か呟いた。前原は高飛車に言葉を返すと、運転手は車を脇によけた。

「すみません、地下駐車場が満車のようなので、ここで降ります」

言い終わらないうちに、前原はドアを開けていた。田嶋もそれに続いた。

土埃が舞う通りに降り立つと、粗末な身なりをした中年の男女が、二人に近づいてきた。彼らは皆、手に紙切れを持って口々に叫んでいた。どうやら「領収書」と言っているようだった。前原は彼らを邪険に払いのけると、正面のビルに入った。男女は深追いしてこなかった。

「何だね、あれは」

エレベーターホールで田嶋は訊ねた。

「領収書を買ってるんです」

「領収書を買うのか？」

「ええ、全国の公務員や党員が北京に出張します。出張経費は領収書がある分だけ支払われますから、領収書が公然と売買されているってわけです。そのための仕入れですよ」

カネになるものは、すべて商売の対象になる。これを逞《たくま》しいと呼ぶべきか、あるいは常軌を逸していると呼ぶべきか、田嶋には分からなかった。

核工は二八階建てのビルの最上階にあった。エレベーターを降りた真っ正面に金文字のプレートが掲げられ、そこにスポットライトが当たっていた。

「立派なもんだね」

「面子の国ですからね。こういうところには、カネをかけます」

前原はまたも吐き捨てるように言うと、受付嬢に来意を告げた。受付嬢はにこりともせずに案内に立った。

広いフロアには大小のコンピュータモニターが所狭しと並べられ、さながら軍事基地のようにも見えた。受付嬢はその先にある個室をノックして、ドアを開いた。

見事に額が後退した布袋《ほてい》腹の巨漢が、笑顔で二人を迎えた。

「どうもどうも、いらっしゃい」

彼は両手を広げてから、田嶋に向かって右手を差し出した。すかさず前原が紹介した。

「中国核電工程公司の総経理（社長）、晋大河《ジン・ダーホー》さんです。晋さん、大亜重工業の田嶋伸悟さんです」

あらかじめ練習してきた中国語で、田嶋は自己紹介した。

「田嶋です。初めまして。晋さんのお力になれることを心から光栄に思っています」

晋は中国語での挨拶が嬉しかったようで、田嶋の手をさらに強く握りしめた。

「こちらこそ、あなたを待っていましたよ。ぜひ、我々、いや中国のために良い汗を流してください」

晋の尊大な口ぶりに驚きながらも、田嶋は笑顔で頷いた。

二人を応接セットのソファに誘うと、晋も向き合うようにソファに腰を下ろした。

「田嶋先生、あなたの噂は前原さんからも聞いていましてね。あなたさえいてくれれば、我々は大船に乗った気でいられますよ」

「それは買いかぶりです。微力ながら頑張らせてもらいます」

前原の通訳を聞きながら、田嶋はどうも彼は違う意味に通訳しているように感じた。断片的だが、「自信」とか「お任せください」という単語を耳が拾っていた。前原は先ほどとは別人のように明るく勢い込んで、中国語をまくし立てている。

「中国国家発展改革委員会は二〇二〇年までに、原発の発電量を総発電量の四％に引き上げる計画です。つまり現在の九基を四・五倍にするということです。その責任を一身に担っているのが、我々核工です」

四・五倍とは日本の原子力発電所五三基全ての総発電力、約四七一二万キロワットに匹敵する、とてつもないものだ。

「我々は中国一優秀な設計者、技術者の集団です。しかし、残念ながら皆若い。経験が少ないんです。だからこそ、あなたのようなベテランの知恵が求められています」

晋の熱心な口調から、技術顧問に寄せられる期待の大きさを田嶋は感じ取っていた。

不意に晋が言葉を切り、身を乗り出して話しかけてきた。

「できれば、明日にでも、現地を案内したいと言っていますが」

前原の通訳を聞いて、田嶋はたじろいだ。

「明日、ですか……」

「無理ですか」

晋は残念そうに巨体をアームチェアに沈めた。

「いや、そういうわけではないんですが、前原君、明日も北京で予定があるよね」

「調整可能ですよ」

前原の素っ気ない反応に、田嶋は苛立ちを覚えた。何も準備していない段階で現地に乗り込むべきではない。それが前原には分からないのだろうか。

本当なら前原にうまく断って欲しいところだった。だが心配そうにこちらを見ている晋を安心させるように、田嶋は微笑んだ。

「分かりました。では明日。参りましょう」

晋は通訳を聞き終わらないうちに、勢いよく立ち上がり、右手を差し出した。

「田嶋先生、あなたはやっぱり素晴らしい人だ」

田嶋が分厚く脂っぽい手を握り返すと、晋はすかさず左手を手の甲に添えた。何かに捕らえられたような圧迫感を感じながら、田嶋は一抹の不安を感じた。

郷に入っては郷に従うことの重要性は、知っている。とはいえ相手に主導権を与えすぎるのは賢明でない。そう思いながら、中国暮らしが長い前原がやたらに愛想笑いするのが気になった。

明日の準備をすると言い出した晋の許《もと》を辞して、車中の人になった田嶋は苦言を呈した。

「早計に過ぎるんじゃないのかね」

「何の話でしょう」

携帯電話をかけようとしていた前原が、フラップを閉じて田嶋を見た。

「今日、北京に到着したばかりなのに、いきなり現場に行くというのは、いくらなんでも無茶だろ」

「そうですか。でも、現場を一刻も早く見たいというのは、田嶋さんの口癖じゃないですか」

「本来はね。しかし、何事も最初が肝心だ。準備不足で現地入りしたくない」

「準備不足、ですか……」

前原の言葉に、嘲《あざけ》りの響きがあった。

「そうだ。俺が紅陽核電の技術顧問の辞令を受けてまだ二週間だ。前の仕事の引き継ぎなどで、日本にいる間、図面すら開けなかった。こんな状態で現場に立つのは相手に失礼だ」

「しかし、田嶋さんは、当初このプロジェクトのリーダーだったと伺っていますが」

「俺が携わっていたのは設計レベルの段階だ。そこから先は岡部君がやっていた」

「その岡部さんの穴を埋めるためにも、一刻も早く田嶋さんを現地にお連れするようにというのは、支社長の意向でもあります」

北京支社長は上海に出張していた。田嶋の出迎えはさておき、せめて核工は支社長も一緒に顔を出すべきだと田嶋は主張したのだが、「形式的なことはいい」と一蹴されていた。

「そんな話は聞いてないよ」

前原がこれ見よがしに大きなため息を漏らした。

「文句なら支社長に直接おっしゃってください。ただ一言だけ申し上げておきます。晋総経理は笑顔で応対されましたが、心中は穏やかじゃありません。彼にとっては命を賭しても果たさねばならない紅陽核電の二〇〇八年八月運開に今、暗雲が垂れこめているんです」

命を賭してという大げさな言葉も気になったが、それ以上に気にかかることを田嶋は尋ねた。

「それが、俺が明日現地に行くこととどう繫《つな》がるんだね」

「紅陽核電工事の遅延責任はＤＨＩにある。彼らの言い分です」

思わず田嶋の頭に血が上った。

「技術顧問がいなければ、何もできないのかね、紅陽の現場は」

「怒らないでくださいよ。ただ、前任者の岡部さんはご乱行が過ぎて、現場の士気を著しく下げてしまったんです」

「乱行？」

前原は目を逸らしてしばらく考え込んでいたが、やがてふてくされたように口を開いた。

「我々にはこの遅延を挽回する義務があるんです。準備不足なんて言っている場合じゃありません」

「だから君は俺の挨拶を勝手に〝意訳〟したのかね」

前原が絶句した。

「片言ぐらいは分かるんだ。俺は謙虚に挨拶したが、君は全部反対に訳していた」

「そうです」

前原は、悪びれもせずに開き直った。

「ここは中国なんです。日本的な謙譲の精神は相手に侮られるだけです。田嶋さんはＤＨＩ

が誇る超一流のプラントエンジニアじゃないですか。その自負を、田嶋さんの口から言う必要があったんです」

郷に入っては郷に従え、なんぞくそ食らえだな。だが田嶋はそれ以上反論しなかった。

「それが中国なんですよ」

前原の諦観を帯びた言葉が、田嶋をさらに苛立たせた。再び渋滞に捕まった車窓の向こうで忙《せわ》しなく行き交う人々を見ながら、近くて遠い国に来た現実を、田嶋は改めて噛み締めていた。

2　二〇〇五年六月／大連

大連空港で待っていたのは、若い女一人だけだった。

鄧は驚きと失望を隠しもせず、出迎えた大連市党書記処員、朱鈴《チュー・リン》の挨拶を途中で遮った。

「これは、私が歓迎されていないという意味なのか」

「違います！　大連市党委員会は、江哲《ジャン・チェ》書記以下皆、鄧副書記の着任を心から歓迎しております」

鄧の憤りに怯《おび》え顔になりながらも、朱は説明を続けた。

「とてもそんな風には見えないが」

「本日、市の幹部は全員、副首相夫人から紅陽市の別宅にいきなり呼びつけられたんです」

劉幹《リウ・ガン》副首相の夫人李寧寧《リ・ニンニン》は、紅陽市出身だった。彼女は大連市有数の実業家でＤＰＧ(Dalian Phoenix Group＝大連鳳凰集団）の総帥として不動産から海運、貿易など七つの企業を束ねている。同時に、副首相の夫以上に政治的影響力を持つと言われている影の実力者でもあった。

李寧寧が市の幹部をことごとく別宅に呼びつけたのだと言われれば、鄧としては引き下がるしかなかった。だが、そこに何らかの恣意を感じずにはいられなかった。鄧の面子を潰すことで、この街で権力を持っているのが誰なのかを誇示しているわけだ。

「副書記も、別宅へお連れするように言われています」

諦め顔で鄧は同意した。朱はホッとした様子で鄧の鞄を持とうとしたが、彼は断った。

「ご遠慮なく」

「遠慮しているわけじゃない。誰にも持たせたくないだけだ」

彼女は肩をすくめて鞄持ちを諦めると、鄧の先に立って歩き始めた。

気は強そうだが、整った面差しや歩く姿勢が育ちの良さを物語っていた。黒のスーツも、鄧の背広が二着は買えそうな外国のブランド品だった。どうやら大連市党書記処員は、羽振りが良いらしい。

車は空港ターミナルの正面玄関に横付けされていた。彼女のスーツとは不似合いな、薄汚れたサンタナだった。

「すみません、今日は良い車がみんな出払っていまして、これしかないんです。いずれ副書記には専用車と運転手が付きます」

朱がすまなそうに詫びた。

「これで十分だよ。タイヤが四つあって走ればいい」

彼はそう言うと、後部座席ではなく助手席に乗り込んだ。運転席に着いた朱が、おかしそうに噴き出した。

「副書記はおかしな方ですね」

「別に変なことは言ってない」

「男の人は皆、車バカです。公用車ですら少しでも速い車、乗り心地の良い車を選ぼうとします」

「それは君が、たまたまそういう男ばかり見てきたからじゃないかね」

車を急発進させた朱の運転に一抹の不安を感じながら、鄧にとって初めての街を眺めた。古くから開けた歴史ある都市らしく、空港を離れるとすぐに賑やかな街並みが広がった。

「私、そんなに男の人を知っているわけじゃありません。でも皆、車の話が好きなんで、そういうものかと思っていました。副書記はどんなお話がお好きですか」

肩に力が入った状態で、朱はハンドルを握りしめていた。

「不必要な会話は好きじゃない。私が好きなのは、沈黙だ」

朱は顔を赤らめた。

「失礼しました。私、黙ります」

誰もそんなことは言っていない、と言いかけて鄧は口をつぐんだ。暫し沈思黙考したい気分だった。

空港と大連市街は一一キロしか離れていないのだが、車は市街へ続く西北路ではなく、北東に向かった。その先に紅陽市がある。

朱を横目に見ながら、鄧は妻の宋蓮を連れて来なくて良かったと胸をなで下ろした。大連への突然の赴任を知って彼女はひとしきり大暴れした。鄧が失策をしでかしたと決めつけた。

——女よ、そうでしょ。パパに言いつけるわ！

彼女は今や決まり文句となった罵声を浴びせ、またもや冷めた料理を投げつけてきた。鄧は一緒に行くと言われなかったことに安堵する一方で、彼女の疑心を解くために、赴任に同行してくれるよう切望する振りをしなければならなかった。

——どうしてだい。いつも僕らは一緒だろ。大連は気候も良いし、食べ物もおいしいって聞くよ。

——食べ物がおいしい場所に私を連れて行って、これ以上私を醜くするつもりね！

と、彼女の怒りの火に油を注いだところで、交渉は決裂した。新天地での任務の重さと妻のわがままを考えると、本音は単身赴任したかった。それでも鄧は独りを嘆くポーズを続けた。

彼女が一緒であれば、この冷遇ぶりに激怒し、北京に帰ろうと言ったはずだ。しかも迎えに来たのが容姿端麗な若い女ときたら、妻が何をしでかすか想像もつかなかった。

「あの、少しよろしいでしょうか」

遠慮がちな朱の問いに、窓の外を眺めながら鄧は頷いた。車は遼東半島東岸に延びる高速道路に入っていた。

「副書記は特命を受けて、大連に赴任されたと聞いています。その特命とは、どういう意味なんですか」

「そういう意味だろ」

彼女は怪訝そうに助手席の方に顔を向けた。

「前を向いて運転してくれないか。危なくて、おちおち話もできない」

彼女は慌てて体勢を直し、小雨が降り始めた前方に目を凝らした。

「建設中の紅陽核電運開の指導だ」

「そんな党務、聞いたことがありません」

「私もだ」

彼女がまた、こちらを向きかけたので、鄧は慌てて左手で制した。

「すみません。でも、おっしゃっている意味が分からないんですが」

「この国の全てに、党は責任を持っている。何か異論があるかね」

「いえ」

「それで十分だろ。党として世界最大の核電の運開を指導する。それは誇るべき党務ではないのかね」

「なるほど」

朱の態度が気に入らなかった。彼女は鄧より一回りは若いはずだ。しかも、鄧は大連市のナンバー3格なのだ。にもかかわらず彼女には高位の人間に対する敬意がない。

「いつも、そんな風なのかね」

「何がですか」

彼女は落ち着かない様子で、ハンドルを握りしめていた。

「相手が年上だろうと党の上席であろうと、君は友達と話すような態度なのかね」

「友達となんて。私は、鄧副書記をちゃんと敬っておりますが」

どうやら彼女と自分とでは、「敬う」という意味が違うようだった。

「そうか、失礼した」

ここで彼女を怒鳴りつけるのは簡単だが、実は高官の娘だなどということになれば目も当てられない。

「失礼なのは、私の方なのに、なぜ副書記が謝られるんですか」

鄧は目を閉じたまま応じなかった。女と仕事するのが苦手だった。それに二〇代の若者を嫌っていた。その後も朱は何度か話しかけてきたが無視していると、やがて彼女も口をつぐんだ。

鄧を乗せたサンタナは、一時間余り高速道路を疾走した後、龍頭岬と示された出口で降りた。出口の手前で、「あと一〇分ほどです」と朱に告げられるまで、鄧は目を閉じたままだった。霧雨が降っていた。

大連市は一九八五年、日本の政令指定都市に当たる全単（全国計画単列都市）に指定された。市内に六区の行政区を持つ一方で、三市一県を直轄している。

紅陽市は直轄市の一つで、大連市の東端に位置する。元は農業と漁業の街だったが、李寧の栄達と共に街の開発も進み、沿海部は党幹部の避暑地としても開けてきた。

紅陽核電建設予定地として紅陽市東部の岬が選ばれているが、避暑地から隠れるような配慮がされているようだ。

内陸の河南省で育ち、河南を出てからも北京での暮らしが長かった鄧は、海が珍しかった。車が大きなカーブを抜けるたびに、黄海が目の前に広がった。鄧はその風景を楽しんでいた。

ひときわ大きなカーブを抜けた時、城のような建物が見えてきた。

避暑地に別荘を持つなんぞは、ブルジョア趣味の極みだった。しかし、共産党の出世競争を極めた連中は、中国各地に贅を尽くした別荘を持っていた。鄧は複雑な想いを嚙み締めながら、霧雨に煙る館を見つめていた。

これが中国なのだろう。一三億人以上の人民を共産主義という大義名分で煙に巻く一方で、権力者たちは特権を恣《ほしいまま》にする。平等や富の再分配などという理想は画餅以外の何ものでもないと皆知っていても、それを口にせず生きているのだ。

丘陵地帯を降りきったところに聳《そび》える重厚な錬鉄製の大門の前に車が停まった。太い御影石の門柱の前に立っていた衛兵が、大股で車に近づいてきた。

朱は別人のような厳格な顔つきで身分証を見せた。衛兵は運転席側から車内を覗き込み、敬礼をすると、無線で門を開けるように指示した。

車寄せに到着するなり、衛兵が二人のためにドアを開いた。副首相の別荘とはいえ、豪華すぎた。下品なほどの華美が、鄧に真の〝特命〟を思い出させた。

この館の持ち主が、俺が標的とする腐敗分子のボスならば、相当な警戒が必要だ。一つのミスが命取りになる。鄧は身が引き締まる思いで高い天井のアトリウムに立った。廊下の先から嬌声が聞こえてきた。宴たけなわのようだった。

暫くして複数の靴音が響いた。互いに顔の見える距離まで近づくと、先頭の男が手を叩きはじめた。

「やあ、特命副書記、遠路はるばるようこそいらっしゃいました」

手を叩いていたのは、大連市党副書記・田陽平《ティエン・ヤンピン》と名乗った。布袋腹とたるんだ頬を揺らしながら、田は恭しく右手を差し出した。自分の肩書きを皮肉られても、鄧は顔色を変えず深々と頭を下げた。

「鄧学耕です。本日、大連市に着任いたしました」

「まあ、堅い話は抜きにして。それより、李総《リ・ゾン》がお待ちかねです。特命副書記の着任を祝いたいとね」

大連屈指の企業集団を率いる李寧寧は、市の幹部連中の間で畏怖を込めて「李総」と呼ばれている。「総」は総経理の略で、経営者一般に対する敬称だ。

田は親しげに鄧の肩を叩きながら奥へ誘った。革鞄を握りしめて突っ立っていた鄧は、誘われるまま廊下を進んだ。

中紀委の検査員として多くの腐敗党員の豪邸を捜索してきた鄧だったが、こんな豪華な屋敷は初めてだった。

「朱君は、そつなくこなしていましたか」

田が酒臭い息をまき散らしながら訊ねた。

「礼儀正しい歓待を受けました」

田だけでなく、彼の取り巻きからも一斉に笑い声が上がった。朱の横柄さは、彼らにも知れ渡っているらしい。

「この娘《こ》の態度を礼儀正しいとおっしゃるとは、君もできた人だ」

二人から少し離れて歩いていた朱は、田の一言を聞き逃さなかった。

「おじさま、よしてください。鄧副書記に、勘違いされてしまいます」

「これ、小鈴《シャオリン》、副書記の前に特命を付け忘れてはいけないよ」

「おじさま、そんなへんてこりんな肩書きはなくてよ」

どうやら俺はとことん虚仮《こけ》にされるようだ。歓迎しないどころではない。こいつらは一刻も早く俺を追い出したいのだ。

そう理解すると、却って気持ちが晴れた。実のところ、特命とはいえ全単都市の副書記という重責に、気が重かったのだ。だが、こうもあからさまに毛嫌いされると、普段通りの卑屈な態度になれた。

「とんでもない。朱さんには本当に歓待してもらいましたよ」

ふくれっ面になっていた朱は、途端に明るい表情になった。

「ほらね、見てよ、おじさま」

「いや、鄧特命副書記、君はなかなか話せるね。この娘はね、朱克明《チュー・クミン》遼寧省党書記の姪っ子でね。ほとほと手を焼いているんですよ」

鄧は驚いて朱を見つめてしまった。遼寧省ナンバー1である党書記朱克明は、中央政治局員の一人であり、次期総書記の有力候補の一人と目されていた。そんな大物の姪と知らず、態度が悪いと叱責しかけたのだ……。

鄧が肝を冷やしたことなど気にもせず、田は観音開きの扉を開いた。

部屋の中に入った瞬間、鄧は眩《まばゆ》いライトに照らされて目がくらんだ。背後から田の太い声が響き渡った。

「大連市特命副書記、鄧学耕氏のご到着です！」

ファンファーレが鳴り響き、会場から拍手が湧き上がった。絢爛豪華に飾り立てられた大宴会場だった。余りの華やかさに、鄧は棒を呑んだように立ち尽くした。

「さあさ、特命副書記、舞台の方へ。李総がお待ちです」

田に背中を押されて我に返った鄧は、体を硬くして歩を進めた。拍手をしている連中の顔を見る余裕もなかった。ただ、自分がとんでもない晒し者になっていることだけは、はっきり自覚した。

舞台の前で鄧は再び立ち止まった。部屋の灯りが消され、スポットライトが彼の周囲だけを眩く囲んだ。小柄だが豊満な壮年の女性が、楽しそうに両手を叩きながら光の輪の中に入ってきた。

短く刈り上げた髪と黒縁の眼鏡は、副首相夫人のトレードマークだ。鄧の視線を絡め取るように見つめた彼女は、大仰に手招きして鄧を舞台に上げた。

「ようこそ、ようこそ、鄧副書記。待ちかねていましたよ」

彼女の湿っぽい手に握り締められ、鄧は舞台上の人となった。再び割れるような拍手の波が押し寄せてきた。だが満面の笑みを湛えた李寧寧がマイクを手にした瞬間、水を打ったような静寂に包まれた。

「皆さん、大連市発展のため、北京より来訪した次代の俊英をご紹介できることを、私は心から光栄に思います。我らが中華人民共和国が誇る世界最大の核電、紅陽核電の成功のためにやってきた鄧学耕市党副書記です」

拍手と楽団の演奏が鳴り響く中で、鄧は肚を決めた。

「さあ、鄧副書記、所信を表明してくださいな」

李寧寧に促され、鄧はマイクの前に押し出された。

最初が肝心だった。会場には、大連は無論、遼寧省の有力者が大勢詰めかけているはずだった。

鄧はうつむいて精神を集中させると、中紀委で鍛えた人当たりの良さそうな笑みを浮かべて顔を上げた。

「ありがとうございます。何より私のような者に、かくも盛大なる場を設けていただいた李総に、心から感謝申し上げます」

彼が李寧寧に向かって手を叩くと、先ほどよりさらに大きな拍手の渦が巻き起こった。鄧は続けた。

「皆様ご存じの通り、李総のご尽力により、三年後に北京オリンピックが開催されます」

彼女はオリンピック招致委員会の特別顧問でもある。

「さらに、李総の絶大なるご尽力により、世界最大の核電建設という一大国家プロジェクトが紅陽市で進められているわけです」

拍手のボルテージが、最高潮に達した。

「不肖鄧学耕は、核電の運転開始を、栄えある五輪開会の日に間に合わせるという大命を受け、本日ここに着任いたしました。何分至らぬ未熟者です。李総をはじめ多くの諸先輩方、同胞の温かいご指導とご鞭撻を受け、命を賭してこの大命を果たす所存です」

鄧は深々と頭を下げた。万雷の拍手に楽団の演奏が加わっても、鄧は頭を上げなかった。

とんでもない呪縛だった。俺は、今日一日で、遼寧省の大半の有力者に顔を覚えられてしまった。その上、こんなバカげた宣言をして、自らを窮地に追いやるという愚行まで犯してしまった……。

誰かの手が目の前に差し出された。それに気づいて顔を上げると、李寧寧がわざとらしいほどにこやかに立っていた。鄧は両手で彼女の手を握りしめた。不意に腕を引き寄せられ、彼女の顔が間近に迫った。

「なかなか堂に入っていたわ、さすが馬漢研が見込んだ男ね。でもね、鄧学耕、郷に入っては郷に従え、という言葉を、その小賢しい頭にしっかり刻んでおきなさい」

李寧寧は花のような笑みを浮かべたままだった。ただ、黒縁眼鏡の奥で殺気を帯びた目が光っていた。鄧は慌てて離れようとしたが、彼女は許さなかった。

「悪いことは言わない。表向きの特命に専念なさい。それさえ全うできれば、あなたの将来はバラ色よ」

鄧は寒気に襲われた。蛇に睨まれたカエルだった。彼は生唾を飲み込み、腹の底に力を入れて微笑んだ。

「私の特命に表も裏もありません。核電の成功にひたすら邁進いたします」

そこでようやく握り締めた手を放すと、彼女は宴の再開を宣言した。

再び会場全体に灯りが点された。鄧は初めてこの部屋を隅々まで知った。壁から天井まで金がふんだんに用いられ、気が遠くなるほどのカネを注ぎ込まなければなし得ない空間だった。李の強大な権力は、鄧の想像を遥かに超えている——。

鄧はめまいを感じながら、景山公園で馬が言った処世訓を思い出していた。

——切れすぎる刃物は、切れない鋏《はさみ》より使いにくい。

この言葉を忘れたら、俺の一生は、ここで終わる。

華燭の眩さの中で、鄧は自らが置かれた立場の危うさを痛感していた。

3　二〇〇五年六月／北京

ＤＨＩの北京支社のメンバーによる田嶋の歓迎会は、急遽決まった紅陽核電視察のために早々と切り上げられた。

宴会の間中、誰もが紅陽核電と岡部の話題を避けていると感じていた田嶋は、視察うんぬんで切り上げるのも単なる口実にすぎないのではないかと考えた。

王府井にある北京ダックの老舗「全聚徳《チュエンジュードウー》」で催されたのだが、田嶋は楽しみにしていたダックの味すら分からなかった。

北京に到着してから、ずっと感じている違和感。核工の後に訪れた紅陽核電の施主である中国核電開発公司でも、総経理の晋と対した時と同じく妙に緊張した雰囲気を感じた。その上、支社のメンバーの態度、何より前原の投げやりな言動が気になった。

ホテルまで送ると言う前原と一緒にタクシーに乗り込むと、田嶋はこのモヤモヤを解消しようと決めた。

「もう一軒行こうか」

前原は驚かなかったが、また嫌みをぶつけてきた。

「大丈夫ですか、明日は早いですよ」

酔いも手伝って、田嶋はやにわに前原のネクタイを摑んで引き寄せた。

「二度と俺にそんな口の利き方をするな。おまえは大学の後輩でもある。早大野球部に、そんな舐めた態度をとるバカはいない。言いたいことがあれば、はっきり言え」

前原の目を見て、自分の気持ちが伝わったと感じた田嶋は手を放した。二人のやりとりを盗み見していた運転手に向かって、前原は自棄《やけ》気味に行き先を叫んだ。一刻も早く二人を降ろそうと考えたのか、運転手は急発進させた。

二人は顔をそむけたまま、車内では一言も話をしなかった。

タクシーは長富宮飯店のある建国門の交差点を左折して北上すると、薄暗いバスターミナルの中で停まった。ターミナルの入口には、「東直門」とあった。

「日本の赤提灯みたいな店の方がいいんじゃないすか」

「そんな店があるのか」

前原はいつもの早足で、ターミナルの中を歩いた。その先に待合室のような建物があった。掲げられた看板には赤地に白抜きで「成都特色小吃」と書かれてあった。

「ほお、麻辣湯《マーラータン》の店か」

「ご存じですか」

「四川風のスープ春雨だろ」

大衆食堂風の店は深夜だというのに賑わっていた。八人ほど座れる安テーブルが数脚。店の表にも四人掛けのテーブルが三脚あったが、大半は客で埋まっていた。中には上半身裸の男性客もいたが、その隣で体を小突き合いながら笑っている少女のグループは、一向に気にも留めていないようだった。

入って右手の壁ぎわにある台には、串に刺された食材がずらりと並んでいた。

「スープ春雨っていうより、中華風おでんですね。ここで食材を選ぶと、サッと調理して、ちょっと辛味の利いたスープを付けて出してくれます」

前原は常連らしく勝手知ったる様子で、小さなプラスチックかごを手にすると、椎茸やキャベツ、ウズラ卵に腸詰めなどの食材を手当たり次第にかごに入れていく。田嶋も一緒になって珍しそうな食材を選んだ。

「酒はどうしますか？」

「そりゃあ、白酒《バイチュウ》だろ」

白酒とは、高粱《コーリャン》を主原料にした蒸留酒だ。中国の酒というと紹興酒の方が日本では有名だが、中国の庶民に言わせれば酒は白酒だった。五〇度以上ある強烈なアルコール度数だが、彼らはお猪口《ちょこ》大のグラスに入れて、繰り返し乾杯しながら何度もあおる。

日本の営業マンが中国の取引先と仕事を始めると、白酒による乾杯の洗礼を受けることが多い。白酒による乾杯では、白酒を一気に飲み干し、器が空になったのを示すために器の内側を相手に見せる。そうしながら腹を割れる相手かどうかを確かめ合うのだ。

最近は、この習慣も都心部を中心に薄れてきたが、田嶋は現場で何度もこの洗礼を受けていた。

中瓶サイズのボトルに入った白酒が運ばれてくると、前原が二人のグラスに酒を注いだ。

「では、改めて」

前原は、そう言うとグラスを目の高さまで掲げた。田嶋もそれに合わせた後、一気に酒を飲み干した。砂糖を溶かしたような甘みと喉が焼けるような熱さを感じながら、田嶋は空いたグラスを前原に見せた。

「いいですよ、そこまでおやりにならなくても」

前原が茶化している間に、注文した料理が運ばれてきた。先ほど選んだ食材は串を抜かれ、一枚の皿にうずたかく盛りつけられていた。

前原は先輩の皿を眺めながら、感心したように唸った。

「空心菜、パクチ、羊肉、鳥軟骨、そして春雨にフータマ（揚げ麩《ふ》）とは、さすが通ですねえ」

どんぶりになみなみと入ったスープは、白湯《バイタン》スープをもっと濃くしたような味だった。

「お好みでこのラー油を入れてください。但し、半端じゃなく辛いですから」

田嶋は少なめにラー油を入れて、早速、フータマをスープに浸け、口元に運んだ。濃厚な旨味と辛さが麩に染みて旨かった。

「さて、じゃあ、聞こうじゃないか。三五を過ぎて思春期を迎えたガキの悩みを」

二人分のグラスに白酒を注ぐと、本題に入った。

「思春期とは言ってくれますね」

「昼間の態度は、毛の生えたての兄ちゃん以下だぞ」

わざと下卑た言葉遣いで返すと、前原は自嘲気味に口元を歪めた。

「何《なん》もかんも、嫌になったんですよ」

「何もかんもとは、仕事も生活もってことか」

「俺、そろそろ日本に帰りたいんですよ。子供の教育のこともあるし」

前原は白酒を一舐めして、椎茸を突《つつ》いた。

「異動願いを出せばいい」

「それがね、そう簡単じゃないんです」

聞けば、前原はＤＨＩ本社に採用されたわけではないという。つまり北京支社の現地採用なのだ。

「そんな話、初めて聞く」

「いずれ本社採用にしてくれるという言葉を信じていたんですが、どうやら本社にその気はなさそうです」

確かに前原は北京大に在学中にアルバイトで働き始め、そのまま社員になっている。この間、ＤＨＩ本社の人事による採用試験を全く受けていなかったという。

「まあ、それはいいんですよ。でも、日本に帰っても働く場所がないんです」

日本で働く場合は、本社に転籍する必要がある。だが、ＤＨＩは、彼の申請を却下し続けている。

「バイト時代から勘定すると、もう一〇年あまりですよ。その間、たくさんの商談をまとめてきました。でも、いつも、その成果は日本からやって来た腰掛けの駐在員に掠《かす》め取られます。俺の給料知ってますか」

前原は言葉を継ぐ度に白酒をあおり、ボトルを独占しようとする。彼の鬱屈は深刻だった。

「功績を誰も認めないどころか、一〇年あまりも貢献したおまえさんの日本での職も手当てしてくれない。問題は、それか」

「全てじゃないですけどね」

「他には何だ」

「俺、別に中国人びいきをしているわけじゃないですよ。けどね、この街の日本人は、中国を舐めきってますよ」

「なぜ、そう言える」

前原に少しだけ酒を注いでやり、自分は酒を控えて軟骨を試した。こりこりした歯ごたえは味の濃いスープとよく合った。

「さっき宴会に出ていた連中で、中国語でまともな日常会話ができるのは、半分以下です。この街に溶け込もうともせず、いつまでもお客さん状態。挙げ句に、中国は野蛮だと吐き捨てて溜飲を下げている。中国人に問題は、たくさんあります。でも、それを十把一絡げでバカにしていて、どうしてビジネスなんてできるんでしょうか」

前原は料理に手を付けず、酒ばかり飲んでいる。一軒目でも、ほとんど箸を付けずじまいだった。

「おまえ、もしかして体も悪いのか」

「どうでしょう。健康診断だってまともに受けていないんで分かりません。それより答えてくださいよ。日本人っていつから、こんな傲慢になっちゃったんですか」

「いや、今でも相手によっては卑屈なままだよ。ただアジアの中では、ただ一つの先進国だと威張りくさっていることは否めない。かと言って、相手の言うがままに何でも聞いてやるのもおかしいだろ」

田嶋は前原からボトルを取り上げると、料理に手を付けるように促した。彼は渋々、付け合わせのキャベツを口に放り込んだ。

「なあ、前原。そんな話、別に今更目くじら立てる話じゃないだろ。むしろ、おまえさんが留学生だった時代より、遥かにましになっているぐらいだ。一体、何だ。本当の悩みは」

再び前原が白酒のボトルを奪った。互いのグラスに酒を注ぐと、そのままぼんやり瓶を見つめていた。

「カミさんに党員になるチャンスが巡ってきたんです」

「党員って、共産党員ってことか」

田嶋とは目も合わせず、酒瓶に向かって頷いた。

「妻は子育ての合間を縫って、北京の小さな大学の講師を始めました。小日本《シャオリーベン》の夫を持って、彼女は苦労ばかりしています。俺が中国人になった方が彼女は党員になりやすく、もっと楽な生活ができるかも知れない」

「おまえ、さっきは日本に戻りたいって」

「戻りたいですよ。でも、日本が俺をいらないって言うんだから、しょうがないじゃないですか」

田嶋は恥ずかしくなった。前原がこんなに苦悩しているのを全く知らなかった。中国で会うのは久しぶりだったが、彼は時々日本に来ていて、何度か東京で飲んでもいた。家族で神戸に遊びに来たこともあった。皆、楽しくやっている。そう思っていた……。

「何もかもが中途半端なんですよ。俺の立場も、仕事も、生活も。その結果、家族に苦労ばかりかけている。ねえ、田嶋さん、俺、どうしたらいいと思いますか」

ちらちらと点滅する黄緑色の蛍光灯の下で、田嶋は言葉を失っていた。

4

二〇〇五年六月／北京

「本当に麗麗《リーリー》なのね！　ますますきれいになって」

三年ぶりに再会した旧友・戴璃《ダイ・リ》は、楊麗清の両手を摑んではしゃいだ。

カンヌ映画祭でカメラドールを手にして一躍時の人となった麗清は、香港で開かれた映画祭に参加した帰りに、北京に立ち寄った。

二人は、母親同士が大学の同級生で、幼い頃からの遊び友達だった。あらゆる面で正反対の二人だった。運動神経抜群で社交的な麗清と、物静かな読書家で周囲の人を和ませるのが上手な戴璃。麗清が長身痩軀なら、戴璃は小柄でふっくらとしている。

そんな戴璃は中国人民大学新聞学院時代から秀才で、現在は、政府の研究機関、中国社会科学院に籍を置きながら、愛する夫と一人息子との静かな暮らしを大切にしていた。

白いブラウスにベージュのスカート姿で待ち合わせ場所に立っていた彼女からは、穏やかな暮らしぶりが感じられた。

二人は、景山公園の北東にある南鑼鼓巷《ナンルオグーシャン》南詰で待ち合わせた。中央電視台で取材を受けた後、タクシーを飛ばしてやってきた麗清は、久しぶりに会う友の顔を一目見るなり、晴れやかな気分になった。

「阿璃《アリ》は女っぽくなったわ。愛する家族ができると変わるわね」

麗清は戴璃と腕を組みながら、観光客向けに整備された胡同《フートン》地区を歩き始めた。

目指す先は、文宇奶酪店。清朝御用達の宮廷ヨーグルトが名物で、映画女優や文化人が普段着でやってくる店だった。南鑼鼓巷一帯には洒落たカフェが多かったが、そんな街の中では異質の、目立たない質素な店構えだった。

「改めておめでとう。カンヌのカメラドールなんて、夢みたいね」

卵黄入りのヨーグルトを頼んだ戴璃は、麗清が身につけているシャネルのスーツを一しきり褒めた後、カンヌの成功を祝してくれた。プレーン味を選んだ麗清は、ミルクプリンのような甘みのヨーグルトを口に運びながら、カンヌでの喜びを誇らしげに語った。

「私、やる時はやるのよ」

自慢して見せても戴璃は嫌な顔一つせず、心から感心してくれた。

「麗麗はいつもそうね。挑戦したものは必ず、最高の結果を出す人だったわ」

麗清はますます気分が良くなった。香港の映画祭は、それなりに楽しかった。周囲はちやほやしてもくれた。だが肝心の作品については、辛辣な評価が多かった。

〝一人っ子政策についての主張が曖昧な日和見映画〟

〝男女の機微の描写が、今ひとつ〟

香港の田舎者には分からなくて結構、と嘯《うそぶ》きながらも、映画先進地のメディアに批判されたのは、誰からも褒められたい麗清にとって気分の良いものではなかった。

その上、今回は、テッドが同行しなかったのも気に入らなかった。

——次が大事なんだよ、ハニー。だから、僕はアメリカに残って、その準備をしなくっちや。

　理由はもっともらしかったが、カンヌの記者会見以来、テッドが自分を避けているように思えてならなかった。そんなこともあって戴璃の昔と変わらぬ優しさが、余計に心に沁みた。

「久しぶりの北京はどう？」

　ゆっくりとヨーグルトを口に運びながら戴璃が訊ねた。麗清はスプーンを手にしたまま、空港からの風景を思い出していた。

「何だか北京じゃないみたい」

「どのあたりが」

　戴璃のヨーグルトにもスプーンを伸ばした麗清に、碗を差し出しながら彼女は質《ただ》した。

「まるで街が漂白されたような」

「その上、厚化粧しているような」

　戴璃が続けた言葉に、麗清は思わず親友の手の甲を軽く叩いた。

「まさに厚化粧！　何なのこれは」

「奥林匹克《オリンピック》のせいよ」

「奥林匹克って、どういうこと」

「奥林匹克は、中国が先進国であることを世界にアピールする重要なイベントなの」

先進国って、この国が？

意外な言葉を聞いたように麗清が目を剝《む》くと、戴璃もわずかに眉間に皺を寄せた。

「まあ、先進国なんておこがましいんだけれどね。でも、政府は真剣」

「それで、街中に醜いビルを建ててるのね」

戴璃は正解という代わりに、スプーンで丸を描いた。

「この一帯がきれいになったのも、同じ理由よ。欧米人は古いモノが好きだから観光スポットとして胡同を整備しようと」

確かに南鑼鼓巷は、石畳まで敷かれて美しくなっていた。映画のロケに十分使えると道すがら心に留めていた。

「ねえ、阿璃、実はあなたに助けて欲しいことがあるんだ」

「ん？」

「〝六・四〟を取り上げたいの」

大学時代、戴璃が個人的に天安門事件に興味を持っていたのを、麗清は覚えていたのだ。

だが〝六・四〟と言った途端に、戴璃は怯えるような表情になった。

「阿璃？」

友の変化に麗清は焦った。

「私、まずいことを言った?」

「そうね」

冷たい即答に、麗清は動揺した。

「何? 何がまずかったの」

戴璃はテーブルの水滴を使って、指で6・4と書いた。

「麗麗、ここはアメリカじゃない。街がきれいになって、いろんな情報が溢れ始めても、言葉にしてはいけないタブーがあるの」

「タブーですって」

「そう。あなたがどんな映画を撮ろうと、私は何も言う気はない。でも、その話はしたくない」

「学生の運動が正しかったなんてテーマじゃないのよ。ただ、私たちには知らないことが多すぎたって思うの」

戴璃は俯いたままだった。麗清は親友の気を取りなそうと必死でまくし立てた。

「一九九五年にカーマ・ヒントンとリチャード・ゴードンという二人のドキュメンタリー監督が、〝THE GATE OF HEAVENLY PEACE（邦題『天安門』）〟という映画を撮っているの」

「知っているわ」

やっぱり！　麗清は胸が躍った。中国国内では発禁のはずで、見ている人も少ない。それでも、戴璃なら見ているかもしれないと思っていたのだ。

「さすが、阿璃。私ね、カメラドールの受賞会見で、くそったれなフランス女に、ダルフール問題を問われて恥をかかされたの」

「それも、この国ではタブーよ」

「でも、知識人や学生なら誰でも知っているって聞いたわよ」

「公式にはタブーなの」

麗清が語れば語るほど、戴璃は陰鬱になる。

「私ね、考えたのよ。これ以上、中国が世界からバッシングされるのを黙って見ているわけにはいかないって」

戴璃が曖昧な頷き方をしたのが気になったが、麗清は構わず続けた。

「今度はこっちの番よ。見てなさい。このレニ・ヤンが目に物見せてやるって。最初はダルフール問題の正当性をやろうとしたんだけれど、彼にお金が集まらないって言われて。で、考えたのがそれよ」

戴璃を慮《おもんぱか》って今度は「六・四」を口にせず、水で書かれた数字をスプーンで指した。

「あの映画はドキュメンタリーとして良くできていた。でも、客観性を追い求めるあまり、結局あれが何だったのかを極め切れていない」

「それでいいのよ」

　まるで頭の悪い生徒の反論を退けるような厳しい口調だった。

「混沌。あれの本質は、その一言に尽きる。あるいは不条理と言ってもいい。この国を象徴する悲喜劇」

　麗清は反射的に親友の手を握った。

「そう！　まさにその悲喜劇を映画にしたいの。だから、専門家のあなたの意見を聞きたいの」

「意見って？」

「事件の背後には、アメリカがいたと思うの。彼らが一部の学生を煽《あお》っていたという情報もある。映画はフィクションだけれど、アメリカ政府に操られた青年と、革命に命を賭けたヒロインの壮大なドラマを考えている」

「無理ね」

　戴璃は冷たく突き放した。麗清は唖然として、青ざめた顔の友を見た。

「どうして……。あなたは、アメリカに来た時も、このことを調べていたじゃない！　迷惑はかけないわ。助けて」

「こんな話をされるだけで、もう迷惑なのよ」

「あなたのサポートは、内緒にする」

戴璃は哀しげに首を横に振った。麗清の小さい堪忍袋の緒が切れた。

「戴璃！　あなた、それでも中国人なの。あの事件については今なお、世界中がこの国を非難しているのよ。でも、あの事件を悲劇にしたのは、ＣＩＡと、あの女じゃないの！」

「あの女？」

眉を顰《ひそ》めた戴璃に、彼女は畳みかけた。

「柴玲《チャイ・リン》。自分をジャンヌ・ダルクだと勘違いして学生を煽り、最後は国外に脱出した裏切り者よ！」

柴玲は民主化運動のカリスマ的存在と言われた。北京大学から北京師範大学の大学院に進んだ彼女は天安門事件の中心人物であり、〝天安門広場防衛指揮部総指揮〟として世界中のマスコミに取り上げられた。

天安門事件は学生による民主化運動だと言われている。だが実際には、学生側にも闘争方法や意見の食い違いがあった。彼女は強硬派のリーダーとして最後まで政府側との対話を拒否し、対決姿勢を崩さなかった。

映画『天安門』でも、彼女の行動は克明に描かれている。中でも、事件の渦中にアメリカ人記者から受けたインタビュー映像は、「六・四」の意味を世界に問い直す衝撃的なものだった。

彼女は、インタビューの中で、「民主化のためには人民の血が必要だ。政府に人民を虐殺させなければ成功しない」と泣きながら訴える一方で、「私は生き続けたいから、まもなく広場から消える」と言い放ったのだ。

その場面を自宅で見ていた麗清は、怒りの余り手にしていたコーヒーカップを壁に投げつけてしまった。

戴璃は肩でため息をついた。そんな態度を示す彼女を、麗清は初めて見た。戴璃は諭《さと》すように麗清の手を握り、甲を軽く叩きながらしゃべり始めた。

「柴玲がどういう人だったのか。それ以上に、そもそもあれが何だったのかも分かっていないのよ。一本のドキュメンタリーだけでそうやって人を決めつけてはダメ」

「でも、アメリカで暮らしている彼女は、民主化のことなんてすっかり忘れて好き勝手しているじゃない」

戴璃は立ち上がった。

「表面的な情報だけで、人を捉えてはだめよ。いずれにしても、そのお手伝いはできない」

小柄な戴璃が、急に巨人のように見えた。

「私にも守るべきものがあるの。国に睨まれながらも真摯に取材を続けるジャーナリストの夫と一人息子よ。彼らが私にとって全てなの。だから、私は手伝えない」

麗清はショックのあまり頭を抱え込んでしまった。暫くそうして顔を上げると、テーブルの上に五元札だけが残っていた。皺だらけの札を、麗清はじっと見つめた。

何なんだ、この虚しさは。街だけ厚化粧したって、こんな体たらくじゃ何の意味もないじゃない。戴璃の守るべきものって、何よ。なぜ皆、頬被りするんだ。そんなことだから、欧米から舐められるんだ。いいわ、戴璃。見てなさい。保守で凍ってしまったあなたの頭を、私が溶かしてあげるわ。

麗清は両手をテーブルに叩きつけた勢いで立ち上がると、店を出た。むしゃくしゃした気分を晴らそうと、そのままグランド・ハイアットのプールへ直行した。二時間近く泳ぎ、頭をすっきりさせてから、両親との会食場所に向かった。

その夜は無名居《ウーミンジュ》で、水入らずの夕食の予定だった。無名居は政府迎賓館・釣魚台国賓館の副コック長が定年退職後、総料理長として迎えられた人気店だった。北京北西部の大学街にある総店は、赤い壁の巨大な四合院様式の堂々たる店構えだ。総料理長が副コック長時代に、周恩来のためにつくったとされる獅子頭が名物で、これを目当てに国内外の著名人が引きも切らずやってきた。

　父が彼と昵懇だったこともあり、麗清はこの店の獅子頭が大好物だった。父・楊敏英《ヤン・ミンイン》は国務院の幹部、母・潘慶《パン・チン》は米国駐在公使を務めたこともある要人一家だけに、店は下にも置かない歓迎ぶりだった。ＶＩＰ用の特別個室が用意され、二五年物の紹興酒が店主からサービスされた。それとは別に特別に取り寄せたドンペリニヨンで、麗清の久しぶりの帰郷とカメラドール受賞を祝って乾杯した。

　アメリカ出張も少なくない母とは何度か会っていたが、父とは三年ぶりの再会だった。長身でダンディな父も目尻に皺が増え、鬢《びん》に白いものが混じっているのが気になった。

「麗麗。おまえは、夢を全て実現する奇跡の子だね」

〝奇跡の子〟というのは、父が麗清を表現する時に好んで使う言葉だった。麗清は嬉しそうに席から立ち上がると父を抱きしめた。

「そりゃあ、中国一優秀でかっこいいパパとママの娘ですもの。奇跡ぐらい起こさないとね」

　父は目を細め、首に絡められた娘の二の腕を軽く叩いた。

「香港は、どうだったの」

　広州出身の母は、二人にドンペリを注ぎながら尋ねた。彼女は華南地方出身の女性独特の華奢な容姿と白磁のような肌に恵まれ、今も麗清と二人で街を歩いていると姉妹に間違えられるほどだった。

「元気がなくなってきたかな。中国のどこにでもある街って感じね」

「香港は、中国の一都市だからね」

教科書通りの答えしかしない父らしい物言いだった。だが、母は麗清が言いたい意味を分かってくれたようだった。

「中国がこれから国際的な一流国家になるためには、香港の多様性は重要よ。何でも同じ色に染めようとするのは、この国の悪いところだわ」

父は咎めるように妻を見ると、右手の人差し指を左右に振った。母は挑発するように眉を上げて、シャンパングラスを手にした。

「一つの中国に」

父は嬉しそうに、片や麗清は呆れ顔でグラスを掲げると一気に飲み干した。そこにお待ちかねの獅子頭が運ばれてきた。

「それはそうと、麗麗はいつ戻ってくるんだね」

父は大切な用件を不意に切り出す天才だった。獅子頭を頬張っていた麗清は、危うく喉につかえそうになり、胸を叩きながらシャンパンで流し込んだ。

「いつって？」

「念願のカンヌで賞も獲った。世界的名声を得たわけだから、そろそろ戻ってくる時期じゃないかい。中国でも映画は撮れるよ」

麗清はグラスをくるくる回しながら母を盗み見た。だが、今回は母も父側に回ったようだった。彼女はすまし顔で、麗清を見るばかりだった。麗清は頭を急回転させて答えをひねり出した。

「そうね、実は今、アメリカで新作の準備を始めてしまったの。それに香港で一本、オファーをもらったわ。それを撮り終えた頃かしら」

言い繕いながら自分は北京に戻りたくないのだと気づいた。この街では、私は住みにくい。確かにパパとママは大好きだけれど、もっと自分らしく生きる場所が必要だ。

父は寂しそうな顔をした。母の目は娘を咎めていた。

「そうか、もう少し先の楽しみなんだね……。それで、次の作品というのは何だね」

一瞬、戴璃の突き放したような冷たい顔が頭をよぎった。

「六・四をね、やろうと思うの」

両親の顔が同時に凍り付いた。それほど戦《おのの》くことじゃないと思っていたのは、麗清の誤算だったようだ。

両親は気まずそうに互いに顔を見合わせるばかりで、なかなか言葉を発しなかった。

「二人には迷惑かけないから。党を批判する作品じゃない。事件の裏側にあったアメリカの陰謀を」

母が右手を挙げて、それ以上話すことを制した。

「あなたが素晴らしい映画を作るのに一生懸命なのは、パパもママも疑っていない。でも同時に、あなたには中国の新しいリーダーになって欲しいとも思っている」

「分かっているわ。だからこそ」

「ならば、おやめなさい」

一寸の妥協も許さない厳しい口調で、母は言い放った。麗清は反論しかけたが、父が哀しそうにグラスを見つめているのを見て呑み込んだ。

不意に扉が開かれ、満面の笑みを湛《たた》えた総支配人が、この店のもう一つの名物料理、乞食鶏を手に入ってきた。鶏肉の中に野菜や椎茸などを詰め、蓮の葉でくるんだ上から泥で塗り固め七、八時間かけて蒸す料理だった。彼は気まずい空気を察したらしくすぐに笑顔を引っ込めると、黙々と料理を切り分けて部屋を出て行った。

誰も料理に箸をつけなかった。

知らない間に、自分は中国人ではなくなっていた……。

麗清は言いようのない疎外感を感じていた。涙が込み上げるのを堪《こら》えて明るい顔で箸を手にした。

「ねえ、とにかくこのご馳走を食べましょうよ！」

5

二〇〇五年六月／紅陽市街

今朝、大連のホテルから見た風景とそっくり同じものが、目の前に広がっていた。公用車となったアウディの後部座席から窓の外を見ていた鄧は、隣に座る秘書の朱鈴に訊ねた。

「あれは」

「紅陽市政府庁舎、市党委員会、市人民代表大会議場、そして迎賓館です」

「大連の中山広場と同じに見える」

「当然です。大連の中山広場をモデルに設計されたんですから」

一九世紀末のロシア統治時代に大がかりな都市整備が行われた大連は、直径二一三メートルに及ぶ中山広場を中心に、道路が放射状に延びる都市だった。日露戦争後の日本統治を経て中国の一都市になった今も、街のグランドデザインは変わっていなかった。

「直径が、二三メートル短いとか」

その環状道路沿いに聳《そび》える御影石の豪華な建物は本家以上に巨大だった。広場のロータリー周辺を、市政府庁舎など四つの建物だけが占める風景は異様な印象を与えた。

車は吸い込まれるように環状道路に入った。間近で見ると、建物の大きさと殺風景な雰囲気が際立った。外観は完成しているように見えたが、昼過ぎだというのに人影一つ見えない。

「実際に使われているのかね」

「まだ、一部です。いずれは、人で一杯になると思いますが」

鄧は鼻で笑い飛ばした。確かに紅陽市には市政府もあるし、市長もいる。だが実際は市とは名ばかりで、大連市の直轄統治を受ける区のようなものだ。優に数千人は働ける巨大ビルが必要なはずがない。ここに至るまでの紅陽市の街のみすぼらしさを考えれば、広場の威風堂々たる建物は非常識だった。

「この街は、えらく潤っているようだな」

朱が答える前に、車は鷲が翼を広げたような建物の車寄せに滑り込んだ。

「ようこそ、いらっしゃいました」

建物から飛び出してきた数人の男女のうちで一番年配の男が頭を下げた。

「紅陽市党書記・鴻《ホン》・旬《シュン》と申します」

額に汗を滲ませた鴻は、緊張気味に視線を落とした。

「ここの主というわけですか」

鄧は名乗りもせずに切り出した。

「滅相もありません。ここの主は、鄧副書記でございます」

鴻が弾《はじ》かれたように応えるのを見ながら、今朝、大連市党委員会に江哲市党書記を訪ねた時のことを鄧は思い出した。江書記は書類に何かを書きつける姿勢を崩すことなく、一度も顔を上げないまま、「紅陽核電運開の指導という特命を全うしてもらうために、現地に近い場所にオフィスを用意した」とだけ言い放った。そしてわずか一五分ほどの面会で、アウディと朱をあてがわれて体よく市党委員会を追い出されてしまったのだ。

その不快さが蘇ってきた鄧は、鴻の媚びるような目線を冷たくあしらった。

「こんな悪趣味な建物の主になるのは願い下げにしたいもんだ」

「と、おっしゃられましても、ここは、劉副首相が計画され、奥様の李総自らが陣頭指揮に立たれて完成したものです」

またもや李寧寧か……。前夜の宴会の席で凄まれた彼女の冷たい目を思い出した。

――悪いことは言わない。表向きの特命に専念なさい。

　これ以上、怒りにまかせて口をすべらせないよう自戒しながら、鄧は歩き始めた。内装にも贅が尽くされていた。正面ロビーは五階までの吹き抜けになっており、天井には大きなシャンデリアが掛かっていた。

　愛想笑いを浮かべる紅陽市の書記処員たちに不快感を覚えた鄧は、天井を見上げた。

「電気は来てないのか」

　シャンデリアを含め建物の豪華さを際立たせるはずの照明は、一つも灯されていない。そのせいでかえってうらぶれた気分になる。

「実は、まだ送電線が届いておりませんでして」

　鴻は揉み手をしながら続けた。

「家庭用の電気は来ているのですが、この建物全体となると……」

「送電は、いつ始まる」

「未定です」

　隣で建物を見渡していた朱が、これ見よがしにため息を漏らした。未定とは、永遠に来ないのと同じ意味だった。

　偉大なる無駄遣いか……。

「核電が完成すれば、間違いないと思うんですが」

鴻の取り繕いを無視して人の気配がある部屋に進もうとすると、すかさず声がかかった。

「お部屋は二階になります」

鴻を一睨みした後、鄒は階段を上り始めた。

「エレベーターも動かないのね」

朱の諦めた口調にも鴻は一礼するだけで、先に立って案内した。

「こちらです」

鴻は観音開きの扉を開いて秘書室を通り抜けると、鄒に先を譲った。一〇〇平方メートルはありそうな広い部屋だった。広場に面する壁は一面ガラス張りで、紅陽市のシンボルだと鴻から説明された石造りの鳳凰が見えた。赤い絨毯の上に、大きめのデスクと椅子が一揃え。それ以外は何もなかった。

「まあ、素敵な部屋じゃない」

朱が戸口に立ったままで、皮肉を漏らした。確かに素敵な部屋だった。生まれてこの方、こんな広い部屋を持ったことがなかった。

「電話は」

「まだ、開通していません」

「パソコンはどうですか」

朱が嫌みのように重ねた。

「支給されていません」

「ここと私の部屋の電気は使えるんですか」

朱の問いに、鴻は申し訳なさそうに頭《かぶり》を振った。

「二階に電気は来ていません」

「じゃあ、私たちはどうやって仕事をするわけ！」

彼女は腰に手を当てて、自分より小柄な紅陽市党書記を睨み付けた。

だが、そんな威嚇は何の効果もなかった。鴻はただただ申し訳なさそうにするだけで、何の解決策も持ち合わせていなかった。

「我々も途方に暮れておりまして」

「下がってくれ」

鴻は救われたと言わんばかりの表情で、何度も頭を下げながら取り巻きを従えて部屋を出て行った。

広い部屋に、鄧と朱だけが残った。

「これは、いじめですよ」

「いや、試練だよ」

鄧は今日初めて笑みを浮かべた。

「ゼロから全て立ち上げろ、そういうことだ。私を試しているんだよ」

「ゼロからって。いくら副書記がスーパーマンでも、高圧電線を引っ張ってきたり、電話線を引いてくるのは無理ですよ」

無理は承知だった。鄧の脳裏に親友の顔が浮かんだ。おまえのためなら、どんなことでもしてやる、と約束してくれた黄剛の逞しい顔だった。

いや、奴は切り札だ。最初から使うわけにはいかない。

その時、隣室に続く扉を開けた朱が、声を張り上げて鄧を呼んだ。

「見てください、これ」

鄧は覚悟して部屋の戸口に立った。

二〇平方メートルほどの正方形の部屋の中心に大きな模型が鎮座していた。

「何ですか、これ」

どこかの沿岸部を写し取ったジオラマだった。海岸線は龍の顎のようにくびれた岬で、その根本に巨大建造物があった。

「これは龍頭岬ですね」

「紅陽核電の完成予想模型……」

「これが、核電ですか」

朱は興味津々で核電の模型を見つめていた。二つのカプセル状のドームを中心に、いくつかの直方体の建屋が連なり、その間に幾本もの配管が走っていた。

鄧も実物の核電を見たことはない。ただ、大連赴任のために渡された資料に、国内外の原子力発電所の写真があった。それらと目の前の模型が似ているように思えた。

「ほんとだ、ほら副書記、ここにちゃんと記されてます」

別の角度から模型を見ていた朱の横に並んで、彼女の指先を見た。模型の側面にプレートがあった。

〝紅陽核電完成予想模型〟

「まるで宇宙基地ですねえ」

朱の言葉を鄧はまともに聞いていなかった。パネルに刻まれた「寄贈　大連開発公司」の文字に釘付けになっていたためだ。

大連開発公司とは、李寧寧が経営する会社の一つだ。ちょっと想像すれば分かったはずだ。それに気づかなかった己を鄧は呪った。

「そういうことか……」

紅陽核電の建設工事は、李の企業集団が一手に引き受けているに違いない。

「えっ、何ですか」

「すぐに調べて欲しいことがある」

「何でしょう」

鄧が何かを命じるたびに、朱は身を固くして緊張する。

「核電工事に携わっている業者の一覧を知りたい」

「業者一覧、ですか」

「核電開発は、多くの企業と人が携わっている。工事を指導する立場として、その関係企業を把握するのは当然だろ」

かなり強引なこじつけだったが、朱は素直に頷いた。

「分かりました、下に行って鴻さんに聞いてきます」

朱が部屋を出た直後に彼女の携帯電話が鳴ったが、鄧は気にせず、模型をぼんやりと眺めていた。そしてこのプロジェクトと、昨夜の李の脅しの意味を考え始めた。

核電を一基造るのに約三〇〇億元はかかるという。とてつもない巨大利権だった。だからこそ、彼女は鄧に圧力を掛けたのではないのか。

赴任を前に、核電開発の専門家複数から、核電開発についての簡単なレクチャーを受けた。そこで彼らが何度も強調したことがあった。

――核電で手抜き工事を許せば、世界を揺るがす大事故を誘発するかもしれない。脅すわけではないが、原爆同様の危機感を持ってほしい。

核電で使用するウランは、核兵器のウランとは比較にならないほど希薄なレベルだ。それでもひとたび爆発が起きれば、周辺住民は無論のこと、半径数百キロにわたるエリアで甚大な被害が起きると聞いていた。

鄧は旧ソ連で起きたチェルノブイリ事故の写真を見せられた。

――脅しではなく、一つ間違えば、同じ事故が起きます。

そんな施設の建設で利権食いが起きていたとしたら。しかも首謀者が、副首相夫人だとしたら。

さすがの鄧も寒気が走った。

「あの、副書記」

後ろから声を掛けられて、不覚にも鄧は驚いた。

「すみません、びっくりさせちゃいました」

悪戯《いたずら》っぽい顔が鄧を覗き込んでいた。

「何だ、用件を言ってくれ」

「今、江書記からお電話がありました。今日、核電に新しい日本人技術顧問が着任するそうです。大至急、核電に赴くようにと」

◇　◇　◇

砂塵を舞い上げて一本道を疾走する車に揺られながら、田嶋はようやく中国に来た実感を味わっていた。

見渡す限りの黒土の畑。人の姿もほとんどない。簡易舗装の道路でも、荷台から溢れるほどの藁《わら》を積んだロバの荷車か、二人乗りのバイクを時折見かける程度で、対向車も滅多になかった。

広漠の大地にいる――。

田嶋は、無性に嬉しかった。

「地の果てまで連れて行かれそうですね」

二日酔いで青い顔をしていた前原が辛そうに呟《つぶや》いた。赴任の挨拶もそこそこに、紅陽核電の建設現場視察に赴くことになった田嶋は、通訳として前原を強引に連れてきた。

「日本でも、原発の現場ってのはこんなもんだよ。何もないから、原発を造る。そんな場所が多い」

原発の立地選定は、どこにとっても難問の一つだ。万一の事故を考えると、人里離れた場所が適地だ。そのため、未開の地を切り開いて道路の建設から始める場合が多かった。

助手席に座っていた核工の技術員が、振り向いて何事か言った。

「丘を越えたら現地だそうです」

田嶋は大きく頷くと、気持ちを引き締めた。

今回の北京訪問は、二週間後の正式着任に先立つ表敬訪問のつもりだった。技術顧問として準備不足の状態で現場に行きたくなかった。だが、今さら泣き言を言ってもしょうがない。彼は、せめて心の準備だけは万全にしようと、気持ちを奮い立たせた。

「あれですね」

前方に、造りかけの建屋と巨大なクレーンが見えた。素人目には何ができるかは想像しにくい。だが、何基もの原発建設に携わってきた田嶋には、全てがはっきり見えるようだった。ドーム屋根の原子炉格納容器、隣接するタービン建屋、そこから伸びる煙突、事務棟……。それらがあと二年もすれば、この大地に立ち並ぶだろう。

「原発が毅然と聳える姿を想像すると、なんだか、ぞくぞくするなあ」

青い空と黒い大地、そこに堂々と根を下ろす巨大原子力発電所。その建設を完成まで見届けることになる。俺はなんと幸せな男なんだ。

不意に、敦賀で定期検査を続けているはずの門田にこの風景を見せたくなった。

門田、やっぱり現場は最高だぞ。

田嶋は胸の昂揚を抑えきれず思わず身を乗り出し、車窓に広がる建設現場を食い入るように見つめていた。

間近に見えた現場への到着は、それからさらに一五分を要した。遥か手前にあるゲートの前で、彼らの車は警備員に止められた。

「大連市党副書記と副市長が、田嶋さんを歓迎するために来ているそうです」

前原がネクタイを締め直しながら通訳した。

「それは大層なことだな」

「くれぐれも丁重にお願いします」

田嶋は、前日の彼の卑屈ぶりを思い出しながら頷いた。

仮設事務所とおぼしき場所に、日焼けした小柄な作業服姿の男が立っていた。

「田嶋さん、ようこそ、お待ちしていました」

中国人だと思っていた相手が流暢な日本語で話しかけてきたので田嶋は一瞬怯んだ。だが、相手が人なつっこい笑顔で白い歯を見せた時、それが誰なのか思い出した。かつてＤＨＩで、一緒に紅陽核電のプラント計画に携わっていた後輩だった。

「おお、大町じゃないか！　えらく焼けてるなあ」

間近で見ると、一回り以上年下のはずの大町の顔に何本もの深い皺が刻まれていた。田嶋は皺の意味を察して胸が痛んだが、努めて明るく後輩の背中を叩いた。

「常夏の色男ですよ」

大町が照れくさそうに頭をかいた。

「田嶋さん、どうぞ中へ」

再会に喜ぶ二人を冷たい目で眺めていた前原に促され、田嶋は事務所内に入った。不快な暑さが襲ってきた。クーラーが作動していない。どうやら送電されていないようだ。

六畳ほどの小部屋に案内されると、スーツを着こんだ男女が立ち上がった。

「日本からの技術顧問、田嶋伸悟先生が到着しました」

〝意訳〟を絶対にするなと厳命された前原が丁寧に訳すのを確認すると、田嶋はにこやかに一礼して中国語で自己紹介した。

「みなさん、こんにちは。中国核電工程公司技術顧問の田嶋伸悟です。歓迎を受けて恐縮です」

田嶋の中国語に、それまで無表情だったスーツ姿の連中の表情が和らいだ。彼らは拍手で田嶋を歓迎し、白髪のくたびれた男が前に進み出て握手を求めた。

「田嶋先生、ようこそいらしてくださいました。建設事務所長の焦広大《ジャオ・グアンダー》です。こちらは、紅陽核電建設成功を指導するために、北京から赴任された鄧学耕・大連市党副書記です」

歓迎ムードの中でただ一人、にこりともせずに田嶋を見ていた男が小さく頷いた。中肉中背の特徴のない男だが、その目だけはやけに鋭い。

妙に冷めた男だなというのが田嶋が抱いた第一印象だった。

「初めまして鄧先生、田嶋です。どうぞ、よろしくお願いいたします」

「どうも。前任者の二の舞にならないように努めてくれたまえ」

彼はそれだけ言うと、田嶋の手を握ろうともせず部屋を出て行った。

さすがの田嶋も驚いて鄧の後ろ姿を見送ったが、所長が取り繕うように列席者を紹介し始めたため、彼は再び微笑みを貼り付けて、次々に差し出される右手を握りしめた。

「遠路大変でしたでしょう。ビールがあります、いかがですか」

建設所長の言葉で、喉がカラカラなことに気づいた。

「いいですねえ、ぜひ」

あれこれ気にしてもしょうがない。党のお偉いさんが原発を造るわけじゃない。気楽にいこうじゃないか。

田嶋はグラスを受け取った。勢いよくビールの栓が抜かれ、グラスに満たされた。

「乾杯！」

部屋の中につかの間の和みが生まれた。田嶋は生ぬるいビールと一緒に、不安を飲み下した。

第三章　嵐の中で

1

二〇〇六年二月／紅陽核電

地吹雪が吹き荒れていた。年間を通じて降水量の少ない地域にもかかわらず、この日はシベリア寒気団が南下した。冬の嵐が遼東半島を襲っていた。

地吹雪は上からではなく下から吹く——。北海道にある積丹《しゃこたん》原発の増設工事に携わった時に、田嶋はその凄まじさを体験していた。歩くのはもちろん、車の運転もままならず、ドアを開いて路面を見ながら進路を探らなければならなかった。

あの体験を遥かに凌ぐ猛吹雪が、突貫工事が続く紅陽核電建設現場に吹き荒れていた。不測の事態に備えて、前夜から紅陽核電内の建設管理棟に泊まり込んで正解だった。

荒天の予報を受けて、工事は前日の午後で全て中止。嵐の対策準備は深夜に及んだ。その後、作業員は敷地内の作業員宿舎に残り、核電開発社員は当直を除き、紅陽市内の宿舎で待機している。

田嶋は核電開発のスタッフは建設事務所長を含め全員現場で待機すべきだと主張した。だが、施主である中国核電開発は、北京からの指示が「自宅待機」ということを盾に反発した。幹部の危機感のなさに田嶋は憤りを覚えたが、士気の乏しい人間を残しても無駄だと怒りを呑み込んだ。最終的には、建設事務所副所長と田嶋、さらに大町の三人だけが管理棟の当直室に泊まり込むことになった。

普段とは違いひっそりとした管理棟内で、田嶋は夕べ日本から届いた報告書を検討していた。時折激しく窓を揺さぶる風の音はあったが、報告書を読むのに夢中で気にもしていなかった。

報告書は、DEC（大亜エンジニアリング）の原子力部長である門田が、柄に似合わぬ几帳面な文字で記したものだった。田嶋の依頼が非公式だったため、データが残ることを避けてパソコンを使わずに、私信を装って手書きされていた。

貴殿よりご依頼の金属サンプルについて、検査の結果、設計仕様書に記された物質と異なるものと判断した。しかも貴殿が危惧されていたことよりも事態ははるかに深刻かと思われる。

報告書は、タービンを回す際に推進力の要となるSG（蒸気発生器）の伝熱管の素材分析結果だった。

紅陽核電の型であるPWR（加圧水型原子炉）は原子炉内を高圧に加圧して炉内の水の沸騰を抑制し、三〇〇度以上の熱水にしてSGに送る方法を採る。

一つのSG内には、口径約一・九センチ、長さ約二〇メートルの伝熱管が五八三〇本入っている。その伝熱管に熱水を流すことで二次冷却水を沸騰させ、タービン棟に送るのだ。つまり一手間かけて放射能漏れを限られたエリアに封じ込めることで、高い安全性を図っているわけだ。

ところが、この一手間が意外に難しい。PWRのアキレス腱が、SGに他ならないからだ。熱水を効果的に使うには、可能な限り伝熱管の厚みを薄くする必要がある。紅陽核電の場合、伝熱管の厚さはわずか一ミリ余りしかない。

管の厚みを薄くすれば、穴が開いたり、破断する危険性が高まる。それに伝熱管内は、高温高圧の水が大量に流れ続けるのだ。ごく微細の塵が混じっただけでも、管の内面を傷つける可能性がある。

過去に起きたPWRの深刻な事故では、その発生原因がSGに集中していた。そのためメーカーは熱伝導率が高いだけでなく、高温高圧に耐え、金属疲労も起きにくい素材の開発を続けていた。

現在はインコネルというニッケル合金を使うのが一般的で、最近ではインコネルTT690という合金が主流になっている。TT690という合金で信頼性の高い伝熱管を製作できるメーカーは、世界に数社しかない。その最先端を走っているのがDHI（大亜重工業）だった。しかし紅陽核電では、地元大連にある大連蒸気製作公司がSGの製作を受注していた。大連蒸気製作という企業の名を、田嶋はそれまで知らなかった。世界中の原発関連メーカーの全てを知っていると言うつもりはない。しかしSGを作れるほどの企業を、自分が全く知らないというのはあり得ない。田嶋はこの会社について調べ始めた。

思った通りだった。

同社が過去にSGを製作したことは一度もなかったのだ。主力製品はボイラーで、紅陽市の暖房システムなどを手掛けていた。ところが二年前にロシアのクズネツクにあった原発関連企業を買収し、以降、原発関連に進出し、数々の実績を残していると同社の業績記録にはある。だが、肝心な実績の具体的な中身については全く記されていなかった。

大町に大連蒸気製作について尋ねてみた。しかし、大町も情報をほとんど持っておらず、「政府の要人の関係者が、トップにいるようです」とだけ漏らした。

一番厄介なケースだ。そういう曰く付きの企業では、建設事務所長に質《ただ》しても「素晴らしい企業です！」と太鼓判を押すのが関の山だ。独自で大連蒸気製作の過去の実績を調べてほしいと大町に頼むと、田嶋はＳＧの伝熱管に使う金属のサンプルを提出するように同社に依頼した。

だがサンプルを依頼するだけでも大騒ぎになった。

なぜ、既に受注を決めている企業を疑うようなことをするのか。田嶋は本当はＤＨＩが仕事を奪い取るために送り込んだスパイではないのか、という中傷まで飛び出した。しかし田嶋は顔色一つ変えずに、「企業を疑っているのではありませんよ。国際ルールとして、設計書通りの製品が納品されるかを、事前確認するだけです」と突っぱねた。サンプルを出してもらえなければ、工事は遅れ、北京五輪開幕に間に合わなくなると、やんわりと警告もした。

どういう作用が働いたかは分からないが、半月後に大連蒸気製作からサンプルが送りつけられてきた。

その頃には大町の調査も終わっていて、現状では、同社が原発関連で請け負った工事も製品も中国内外にはない事実が判明していた。

コネが全てに優先される中国とはいえ、いくらなんでもこんな重要な部分について明らかな嘘をつくはずはないと田嶋は淡い期待を寄せていたのだが、結果は最悪だった。

報告書では「おそらく同サンプルはインコネルではなく、質の悪いＳＵＳ（ステンレス鋼）」と判定していた。そんな素材を使えば、使用して一年ほどで伝熱管に穴が開くか、あるいは破断し、放射能に汚染された高温高圧の熱水を発電所内にまき散らすことになりかねない。

素材メーカーに発注すればインコネルは入手できる。ただ、溶接などに高度な技術が求められ、その上値段がＳＵＳより遥かに高価だった。

田嶋は大きく伸びをして、途方に暮れかけた自分を奮い立たせた。

時折、窓を割りそうなほどの突風が吹きつけていた。だがそれ以上に核電を取り巻く厳しい状況の方が、田嶋には心配だった。

従来の世界最大級一五〇万キロワットを超える出力一七八万キロワット、ＡＰＷＲ（改良型加圧水型原子炉）四ループ――。その数字だけで、自分がとてつもないビッグプロジェクトの渦中にいるのを感じる。

世界のどこにもない規模、システム、そして機能……。技術者にとっては一生に一度あるかないかの大舞台だった。しかも、そのプランを当初から自分が計画していたのだから、高揚感は格別だった。

前人未踏の高峰に挑むクライマーの気分は、きっとこんなもんなんだろう、とまで思った。

昨年六月末に正式に紅陽核電の技術顧問に着任した時、彼は抑えきれないほどの興奮に襲われていた。

それも長くは続かなかった。来る日も来る日も問題ばかりが起きる。その大半がつまらない意地の張り合いや嘘が原因だ。いや子供の喧嘩レベルと言ってもいい。

それでも田嶋は、月日が経てばやがて連帯感も生まれてくるだろうと楽観していた。だが、未だにその兆しすら見えなかった。

逆境にもめげず、日常会話レベルの中国語を習得し、田嶋なりに現場のモチベーションを維持するよう努めた。そしてようやくこれから深い絆を結ぼうと思っていた矢先に、最悪の厄介事が降りかかってきたのだ。

すっかり白髪の量が増えた頭をかきながら田嶋は立ち上がると、窓際に近づいた。暴風対策で全ての窓は外側から板で打ち付けられてあった。それでも、わずかな隙間から容赦なく風が吹き込んでは、窓ガラスを揺らしている。

建設管理棟は仮事務所とは異なり、鉄筋コンクリート造地上三階地下一階建ての頑強な建物だった。地元有力者の尽力で送電も終わって、職場環境としては日本とさほど変わらぬ程度に改善されている。

「さて、技術顧問、どうするかね。この国には、恐れながらと訴え出るお上すらいないときている」

窓に映る己の姿に田嶋は話しかけた。けっして日本がフェアだとは言わない。過去のトラブル隠しや事故の際も、構造的な官僚主義の悪弊が事態を大きくしたことは、間違いなかったのだから。しかし、今回の問題は、それ以上に質が悪い。

相手と差し違えるのも一つの手であろうが、この期に及んでプロジェクトから降りたくはない。いや、俺の代わりはもういないだろう。

田嶋は大きなため息を漏らすと、両手で頰を数回叩いた。相手の面子を潰さず、こちらの要望を吞ませる。正面突破はあり得ない。ここは知恵の絞りどころだ。

一瞬、紅陽核電運開という使命を帯びて北京からやってきたという男の顔が浮かんだ。毒をもって毒を制す、というやり方はあるな……。

その時、ドーンという重たい地響きと何かが倒れるような音が遠くで響いた。田嶋は反射的に無線機のあるデスクに歩み寄った。

「何の音だ」

吹雪で携帯電話の電波が不安定になる可能性を考えて、建設現場のパトロールに出かけた大町にはトランシーバーを持たせていた。

「大町です。今、管理建屋の現場付近にいます。音って何ですか」

「そのあたりは異状ないか」

「おそらく。ただ、視界が一メートルもなく、実際は歩いてそばまで行ってみないと分からないんですが」

「いや、そこまでしなくていい。くれぐれも無理をするな」

建設管理棟は、建設現場から一キロほど離れている。それに隣接して作業員宿舎や小さなホールもあった。

「了解。もう少ししたら戻ります」

無線を切ると同時に、部屋の電気が落ちた。停電だ。午前中だというのに、部屋は暗闇に閉ざされた。田嶋は動じることなくダウンジャケットを羽織り、無線機の傍らに置いてあった懐中電灯を右手に、トランシーバーを左手に持ち部屋を出た。

廊下の暗がりの向こうから灯りが見えた。田嶋がその方向に懐中電灯を向けると、副所長の洪毅《ホン・イー》の姿が浮かびあがった。

「ああ、田嶋さん」

田嶋と並ぶ巨漢の洪毅は巌《いわお》のようないかつい容貌ながら、穏やかで協調性と責任感のある頼れる男だった。洪の顔に不安が浮かんでいるのを見て取ると、田嶋は安心させるように笑みを浮かべた。

「洪さん、停電だね」

「困りましたね」

「でも、自家発が起動してない」

「これから、調べに行くところです」

大連理工大学でプラント建設を専攻したという四〇歳の洪は幹部の中では珍しく、自分の目で調べる現場主義者だった。

「私も、ご一緒しよう」

これが原発稼働後でないことを感謝せねばと思いながら、田嶋は彼に続いた。原発で停電が起きたり、炉が非常停止した場合、自動的に二基の自家発電機が起動する。だがそれが立ち上がらない場合、原発にとってあってはならない事態が起きてしまうのだ。

自家発電機は地下にあった。階段を下りるにつれ寒さが身に染みた。田嶋はダウンジャケットのジッパーを閉めた。

真っ暗な廊下を歩いていた洪が、何かに躓《つまず》いて転びかけた。すぐに田嶋が懐中電灯を向けると段ボール箱や錆び付いた配管、ブロックなどが散らばっていた。

あれほど整理整頓するようにと言ってあるのに……。

「整理整頓は大事だろ、洪さん」

「はい、これじゃあ誰かが怪我をします」

洪は足をくじいたらしく、少し引きずりながら進んだ。自家発電室の前に辿り着いた洪の口から悪態が漏れた。

「どうした」

「鍵がかかっています」

どういうことだ。緊急時に即応するために、鍵をかけないように言ってあったはずだが。

「なぜだね」

「分かりません。きっと泥棒を防ぐためじゃないでしょうか。ちょっと鍵を取りに行ってきます」

田嶋の返事を待たずに、洪は暗い廊下を早足で戻っていった。

独り暗闇に残された田嶋は、脱力感に襲われて壁に背中をもたせかけた。

安全より泥棒対策が大事、それが中国なのか……。

実際、現場からものが消える事件は後を絶たなかった。建設資材、鉄筋、セメント、さらに食材や酒まで消えた。周辺は民家もない荒野で、人の往来など皆無だ。犯人は間違いなくこの施設関係者なのだが、咎める者はいなかった。

ある程度は致しかたない。それが中国だ。しかし安全面に影響が及ぶとなると、話は別だった。所員はもちろん現場の作業員全員に責任感と危機感を持たせる方法はないものだろうか。

田嶋は、着任以来ずっと考え続けてきた課題を改めて反芻した。

彼らにお国のためと言っても効果はなかった。賃金を高くしても、さほど熱意は上がらない。もっと精神的な要因がいるのだ。

不意に田嶋の脳裏に、門田の顔が浮かんだ。博士号を持ちながら、コテコテの関西訛《なま》りで作業員を怒鳴り散らすのだが、人望は篤かった。常に作業員と寝食を共にし、共に飲み騒ぐ。その一方で、自身の経験を惜しげもなく部下に伝授し、危険な作業や嫌な仕事は率先して引き受けた。何より、部下のために上司とやり合う姿が、彼を頼もしく見せるのだ。

先の報告書の末尾にも、「どうやらわしが行かなあかん時期やな」と記してあった。

「お前さんの言う通りだよ」

どこかのタイミングで門田を呼び寄せたいという根回しは、既に始めていた。だが、日中間の話し合いがなかなか進まず、実現できずにいた。

「お待たせしました」

いつの間にか洪が戻っていた。鍵を開けて一緒に中に入ると、洪が部屋の真ん中に鎮座しているディーゼル式の発電機のスイッチを押した。セルが回る音はするが、発電機は起動しない。何度試しても結果は同じだった。彼は指示を求めるように、田嶋を見上げた。

部屋に入った時から、田嶋はほこりっぽい空気に混じる軽油の臭いに気づいていた。軽油でディーゼルを回すのだから、軽油臭があってもおかしくない。しかし、今日は普段よりも臭いがきつかった。懐中電灯の光を床に当ててみると、至る所に軽油がこぼれたらしい跡があった。

「軽油は入っているかい」

嫌な予感を抱きながら洪に声をかけると、彼は懐中電灯で油量計を確かめてため息をついた。

「ゼロです」

どうやら泥棒君は、軽油も盗んでくれたようだ。

「予備の軽油は？」

「倉庫にはあると思いますが」

鍵の掛かった自家発電室の軽油まで盗んでいったのだ。倉庫の軽油が残っているとは思えなかった。

「見に行ってくれますか。それと、さっき表で大きな音がしました。あたりの様子も見てきてください」

「当直に見に行かせました」

彼ら幹部三人以外に、五人の当直員がいたのを思い出した。田嶋は洪の手際のよさに安堵して、彼の肩を叩きながら訊ねた。

「ディーゼルエンジンの車に乗っている人はいますか」

洪は少し思案するように天井を見ていたが、思い出したように口を開いた。

「職員にはいませんが、会社の軽トラとパジェロはディーゼルだと思います」

田嶋は頷くと、部屋の隅に放置されてあった一斗缶と短いゴムホースを手にして部屋を出た。

車のガソリンタンクに、望みを託したのだ。

一階ロビーまで戻ってきた時、勢いよくドアが開き、雪塗《まみ》れの防寒具姿の大町が入ってきた。懐中電灯の光に照らされた大町は雪男のように見えた。

「おお、お疲れ」

「ちょっとまずい事態が起きました」

「まずい事態とは」

大町は元々事態をオーバーに言いがちな男だ。田嶋は彼を落ちつかせようと、気軽な口調で聞いた。

大町は生唾を呑み込んでから答えた。

「作業員宿舎が倒壊しました」

2

二〇〇六年二月／紅陽市街

ただ広いだけで、閑散とした紅陽市党委員会の大連市党副書記特別室で、書類を前に眉間に皺を寄せていた鄧は、激しく吹雪が打ちつける窓の外を見た。

まるで雪が意思を持って、街を襲っているようだった。目の前にあるはずの中山広場も白い闇に覆い尽くされていた。

「あの、副書記」

心配そうな表情で秘書の朱が声を掛けてきた。嵐の日には似つかわしくない真っ赤なセーターに黒のレザーのスカート、ロングブーツといういでたちだった。

「酷い吹雪です。今日は早引けした方がいいと思います」

鄧にそのつもりはなかったが、時折窓を打ちつける風の音に怯える彼女を見て頷いた。

「君はそうしてくれたまえ。私はまだ仕事を続けたいんだ」

「ならば、私も残ります」

胸を張って言い放った朱を見て、鄧は表情を和らげた。

「今日は帰りたまえ。ご家族も心配しているだろう」

実力者で知られる遼寧省党書記の姪っ子なのだ。こんな嵐の日にこき使っていたら、何を言われるか分かったものではない。

「副書記が残られるなら、私も残ります」

朱には頑なところがあった。礼を失したり、歯に衣着せぬ発言はあるが、職務への忠実さは頑固一徹だった。今までにも、鄧より早く退庁したことは一度もない。

「じゃあ、好きにすればいい」

彼女から視線を逸らした鄧は、資料に目を落とした。机の上には所狭しとDPG（大連鳳凰集団）に関する資料が広げられていた。同集団は、副首相夫人の李寧寧が総経理を務める大連の巨大グループだった。

彼はこれらの資料を「李総の偉業をしっかりと学んでおきたい」という名目で、大連市商務部から入手し、加えて密かに北京の中紀委からも補足のデータを手に入れていた。

予想通り、DPGはここ数年、国家事業や都市開発事業などで大型受注を多数獲得していた。中でも東北三省では、瀋陽のサッカースタジアムや黒龍江省のダムなど、ビッグプロジェクトを独占していた。さらに、大連市内のホテルや大規模商業ビル開発も多数手掛けている。同時に、国内外の企業を次々と買収して傘下に収めていた。

問題は工事の質だった。大連周水子国際空港近くのマンションは建設中に建物が傾き、作業員三七人が死亡した。また、買収で手に入れた山西省の炭鉱では落盤事故が相次ぎ、三〇〇人以上が死亡しているにもかかわらず、未だに操業を続けている。

「あの、副書記」

朱は先と同じ場所にまだ立っていた。

「前から伺いたいことがあったのですが」

「何だね」

「噂は、本当なんでしょうか」

「噂？」

書類から顔を上げて先を促すと、朱は一呼吸置いてから訊ねた。

「副書記は、この街の腐敗を一掃するためにやって来た」

危ないことを物怖じせずに訊ねてくる朱の無神経さに、鄧は苛立った。しかしそれを呑み込み、あえて怪訝《けげん》そうに見つめると、彼女はどぎまぎしたように肩をすくめた。

「中紀委にいらした方が、急に核電建設の指導に来られるのは、変じゃないですか」

「そうか」

鄧は全く関心がないと言わんばかりに、視線を手元の資料に戻した。

「違うんですか」

朱が食い下がってきた。

「君は、私の秘書になる前、何をしていた」

息を呑んだらしく、朱の喉が大きく鳴った。彼女は、渋面で答えた。

「大連市観光局にいました」

「英語と日本語が堪能とはいえ、秘書経験のない君が、いきなり大都市の市党副書記の秘書になるのも異例じゃないかね」

朱の経歴は全て調べ上げている。いや、このバカげた建物で勤務している全ての処員の経歴はチェック済みだった。数人の不審人物はいたが、朱に関しては省党書記の姪という以外は特記事項はなかった。

自身の経歴に触れられたせいか、彼女は急に不機嫌になった。

「調べたんですか！」

「当然だ。一緒に仕事をする相手を知ることは大切だからね」

朱が鄧を睨み付けた。鄧は若い女性に居丈高に睨まれた経験がなく一瞬戦《おのの》いたが、何とか平静を保った。

「だが、君の秘書としての働きぶりは評価しているよ」

「ありがとうございます！　光栄です」

先ほどまでの怒りはあっさり消えて、彼女は嬉しそうな顔になった。これが現代っ子気質なのか単に彼女の性格なのかは分からなかったが、朱の表情は感情の動きをそのままなぞるかのようにめまぐるしく変化する。

「そういうことだ。よければ、仕事をさせてくれないか」

「失礼しました。でも、……でも、残念です」

「残念？」

「私、あの人、嫌いです」

さすがの鄧も驚いて、机の前に立っていた朱をまじまじと見た。

「権力を笠に着て、その上、カネに物を言わせる。人として最低です」

「誰のことを言ってるんだね」

鄧は分かり切った質問をした。朱が憤然として答えようとしたのを制して、人差し指を唇に当てた。

「大丈夫です。残っているのは私と副書記だけです。みんな帰っちゃいましたから」

だが、この部屋は盗聴されている可能性が高い。鄧はそうは言わず、やんわりと秘書を諭《さと》した。

「君が誰の話をしているのかは知りたくない。ただ、いずれにしても他人の誹謗中傷を見過ごすわけにはいかない」

「でも、私が申し上げているのは真実です」

事の真偽を問題にしている訳じゃない、と諭しても無駄だろう。

「少し言葉を慎みたまえ。君の発言は私の発言でもあるんだから」

朱は言葉を詰まらせたが、両手を鄧の机の上に突いて迫ってきた。

「じゃあ、副書記は彼女をお好きなんですか」

何を聞くんだ、おまえは！　そう怒鳴りたいのを、鄧はかろうじて堪《こら》えた。

「私は彼女を尊敬している」

「答えになっていません。私は、副書記が、李総をお好きかどうかと、伺っているんです」

ついに名前が出てしまったことにうんざりしながら鄧は頷いた。

まともに相手をしてくれないと思ったようで、朱の勢いは増幅した。

「では、伺いますが、なぜそんなに尊敬されている李総の集団の資料を、吟味されているんです」

いい質問だった。もちろん、既に答えは用意してあった。

「決まっているだろ、もっと好きになるためだよ」

朱の顔はチャンネルを変えるように変化する。今度は呆れ顔になった。

「着任した時は、電気も電話も繋《つな》がらなかったこの場所を、快適にしてくださったのは誰だね」

「それは」

「紅陽核電の工事現場に、立派な建設管理棟をプレゼントしてくれたのは誰だね」

「いずれも李総です。しかし、それは一種の賄賂じゃないんですか」

鄧はたまらなくなって、手にしていたペンを放り投げた。

「そうじゃない、好意だよ」

「でも、いずれ副書記の足枷《あしかせ》になるかもしれません」

「大丈夫だ。私はカネでは転ばない」

「知っています」

今まで以上に力強い口調だった。

「そうか」

「一緒に仕事をする相手を知ることは、大切ですから」

鄧は苦笑いを浮かべた。

「さきほど、副書記は、観光局にいた私が、なぜ大連市党副書記の秘書になれたのかとお訊ねになりましたよね」

朱はまだ矛を収めようとはしなかった。彼女の執拗さに鄧はうんざりした。

「それは、私が志願したからです」

「志願？」

「そうです。大連市だけでなく遼寧省全体でも、幹部は皆、副書記を中央の犬だと疑っています」

鄧は笑うしかなかった。

「だから、あなたのそばで、あなたの一挙手一投足を上層部に報告するためのスパイが必要だったのです」

「それが、君というわけか」

「はい。ですが私は上に何も報告していません」

「なぜだね」

「副書記こそが、この腐った街を浄化してくださる方だと信じているからです。だから、誰もが敬遠した秘書に志願しました」

なり手がなかったのは事実だろう。鄧が大連市の腐敗一掃のために送り込まれた犬だとしたら、彼の元でスパイ行為を働くのは大きなリスクを伴うことになる。

「矛盾した動機だな」

「そうでしょうか。私はただ、副書記のお役に立ちたいだけです」

このやりとりが盗聴されていたとしたら、上層部の連中はどういう反応をするのだろうか。普通の小娘ならあっさり排除され、一生僻地勤務になるのは間違いない。しかし、相手は名家の令嬢だ。そう簡単に手は出せないはずだ。とはいえ、彼女を守ってやる必要はあった。

「ありがとう。だが、どうか妄想はやめてくれ。私は、紅陽核電の成功のためだけにここにやって来たんだから」

朱は何かを言おうとしているが、うまく言葉にならないようだ。鄧は惚《とぼ》け顔で答えた。

「まっ、そういうことだ。良ければ私に仕事をさせてくれないか」

ハッと我に返ったように朱は居住まいを正して頭を下げた。

「失礼しました。下がります」

外の嵐は相変わらずだが、ひとまず内側の嵐は収まってくれた。

これは罠なのか、それとも李総の腐敗を暴くための心強い味方なのか……。鄧には判断がつかなかった。ただ、忘れてならないのは、彼女が遼寧省党書記・朱克明の姪であることだ。そして、李総と朱書記の関係は極めて良好と聞いている。

「一つ、いいかね」

まだ鄧の部屋の入口でこちらを見ていた朱に訊ねた。

「何でしょう」

「先ほどの君の発言だが、私以上に、君の叔父上にも迷惑を掛けるということを肝に銘じて欲しい」

「叔父に迷惑ですか」

盗聴を考えると、具体的な話はしたくなかった。鄧は黙って頷いた。

「叔父は公平な人です。どなたとも親しくお付き合いしますが、相手がどれだけ親しい方でも腐敗を見過ごしはしません」

そういう噂も知っていた。できれば朱書記とは事を構えたくなかった。そして叔父のその姿勢が、姪に影響を与えている気がした。

「なるほど、君の言う通りだろう。しかし、叔父上は、人を好き嫌いで判断するのをどう思われるかな」

朱は顔をしかめたが、反論はしなかった。

「おっしゃる通りです。私が浅はかでした」

その時、足下に冷気を感じた。鄧は部屋の壁際にあるスチーム管に触れた。冷たくなっていた。

「暖房が切れたのかね」

「そんなことはありません。階下の処員には、暖房と電気を切らないように言ってありますから」

「だがスチーム管が冷たいぞ」

紅陽市の暖房は、街全体にスチーム管を張り巡らしたセントラルヒーティングだった。街の数カ所で石炭を焚き、水を温めて市内各戸に流すのだ。暖気は送り続けるのが常識だった。

朱もスチーム管に触れた。

「本当ですね、ちょっと調べます」

この街の暖房システムも、DPGが受注していたはずだった。

大連の冬は厳しい。急激に冷え込んできたためコートを羽織り、鄧は資料を読み進めた。

今度は、紅陽核電の工事受注に関する資料だった。

ありったけの資料を出すようにと紅陽市政府には要請したが、量は圧倒的に少なかった。最も気になっているのは、工事の受注方法だった。国際社会への仲間入りを目指す中国は、近年様々な分野で透明性を高めるのに躍起になっている。事実、大型プロジェクトの発注は競争入札が主流になりつつある。紅陽核電の建設プランにも、全て国際競争入札を行うと明記されているが、競争入札の記録はなかった。

そもそも核電建設には極めて高度な技術が求められるため、世界的に見ても限られた専門メーカーが工事を行っていた。

だが、この仕様書には、全体のプランを設計したアメリカのＷＣ（ウィルバー・コム）社と、日本のＤＨＩがエンジニアリング部門で技術提携しているだけだった。それ以外は、全て中国国内の企業ばかりが並んでいる。

紅陽核電は世界最大というだけではなく、限りなく国産一〇〇％も目指している――。

中国企業の名がズラリと並ぶのは確かに歓迎すべきことだ。しかし、外国の二社が厖大な実績例を提出しているのと比べ、国内企業は、企業名と簡単な業務内容しかないのが気になっていた。

「よろしいでしょうか」

朱が恐る恐る声をかけてきた。

「スチームの件ですが、吹雪のせいで何カ所かで配管が破裂して、市内全域で暖房が止まっているそうです」

紅陽市の暖房システムでは数区画に分けてスチームを回していた。その全てが止まっているとは、どういうことなんだ。

ＤＰＧが手がけるとトラブルばかりか……。

「復旧の目処《めど》は」

朱は悲しそうに、頭《かぶり》を振った。

「全く立っていないと」

「紅陽市長を呼び出して、早急に復旧させるように言いたまえ」

「承知しました」

彼女が踵《きびす》を返しかけたのを見て、鄧は呼び止めた。

「ＤＰＧの件で二つ、確認して欲しいことがある」

朱は待ってましたとばかりに、鄧に近づいてきた。

「紅陽核電の工事受注の際の入札の記録がない。調べて欲しい」

「ないと思います」

間髪を容《い》れずに答えが返ってきて鄧は驚いた。

「どういうことだ」

「資料を取り寄せた時に、国際競争入札の記録がないので市政府に確認しました」

思ったよりも彼女は有能なようだ。

「それで」

「紅陽市政府は分からないと言うので、大連市に当たりました。いずれの入札でも応札企業が一社しかなかったために、競争入札は行われなかったとのことです」

そんなことはあり得ない。

「実際はやってないのでは」

鄧の疑問を見透かしたように、朱は言葉を付け足した。

「中国的裁量ってやつかね」

朱が意味ありげに頷いた。

「核電の勉強は進んでいるか」

鄧は着任早々、海外の文書まで取り寄せて、朱に核電の勉強をするよう指示してあった。

「ばっちりです」

彼女の口癖だったが、今回は咎めず意見を求めた。

「ここにある国内企業に、核電の工事や機械製作ができると思うか」

「一〇〇％あり得ません」

鄧は口元を歪めた。

「まずいな」

「とても」

そう返しながら、彼女は共犯者のような含み笑いを浮かべていた。

「核電建設は、ごく限られた世界企業に独占されています。そこに我が国も割って入ろうとしているのだと思いますが、この程度の吹雪でスチーム管を破裂させるような企業にできる仕事とは思えません」

放っておいたらいくらでもしゃべりそうなのを遮って、鄧はもう一つの疑問を訊ねた。

「どの中国企業も皆、過去の実績データがないんだが」

「何度も催促しているが提出されない、というのが当局の回答です。でも、提出しないのではなく、出せないんだと思います」

「出させろ。私の名前で通達を出すんだ。それができない企業は受注企業から外すと書いていい」

彼女はさらに嬉しそうな表情になった。

「分かりました。大至急やります」

その時、電話が鳴った。朱が書類の山に埋もれていた電話を救出して受話器を上げた。

「大連市党副書記席です」

誇らしげに電話に出た朱から生き生きとした表情が消えた。応対する声も心なしか震えていた。朱は厳しい表情で上司を見た。

「紅陽核電の工事現場で事故が起きて、大きな被害が出たようだと言ってます」

3

二〇〇六年二月／紅陽核電

五〇メートル離れた倒壊現場に行くのにも、車を使う必要があった。最初、田嶋は歩いて行こうとしたが、数歩進んだところで地吹雪に危うく足をすくわれそうになった。

「車でなければ、危険です！」

田嶋の暴挙に驚いた大町が叫んでいるが、姿は見えない。まるで白濁の海に溺れているような気分だった。

「何も見えない。フォグランプを点けてくれないか！」

声を張り上げて田嶋が頼むと、返事の代わりに、白い闇の先から黄色い染みのようなものがぼんやりと浮かび上がった。

「今、行く！」

白い闇に滲むフォグランプを目標に、体をくの字に折り曲げて風を避け一歩ずつ歩を進めた。防寒マスクの隙間から刺すような冷たい雪が入り込んで、頬を容赦なく濡らした。体が押し戻されそうな風圧の中を、田嶋は歯を食いしばり進んだ。ようやく車の輪郭が確認できると、車にすがるように体を預けた。

反対側にある後部座席のドアが開いて大町が叫んだ。

「そちらは風が強くてドアが開きません。こちらに回ってください」

田嶋はげんなりしながらも車のボディを伝いながら反対側のドアを目指して、何とか車に乗り込んだ。

暖房の利いた車内は天国だった。田嶋はヘルメットや防寒マスクを脱ぐと、寒さで麻痺した頬を勢い良く何度も叩いた。

「この状況で歩こうなんて自殺行為ですよ、田嶋さん。しっかりしてください」

大町の口調は厳しかった。

「緊急事態に気が急《せ》いてしまった。面目ない」

田嶋は深々と頭を下げた。

「よしてください。そんなに謝られると私の方が恐縮しちゃいます」

まだ顔の強《こわ》ばりが解けない田嶋は、敢えて中国語で答えた。

「過ちは素直に詫びる。普段、口が酸っぱくなるほどスタッフに言っていることだ。ならば私がまず実践せねば」

嫌みなやり方だったが、助手席の洪副所長と運転手へのパフォーマンスだった。有言実行こそがリーダーシップを握る。お国は違っても、真理に差はない。田嶋は持論を信じていた。

呆れ顔で何かを言おうとした大町を制して、車を出すように指示した。運転手は半開きにしたドアから身を出して、用心深くラインを見ながら低速で車を進めた。隙間からは吹雪が容赦なく吹き込んでくる。運転席側の後部座席にいた田嶋の顔は雪まみれになったが、それを拭《ぬぐ》おうともせず、ひたすら前方に目を凝らしていた。ガラスに激しく打ち付ける雪のせいで、視界はゼロに近かった。

その上、時折、黒い物体が飛び出してくる。現場付近に放置されたままの資材やゴミの類だろうが、その不気味さは胸が苦しくなるほどだった。

「もう少し行ったら左だ」

大町の指示に、運転手は小さく頷いた。数メートル先でハンドルを左に切ると、視界が少しだけ開けた。倒壊現場の惨澹《さんたん》たる有様を、ヘッドライトが照らし出した。

「これは、ひどい……」

田嶋は喉の奥からうめき声を漏らすのが精一杯だった。

道路より一段下がって造られている作業員宿舎は四棟あった。二階建てのプレハブ住宅で、一棟に約一〇〇人が寝泊まりしているのだが、その内の二棟が横倒しになっていた。いや倒れただけではない。まるで押し潰されたような惨状だった。その上、トタン屋根や鍋ややかんなど生活道具が、強風に煽られてあたりを乱舞していた。怪我人どころか死者もいると覚悟すべきだろう。

思わず車から飛び出しかけた田嶋を、大町が制した。

「何が飛んでくるか分かりません。外には出ないでください」

「下敷きになった者もいるはずだ」

それが心配だった。

「かも知れません。しかし、この吹雪では危険で何もできません」

「ここにいた連中は？」

倒壊した二棟には約二〇〇人の作業員がいたはずだが、あたりには人の気配が感じられなかった。

「一部は、他の二棟に避難しているようです。残りはホールにいるはずです」

道路を挟んだ先に、平屋の多目的ホールがある。通常は核電開発やＤＰＧの社員専用になっていたが、避難場所に開放したようだ。ホールは、宿舎とは比べものにならないほど頑丈だから、暫くは安全だろう。

「残りの棟も、いつまで保《も》つか分からん。避難させよう」

運転手に車を進めるように指示した大町は、車載の無線機を手に取り避難を呼びかけた。

「宿舎は危険です。直ちにホールに避難しなさい。これは命令です。すぐにホールに避難しなさい」

突然、何かの塊が車の側面に激突して、車が激しく揺れた。

「何だ」

「ブロックが直撃したようです」

衝突した側に乗っていた洪が、青くなりながらも窓から首を出して確認した。

大町はまだパトロール車のスピーカー越しに避難を呼びかけていたが、中から人が出てくる気配は一向になかった。

もう一度大きな衝撃音がし、何かが立て続けに車にぶつかった。それが運転手の我慢の限界だったようだ。彼は何も言わずに、いきなり車をUターンさせた。

「おい、勝手に発車するんじゃない」

命令など聞こえないかのように運転手は闇雲に車を走らせた。その直後だった。後方でメリメリと大きな音がして、残り二棟の作業員宿舎の屋根が吹き飛び、続いて棟が傾いた。

「止めろ！」

田嶋の怒号で、運転手はブレーキを踏んだ。田嶋はリアウインドウに張りついて目を凝らした。倒れた宿舎から人が這い出てくるのが見えた。逃げまどう人々の頭や体めがけて建物の破片や瓦礫が容赦なく襲いかかっていた。

「大町！」

たまらなくなった田嶋は、反射的に後輩を怒鳴りつけていた。すくみあがってしまった大町は怯えた目で見つめ返し、悲痛な声を上げた。

「どうしようもありません。ひとまずホールに移動します」

のろのろと進む車の脇を、何人もの作業員が喚《わめ》きながら駆けていった。暴風と飛散物が次々と彼らを襲う。まるで戦場だった。

わずか数百メートルの移動に一〇分近くを要して、彼らは多目的ホールの前に辿り着いた。車を降りるなり田嶋は、建設事務所長以下幹部全員に大至急核電に来るよう連絡しろと洪に指図し、ホールの中に急いだ。避難してくる作業員の誘導は大町に託した。

ホール内は、避難者で溢れんばかりだった。停電のせいで薄暗く、人いきれで噎《む》せ返るようだった。

見覚えのある現場監督が近づいてきて、やにわに田嶋の胸ぐらを摑んで喚き始めた。訛《なま》りが強くほとんど理解できなかったが、彼が激しく怒っているのは分かった。

相手を宥めようと努力したが、監督の手は田嶋の首をジリジリと絞め上げた。全く躊躇のない力加減は男の本気を伝えていた。「このまま殺される」とまで思った。

ようやく異常に気づいたスタッフが二人を引きはがして、監督に制裁を加えたが、田嶋は声を絞り出して止めた。

「やめんか！　この一大事に仲間内でいがみ合ってどうする」

怒られたスタッフは憤然として睨み返してきたが、田嶋が動じないのを見ると渋々離れた。

騒ぎに気づいた大町も、慌てて飛んできた。

「何があったんです」

「そこにいる元気なオヤジが、俺に飛びかかってきたんだ。なあ、オヤジ、俺に何の恨みがあるんだ。ちゃんと分かるように話せ」

田嶋は腫れ上がった喉をさすりながら、なおも殺意のこもった目で見上げる現場監督の前にしゃがみ込んだ。

「あんな安普請の宿舎を造るからこんなことになるんだ、彼はあんたにそう言ってたんだよ」

赤銅色に日焼けした若者が、口を固く結んだまま睨み返している監督に代わって答えた。

「つまり、宿舎が倒壊したのは吹雪のせいじゃなく、建物に問題があったというのか」

厳しい口調で質《ただ》した田嶋を、大勢が取り囲んだ。

「田嶋さん、挑発しないでくださいよ。連中の目、殺気立ってます」

大町が耳元で日本語を囁《ささや》いた。

「この嵐の中で、誰の責任かを追及しても埒《らち》があかない。それより今、大切なのは、誰が行方不明なのか調べることだろう。そして少しでも嵐が収まったら、瓦礫の中から一人でも多くの仲間を救うべきじゃないのか。その時は私も救出作業を手伝う」

拙い中国語でゆっくりと説得した。何とか意味は通じたようだった。監督だけではなく、周囲にいた連中の殺気も幾分薄れたように見えた。

田嶋はホッとして、まだ倒れたままの現場監督に右手を差し出して、起こしてやった。そして、小さく頭を下げた。

そこに洪副所長が、飛び込んできた。

「大変です！　埠頭のクレーンが倒れて流されたそうです」

一難去ってまた一難。田嶋は目の前が真っ暗になりそうなのを堪《こら》えて、洪に指示を出した。

「大連市や紅陽市政府の関係者にも連絡を取って大至急、救援部隊を送ってもらえ！」

恐怖と動転で声が出ないらしく、洪は激しく頷くだけだった。

「外に出ないよう当直スタッフにも指示しろ。風が収まるまで我々にできることはほとんどないから」

陸の孤島――。この厳しい自然環境が、将来の紅陽核電にどんな影響を及ぼすだろうか。巨大原発としてこの先三〇年以上稼働するためには、気象条件の精査と対策が必要だ。だが計画書の中には、この地域特有の地吹雪に関する記載など一切なかった。核電の将来に吹き荒れる嵐は、地吹雪より遥かに深刻だった。

地吹雪が小康状態になったのは、五時間余り後だった。まんじりともせず過ごした田嶋は、先頭に立って倒壊現場に向かおうとした。

「田嶋さんは残ってください」

すかさず立ち塞がった大町は、田嶋の厳しい視線をものともせずに続けた。

「立場を考えてください」

「何の立場だ」

「田嶋さんは、この建設現場の指導者なんです。現場作業員と一緒に泥に塗れるのはマズイです」

「だから行くんだ」

「ここは日本じゃありません」

大町が何を言わんとしているか理解した。

「中国だろうが、日本だろうが、人命の尊さは変わらない」

「でも、彼らはそんなことを期待してません」

救出活動の準備を始めた作業員を見ながら大町は続けた。

「彼らが求めているのは、何事が起きても揺るぎなく構える皇帝のような統率者です。みだりに現場に出て来るような皇帝は、彼らを失望させるだけです」

大町は既に三年以上この現場で働いている。両国間の価値観の違いやコミュニケーションの難しさが身に染みている彼の発言だけに重みがある。

だが田嶋は、振り切った。

「おまえさんの理屈はよく分かった。だが、今回は特別だ。先頭に立って救出活動をやると、俺は約束したんだ」

中国では、〝圏子《チュエンツ》〟と呼ばれる繋《つな》がりが、すべての人間関係の底流にあると聞いたことがあった。立場や身分が違っても、時に圏子の関係は生まれ、権力構造以上に堅固に結びつく。外国人である自分と彼らの間に、そこまでの関係が結べるかどうかは定かでない。しかし、少なくとも今、この現場に必要なのは、民族や国を超えた仲間としての一体感なのだ。

大町は田嶋を睨んでいたが、やがて諦《あきら》めたように体をよけた。

小降りになったとはいえ、風も雪も止《や》んだわけではなかった。それでも田嶋は怯まず、現場へ急いだ。

　本当に自分の行動が正しいのかどうかは、田嶋にも自信はなかった。建物の下敷きになった人の多くは死んでいるはずだ。現場で仲間の無惨な死体を発見したら、連中は俺をなぶり殺しにするかも知れない。

　それでも俺は行かなければならない。彼は降り積もった雪を踏みしめながら、自分に言い聞かせていた。気がつくと、先ほどやり合った現場監督たちも前後に連なって歩いていた。

「あんたらの出身はどこなんだ」

　田嶋が声をかけても監督は相変わらず唇をきつく結んだままだった。隣にいた若者が、また代わりに答えた。

「四川省です」

　四川省といえば、省都・成都は、『三国志』の舞台としても知られている。

「『三国志』ゆかりの地だな」

「そうです。四川に行ったことがあるんですか」

　若者の表情が緩んだように見えた。

「いや、しかし諸葛孔明を祀る成都の武侯祠は見てみたいと思っている」

「ぜひ来てください。私が案内しますよ」

中国人は故郷の話になると急に打ち解けた調子になる。誘いを真に受けて本当に訪問しても、当人の代わりに一族が歓待してくれるという。

「ぜひ頼むよ。私は『三国志』の大ファンなんだ」

「諸葛孔明と劉備が創り上げた成都は、〝天府之国〟と呼ばれてます」

「天府之国？」

「天国のことです。肥沃な大地と温暖な気候で天の恵みに溢れているからです」

そんな連中が、建設現場で糊口《ここう》を凌いでいるのか……。

「そういえば、北京で成都名物という麻辣湯を食べたよ。俺は軟骨と空心菜、それに揚げた麩《ふ》が気に入ったよ」

「フータマだな」

別の作業員も話に入ってきた。

「そうだ、そんな名前だった。何よりスープがうまかったな」

「今度ごちそうしてやるよ。時々、ここの宿舎でもやるんでな」

大惨事の最中にする会話ではなかった。だが、こうした話が、頭に血を上らせた連中を冷静にしてくれるのだ。田嶋が、「楽しみにしているよ」と言ったのと、不意に監督が声を上げて走り出すのが同時だった。

目の前に悲惨な現場が広がっていた。余りの惨状に立ち尽くす田嶋を置いて作業員たちも一斉に駆け出し、誰もが声を張り上げて瓦礫を取り除き始めた。田嶋もすぐに他の連中と一緒にトタン板を持ち上げて、「誰か、いるか！」と声を張り上げた。

時折吹く突風で家財道具やブロック片が舞い上がり、作業員に襲いかかったが、彼らは気にもせず瓦礫を除去し続けた。

やがて、数メートル離れた場所で、「まだ生きてるぞ！」という声が上がった。誰もが我先にと救助に駆け寄った。田嶋も人をかき分けて作業に加わった。

倒れた壁の下から呻《うめ》き声が聞こえる。その声を頼りに、三人がかりで倒れた壁を持ち上げようとするのだが、ビクとも動かない。田嶋は何人かに声をかけ、壁と地面の隙間につっかい棒を入れさせると、手前を掘るように指示した。

一〇人ほどがスコップで周囲を掘り下げた。それと同時に壁が崩れないように散乱した屋根や鉄骨で内側を補強させた。

折れ曲がった鉄骨の間から人の顔が見えた。

良かった。

凍りかけた泥水に膝下まで浸かって田嶋の感覚も麻痺しかけていたが、安堵で胸が熱くなった。

「今すぐ助けるから、じっとして」

彼は声を張り上げると、下敷きになった男を懐中電灯で照らして確認した。さらに深く掘り下げる以外に救出の方法はなさそうだ。スコップを持った男たちに指示すると、固唾《かたず》を呑んで待っている他の連中に生存者の発見を伝えた。皆が嬉しそうに顔を輝かせた。誰かが簡易の担架を作って持ってきた。

何度かの呻き声と、壁を持ち上げる音の後、生存者が穴の中から運び出された。周囲に歓声が上がった。担架を運ぶ一人が、まだ中に数人いそうだと告げ、すぐに次の担架が持ち込まれた。

田嶋はトランシーバーで大町を呼び出すと、車を回すよう伝えた。

「……田嶋さん、すみませんでした」

「何がだ」

後輩の声は震えているようだった。

「偉そうな口を叩いてしまいました」

「いや、きっとおまえさんが正しいんだよ。だが、こういうバカをやる奴も時に必要なんだ」

やっぱりこれで良かったんだ、と改めて思いながら、田嶋は救急車の要請を頼んだ。

「了解しました。どんなことをしても、医者を連れてくるように掛け合います」

背後では、二人目の救出者が運び出されて歓声が上がった。

天災が天恵となって、仲間の絆が芽生えるかもしれない。何をやっても今までうまくいかなかっただけに、不謹慎ではあったが田嶋は手応えを感じずにはいられなかった。

4

二〇〇六年二月／紅陽核電

核電での事故の一報を受けた鄧が現場に到着するまで、一〇時間を要した。視界の悪さに加え、途中で何カ所も通行止めがあり立ち往生したせいだ。

そのたびに、大連市党副書記の権限を振りかざし、道を開けさせた。肩書きに物を言わせることに赴任当初は抵抗感があったが、最近は習慣になりつつあった。そうでもしなければ開かれない門が余りに多すぎた。やがて彼の態度は、秘書である朱にも影響を与え、最後には彼女が代わって強権を発動するようになった。

だが、ついに崖崩れのために公用車では進めない場所にぶつかった。その場でアウディと運転手を捨て、地元警察の四駆を出動させてようやく目的地まで辿り着いた。

普段なら二時間程度の道のりが、途方もなく長かった。遅々として進まない車への苛立ちに加え、汗と安煙草の臭いが染みついた乗り心地の悪い警察用車に三時間も揺られたせいで、鄧は疲労困憊していた。元気と陽気が売り物の朱もさすがに疲れ果てて、車から転がり出た途端、暫くその場にしゃがみ込んでしまった。

夜を迎えた現場は既に嵐も過ぎ去り、雪も小降りになっていた。到着してすぐに、あたりの灯火の少なさに鄧は気づいた。

「この暗さの理由は」

「強風の影響で送電線が切れてしまい、停電したんです」

洪と名乗った建設事務所副所長が、強ばった表情で答えた。

「ここだけ難を逃れたの?」

慌てて立ち上がった朱が、管理棟の灯りを見上げた。

「いえ、ここには緊急用の自家発電機が備えられていますので」

数百メートル先で煌々《こうこう》とライトに照らされた場所があった。

「あれは?」

「作業員宿舎です。強風で四棟の宿舎全てが倒壊しました。自動車のライトを照らして、瓦礫の下から生存者を救出しています」

違和感を覚えて鄧が渋い顔をすると、洪が言葉を継いだ。

「技術顧問の指示です」

あの日本人か……。

「技術顧問が、なぜ災害救助を指導しているんだ」

「現場には幹部がほとんどおりません。それで技術顧問が率先して」

洪の話を制した鄧は、それ以上は救出活動には触れなかった。洪に続いて管理棟に入ると暖房が利いていて、ようやく人心地ついた。洪は応接室と表札に示された部屋に案内した。

「自家発の燃料に限りがありますので、暗くて申し訳ありません」

洪が恐縮しながら、ロウソクに火を灯した。鄧は外套とマフラーを脱ぐなり、ソファに崩れ落ちるように座り込んだ。

「今すぐ、お茶を」

「いや、まず被害状況を知りたい」

困惑顔の洪が一呼吸おいて答えた。

「まだ警察も救援部隊も到着しておらず、停電も続いている状態で、把握しきれていません」

「他の幹部はどうしたんだ」

「自宅待機していたのを呼び出しているのですが、途中で立ち往生しているようです」

あり得なかった。彼らの危機感のなさに鄧は怒りを覚えた。

「今日の荒天は予報が出ていたはずだ。なのに幹部がほとんどいないとは、どういうことなんだ」

ずっと落ち着かない様子で立っていた洪が、言葉に窮した。

「技術顧問を今すぐここに呼んでくれ」

「あの、それはなぜ」

「作業員の救出なんぞ彼の仕事ではない。一刻も早く被害状況を把握することが、核電の技術顧問のやるべき仕事だ」

洪は怯えたように、慌てて部屋を出て行った。

「軍を呼んだ方が良いな。復旧作業には彼らの力がいるだろう」

疲れ果ててぐったりしていた朱は、鄧の言葉で気合が入ったように体を起こした。

「了解しました。でも、軍を要請するなら大連市長がやるのが筋だと思いますが」

また筋か……。鄧は嫌気を覚えながらも、彼女の意見を受け入れた。

「じゃあ、市長に連絡してくれ」

やり手で知られる大連市長は軍人あがりだった。話も早いだろう。

「ダメです、携帯が繋《つな》がりません」

　朱が情けない声を上げた。鄧も携帯電話を取り出したが、同様に圏外だった。電波の中継塔がこの嵐で機能不全に陥っているのだろう。

　その時、ノックと同時にドアが勢いよく開いた。

「失礼します」

　たどたどしい中国語と共に飛び込んできたのは、全身泥だらけになった日本人技術顧問だった。

「いやあ、鄧さん、こんな早くにいらしてくださって助かりました」

　彼は大股で鄧に近づくと、深々と頭を下げた。相手がなぜ自分に感謝をしているのか鄧には分からず、怪訝そうに見つめていた。

　鄧の態度にめげる風でもなく、田嶋は白い歯を見せた。

「それで救急隊員はどこに」

「いや、私たち二人だけです」

　田嶋の笑みが歪んだように見えた。

「核電建設現場で事故という連絡を受けたので、飛んできたんです」

　朱が説明を付け足した。

「いや、さすがに鄧副書記。迅速なご対応ありがとうございます」

田嶋は納得したように何度も頷いた。過去数回、核電建設の連絡会議で顔を合わせている相手だが、鄧はこの男が苦手だった。常に笑顔を絶やさず、会議が紛糾するとすかさずその場を収める打開策を提案するような要領の良い男。何より卑屈なまでに鄧を立てる態度が気に障った。

だが鄧の戸惑いなどお構いなしに田嶋は続けた。

「大至急、医療団と負傷者を搬送するためのヘリを要請願います」

「それより先に被害状況をまとめてください」

一瞬、田嶋の目に怒りを感じたが、鄧は平然としていた。

「承知しました。ですがまずは、人命救助にご協力ください」

「それはあなたの仕事ではない。優先順位を間違わないでほしい」

「人命救助に勝る優先事項はありませんよ、鄧さん」

鄧は大げさにため息をついた。

「紅陽核電は国家を挙げた大事業なんです。民工の代わりはいくらでもいる。一刻も早く被害状況報告が欲しい」

「何を言ってるんです。彼らがいなければ、明日から誰が工事をするんです」

田嶋の怒った顔を初めて見た。相手を威圧するに足る形相だった。しかし鄧は冷たく言い放った。

「別の民工がやるだけだ。だが、あなたの代わりはいない。あなたが使命を怠れば皆に迷惑がかかる」

◇　◇　◇

田嶋の全身が怒りで震えた。

目の前の男には血が通っていないのか……。

元々、鄧という大連市党副書記が好きになれなかった。平凡で記憶に残らない男。しかし打ち解けない目が不気味だった。まるで感情がないかのように、灰色の目は喜怒哀楽を全く表さなかった。ただ、自分以外の人間全てを冷たく見下しているように見えた。

その上、鄧から避けられている印象があった。当初は、党幹部の一部にありがちな反日的なポーズだと思った。だが彼の態度は、それとも少し違う。可能な限り関わりたくないという方が正しいように思えた。それが気になったので、洪副所長に「鄧副書記は、日本人が嫌いなのか」と訊ねたこともあった。

洪は言葉を選ぶように「人と打ち解けないだけ」と答えた。鄧が距離を置く相手は、田嶋だけではない。建設事務所長や中国核電開発の責任者やＤＰＧの幹部らとも最低限の話しかしないという。そして洪は少し困ったように口ごもりながら、鄧の前職について言及した。

「彼は党員を取り締まり、綱紀粛正を図る中紀委にいたそうです。それで、あんな風なんだと思います」

中紀委という組織の存在は、本や新聞などで見聞している。いかにも共産国らしい組織というイメージだった。鄧がかつて中紀委に在籍していたと聞いただけで、無表情な態度にも合点がいった。だが同時に、なぜそんな人間が、核電の運開の指導という大役を務めているのかが解《げ》せなかった。

だが洪に訊ねても肩をすくめるばかりで、それ以上は答えようとしなかった。

一人合点ではあるが、もしかすると鄧は核電に絡む不正を暴きに来たのかもしれないと田嶋は考えていた。そう思うと、神聖な核電現場を汚されているような気分になった。

「お言葉を返すようで恐縮ですが、ここの民工は特別なんです」

鄧が険しい目で睨んできた。田嶋は怯まず続けた。

「核電は特別な施設です。そのため熟練した優秀な作業員が必要です。ここにいるのは、そういう連中です。彼らの多くを失えば、工期が大幅に遅れる可能性だってあるんですよ」

田嶋は感情的にならぬよう努めながら説得した。だが、鄧は全く表情を変えず、スーツのポケットから煙草を取り出した。ひしゃげた「大前門」の箱が、ここまでの道のりの大変さを物語っていた。田嶋は自分の「中華」を鄧に勧めた。だが田嶋の煙草には一瞥もくれずに口を開いた。

「田嶋さん、っておっしゃいましたか。なるほど、ここの民工が大切という意見は一考しましょう。だとしても、泥塗れになって彼らを救出するのが、あなたの最優先事項とは思えない」

田嶋は無視された煙草の箱を見遣りながら応じた。

「おっしゃっている意味が分かりかねますが」

鄧が折れ曲がった「大前門」をくわえながら答えた。

「あなたの職責は、何です」

唐突に聞かれて、田嶋は面喰らった。田嶋の戸惑いを無視するように、鄧が畳みかけてきた。

「技術顧問だ」

「おっしゃる通りです」

「ならば災害が起きれば、被害を最小限に食い止めると共に、被害状況を迅速かつ正確にまとめるように陣頭指揮を執ることが義務だ」

言葉がなかった。筋としては、確かに鄧が正しい。

「人の命を救うという日本的ヒューマニズムに酔うのは、職責放棄ではないかね。それよりまず、ご自身の義務を果たしたまえ」

田嶋は両手の拳を握り締めた。現場の状況が分からない男に正論を言われたせいではない。この男の中にある非情さが許せなかった。

思わず立ち上がると、反射的に洪も立ち上がった。彼の顔は、「我慢してください」と訴えていた。田嶋は大きな息を一つ吐いて答えた。

「すぐに対処いたします。副書記は、ここで、ご休息ください」

精一杯の嫌みも、鄧には全く届かなかったようだ。田嶋の声など聞こえないように、鄧は一服している。田嶋は憤然と背を向けて、仕事に戻ろうとした。

「彼女を同行させてください」

冷たい声が背に刺さった。振り向くと、真っ赤なセーターを着た長身の女性が立ち上がっていた。

「朱君、技術顧問をしっかりサポートし、一刻も早い状況把握を頼む」

彼女は直立不動で頷いて田嶋に近づいてきた。彼女が同行する意味を悟った田嶋は、情けなさを呑み込んで部屋を出ようとした。ドアノブに手をかける直前に、ドアが開いた。大町が立っていた。

「田嶋さん、今、大連市から医療班がこちらに向かったという連絡が入りました」

救援隊は何機もヘリを連ねて現場に到着した。田嶋にはその経緯がよく分からなかったが、ヘリの大半が軍用ヘリであるのを見ると、おそらくは人民解放軍が出張ってきたということなのだろう。

ほとんど建造物がないことが幸いして、ヘリは建設管理棟周辺に次々に着陸した。さっきまでの強風が収まったのも大きかった。

ヘリから降り立ったのは、軍用コートを着た長身の男だった。

「あれは？」

田嶋はプロペラの風圧で飛ばされそうなヘルメットを押さえてヘリに近づきながら、洪に訊ねた。

「趙凱陽《チャオ・カイヤン》・大連市長です」

趙市長なら、何度もここで会っている。だが、いつも柔和な笑みを浮かべている市長とは別人のような厳しい顔つきをしていた。

「そうか、彼は元は人民解放軍にいたんだね」

田嶋が出迎えようと趙に近づくと、背後でスポットライトが煌《きら》めいた。どうやら市長はテレビカメラも引き連れてきたようだった。

趙はライトに照らされた田嶋に気づくと、表情をほころばせた。

「田嶋先生。お早いお着きで」

「まさかの時を考えて泊まり込んでいたんですよ」

田嶋の手を握り締めた趙は、隣に並ぶ洪や大町にも目礼した。そして最後に鄧に目を遣った。

「これは鄧副書記、まさかあなたまで、ここに泊まり込んだのですか」

「いえ、私は知らせを聞いて紅陽市からやってきたんです」

「紅陽市から、ヘリですか」

「車を乗り継いでですよ」

自分に対する時とは別人のような丁寧な口調で応える鄧を見て、田嶋はますます彼が嫌いになった。

「さすが特命副書記」

趙の背後にいた布袋腹の男がにやけながら言った。

「常務副書記にまでお越し戴き、恐縮です。未曾有の冬の嵐で被害は甚大ですが、現在、迅速な状況把握に努めておりますので」

鄧がことさら慇懃《いんぎん》に話すのを聞きながら、布袋男は満足そうに頷いたが、尋常でない冷え込みに耐えられないようで、体が震えていた。

「暖かい場所に移動しましょう。こんなところにいたら、我々が風邪を引いてしまう」

布袋男がそう言うのを趙は無視して、田嶋に訊ねた。

「作業員宿舎が倒壊したと聞いたのですが」

「今、懸命な救出活動を続けています。市長のご助力を賜れれば幸いです」

鄧の冷たい視線を背中に感じながらも救援を要請した。

「もちろんです。現場に案内してください」

心強い市長の言葉で、田嶋の胸のつかえが消えた。

「我々は状況把握作業を続けます」

鄧が苛立たしげに言ったが、趙は振り向きもせず右手を挙げて応じるだけだった。軍服を着た連中は皆、市長に続いた。一方、分厚いコートを着たスーツ姿の男たちは、鄧や大町らと共に建設管理棟に向かった。

「建設事務所長以下、核電開発の幹部はどこに？」

いずれ分かるのだからと諦めて、田嶋は正直に答えた。

「彼らは自宅待機でしたが、今、こちらに向かっていると思います」

趙が不意に立ち止まった。

「自宅待機？　技術顧問のあなたは、ここに留《とど》まったのに、ですか」

田嶋は苦笑するしかなかった。

「核電開発の本社から、そういう命令が来たんですよ」

紅陽核電の建設体制には、複雑な面があった。核電自体は半官半民の中国核電開発が施主であり、完成後は同社が発電と送電業務を行う。そのため建設事務所長と副所長は同社から派遣されていた。

ただ、実際の建設は、DPGをはじめとする大連の地元企業が受注し、それぞれの工事を指揮する幹部が建設管理棟にある各社事務局に詰めていた。

田嶋が所属する核工は設計と併せて、工事全体を監理するエンジニアリング業務を担当していた。今回の建設スキームでは、工事の指揮は核工が握っているのだが、必ずしも指揮系統が確立されていなかった。つまりこの日のような災害に対して、田嶋には工事の中止を決断する権限はあるのだが、不測の事態に備えるよう他社の人間に指示する権限を与えられていなかった。

不満そうに黙り込んでしまった趙を宥めるように話を続けた。

「私の場合、原発建設に長年携わってきて何度も痛い目に遭ってきました。そのせいで心配性にもなるんですよ」

「だが、危機管理に対する意識は重要です。もっとあなたに権限を集中させるべきなんですよ」

中国人にもいろんなタイプがいる。田嶋は趙市長の大きな背中を追いながら、改めて実感していた。

それぞれに合わせて、柔軟に応じていくしかない。大切なのは、世界最大の核電を無事に運開させることなのだから。

不意に上空でヘリコプターの音が轟いた。同時にヘリの投光器に照らされた倒壊現場の全容がはっきり見えた。

その惨状を見て、田嶋は今やるべきことを思い出した。

5

二〇〇六年二月／ロサンゼルス

吹雪が街をなぎ倒す映像が大写しになった。灯りを落とした部屋でジンロックを舐めていた楊麗清は、テレビのボリュームを上げた。埠頭のクレーンが横倒しになり、資材が散乱した紅陽原子力発電所が映し出されていた。

〝完成すれば世界最大となる原子力発電所の建設現場は壊滅的な打撃を被《こうむ》り、中国の災害に対する脆弱《ぜいじゃく》さを、浮き彫りにしました〟

完璧なメイクを施したアメリカ人特派員が空調の利いた北京のスタジオで、中国の問題点を得意そうにあげつらっていた。怒りが込み上げてきた麗清は、テレビの欺瞞に反論を投げつけた。

「勝手なこと言ってるわよ。去年のハリケーン・カトリーナで、一体何人が死んだのよ」

死者一八〇〇人余、総額約一〇〇〇億ドルと言われる巨大ハリケーンの甚大な被害は、アメリカ政府の災害対策の甘さが招いたと批判するメディアが多かった。そんな国に災害に弱いなんぞと言われたくなかった。

このところのマスコミの論調、さらには自身を取り巻く環境に麗清はチャイナ・バッシングのにおいを感じていた。

つい最近まで、アメリカ人が最も嫌っていたのは日本だったはずだ。東洋の島国のくせにいっぱしの先進国ヅラをするばかりか、叩いてもすぐに起き上がる雑草のような逞しさを、彼らは嫌悪し恐れていた。

同じムードが今、中国に向けられている。しかも蔑視の度合いは、日本以上に過熱している。

画面はロスのスタジオに移り、姿勢の良い黒人女性キャスターが中国の原発事情について補足した。

〝中国は、今後一五年で、三〇〇〇万キロワットの原発を建設する計画です。これは、標準的な原発四〇基分に相当する巨大な計画です〟

続いて銀髪のアンカーマンが、トレードマークの白い歯を見せることなく深刻そうに締めくくった。

〝今年運開予定のロシア型原発も試運転中にトラブルが続き、運開の目処《めど》が立っていないとか。吹雪程度で、あれほどの被害が起きるのは、工事の質に問題があると指摘する専門家もいます。中国の原発ラッシュが、取り返しのつかない事故を起こさないよう祈るばかりです〟

まるで中国で事故が起きてくれと言わんばかりだった。

玄関ホールでドアが開く音がした。テッドが帰ってきたのだ。麗清はテレビを切ると、弾《はじ》けるように玄関へ急いだ。

「お帰り」

玄関口で恋人を迎えた彼女は、両手に荷物を抱えたテッドの首に両手を回した。

「ハイ、ハニー」

虚《うつ》ろだったテッドの顔が明るくなって、唇にキスをした。麗清は熱烈に応えてから、テッドの荷物を受け取った。彼はニューヨークから深夜便で戻ったその足で、ロスの事務所でもう一件打ち合わせを片付けてきたのだった。目の下の隈が、彼の疲労困憊《こんぱい》ぶりを如実に伝えていた。

打ち合わせの何《いず》れもが、資金集めが思うように進まない麗清の新作映画のための商談だった。

「どうだった」

せっかちな彼女は荷物を置くなり首尾を訊ねた。テッドは両手を軽く挙げただけで、バスルームに向かい服を脱ぎ始めた。

「シャワーぐらい浴びさせてくれよ。もうクタクタなんだ」

悪いニュースかもしれない。朗報ならばテッドはいつも自分から話し出す。

「そんなに深刻なの」

麗清が遠慮がちに訊ねても、テッドは弱々しい笑みを浮かべただけで、バスルームに消えた。急《せ》かすのを思いとどまり、麗清は散らかり放題のリビングをのろのろと片付け始めた。

カンヌのカメラドール受賞以降、焦燥感に苛《さいな》まれていた。多くのメディアに取り上げられ、続々とオファーが来ると思っていた。だが、映画専門誌の片隅に小さなインタビュー記事が出ただけだったし、オファーも皆無だった。テッドに言わせれば「勝負は次作」らしいが、肝心の次作が暗礁に乗り上げているのだ。

親友の戴璃や両親の制止を無視して、彼女は「天安門事件」をテーマに次作の準備を続けていた。

一九八九年、民主化を求めて天安門に集まった学生たちの熱き思いの裏側で、アメリカ政府が暗躍し、共産党政権打倒を画策していたという陰謀めいた筋立てで、世界をアッと言わせる気でいた。

主人公は、中国人女子学生とアメリカ人ジャーナリスト。膠着状態が続く天安門広場での学生運動に業を煮やした中国政府は、軍隊による制圧を決断する。それを事前に察知したアメリカ政府は、当初の計画が不発に終わると判断し、第二プランを発動。すなわち中国が軍隊を出動するように仕向け、一方で全世界にその非道さを訴えることで、中国を孤立状態に追い込むという謀略だ。その事実を偶然知ったヒロインがジャーナリストと二人で、軍隊出動阻止を世界に呼びかけようとするサスペンスタッチの作品を目論んでいた。

敢えてロマンティックな色合いを抑えてドライに展開するプロットは、麗清自身が書き上げた。そのために、天安門事件研究を続ける在アメリカの学者やジャーナリストに丹念に取材した。

さらに、先の一時帰国の際に、北京の中央戯劇学院でオーディションを行い、美貌の若手女優をスカウトした。これで東洋美人に目がないアメリカ人を魅了するはずだった。あとは、アメリカ人ジャーナリスト役に、人気のある男優を獲得できれば、大ヒットは間違いなかった。

しかし、最初に話を持ち込んだハリウッドの評価と、彼女の意気込みとでは大きな温度差があった。まず、天安門事件自体が、すでに忘れ去られた事件だと指摘された。それ以上に、中国政府の民主化弾圧をアメリカ政府が知っていたというのがお気に召さないようだった。

「『ジャーヘッド』で湾岸戦争の愚かさを訴え、『シリアナ』で石油メジャーと政府の癒着を暴露した国よ。なぜ、こんな及び腰なのよ」

ことごとく出資を断られた麗清は、怒りをテッドにぶつけた。当初は乗り気でなかったテッドも、彼女の情熱にほだされるように「こういう映画こそ、多くの人が見るべきだ」と励ますようになった。とにかく出資者が必要だった。そこでボストン生まれのテッドが、麗清の代わりに東海岸へ向かったのだ。

「グッドニュースとバッドニュース、どちらを先に聞きたい？」

真っ赤なTシャツと短パンに着替えたテッドが、麗清の後ろでバドワイザーを二缶持って立っていた。

「もちろん、グッドニュースから」

乾杯をするとテッドは麗清の隣に腰を下ろし、居住まいを正した。

「ソニー・ピクチャーズが、君に映画を一本頼みたいと言ってきた」

予想とは違う話だったが、それでも彼女の胸は躍った。

「ついにメジャーが、来たのね」

「製作費は五〇〇万ドル以上。主役はキーラ・ナイトレイとジュード・ロウだ」

豪華スターの共演だ。今まで、著名な俳優を使えなかった彼女にとっては、これもまた〝ステップアップ〟の証《あかし》だった。喜びのあまり麗清はテッドに抱きついた。

「すごいすごい。でも、キーラに中国人娘は無理じゃない？」

テッドの表情が曇った。

「いや、これは全く別のオファーなんだ。彼らは、君にスタイリッシュなラブコメディを撮らせたいんだ。舞台は、なんと北京。五輪前に世界ロードショーを目論んでいる」

「この私にスタイリッシュなラブコメディを撮れですって」

自分の作風とはかけ離れた単語が並べたてられて、彼女は過敏に反応した。

「君はもっと幅広いジャンルに挑戦すべきだ。何よりこれで成功すれば、本当に撮りたい映画が、作りやすくもなるんだ」

バッドニュースの中身が、透けて見えてきた。

「私の『天安門』は、どうなるの」

そんなことは気にするなよ、と言いたげにテッドは肩をすくめた。

「時期が悪いんだ」

「時期？　何の時期？」

「さっきも言ったように、二年半後に北京五輪を控えているんだ。今から撮り始めたら、五輪直前の公開になる。お祭りムードの最中にショッキングな映画は敬遠される」

話が終わらない内に、麗清はビールの缶をテーブルに叩きつけた。泡が噴き出して周りを濡らしたが、気にも留めなかった。

「いつから私たちは、世間に媚びへつらう商業主義者に成り下がったわけ」

「おいおいレニ、末永く映画監督をやるためにも、今は作品を慎重に選ぶべきなんだよ」

子供扱いされた気がして、怒りがこみ上げてきた。

「選んでいるわよ。だからこそ、『天安門』になったんでしょ。第一、オリンピックというと何でもお祭り騒ぎになる愚かさを、私たちは糾弾するんじゃなかったっけ」

「スピルバーグになれよ」

話の腰を折られた麗清は、切り返すタイミングを逃した。

「何の話をしてるの？」

「スピルバーグの『シンドラーのリスト』がなぜ、あれほど多くの人に見られたと思う？」

バカバカしいという思いを、言葉ではなく冷めた態度で返した。だが、テッドは真剣だった。

「彼が『ジョーズ』や『E.T.』で、世界的なエンターテインメント監督となり、多くのファンを摑んだからだ。真実を描いた作品を多くの人に見てもらうためには、まず、ステージを上げることだ。だから、君も彼を見習うべきだ」

今までそんな言葉をテッドから聞いた記憶がなかった。きっと誰かに吹き込まれたに違いない。

「誰の入れ知恵？」

「何だって」

「そんな小賢しい理屈を、誰から吹き込まれたのよ」

「おい、レニ。それはないだろ。僕は君のためを思って」

「何が私のためよ！　政府に盾突くのが怖くなったんでしょ。だって、あなたは東海岸のエスタブリッシュメントのお坊ちゃまだもの」

勝手に手が動いてビール缶を投げつけていた。テッドの真っ赤なTシャツが濡れ、鮮血が散ったように見えた。彼は悲しげに、床に転がった缶を拾い上げた。

「冗談じゃないわ。五輪を当てこんで北京でラブコメディを撮れば、『天安門』の出資者が出てくるですって。第一、そんなつまらないオファーをニコニコして私に披露するって、どういう神経なの」

「でも、さっきは君も嬉しそうだったじゃないか」

「そうよ。メジャーからオファーが来たんだから。でも『天安門』に比べれば、そんなのクソよ」

「栄光への第一歩なんだ」

「そんな栄光、クソくらえよ。いいわ、もうあなたには頼まない。私がプレゼンしてくる」

「君は、まだ分からないのか」

憤然と立ち上がった麗清に、テッドがいつにない厳しい言葉を投げた。彼の瞳には冷徹な蔑みが宿っていた。

「何の話？」

「君は、中国人なんだよ」

「それがどうしたの」

「アメリカ人は、君が思っているほど寛大じゃないんだ」

「遠回しな言い方をしないで」

「つまり、この国の連中は、米国の政治姿勢について君に四の五の言われたくないんだ」

テッドが何を言わんとしているのか分からなかった。

「意味が分からない。私が東洋人なのが問題なの。それとも中国人が、米国の政治に嘴《くちばし》を挟むこと？」

「特に後者だ」

テッドの言葉を頭の中で反芻した。やがて、答えに辿り着くと呆然となった。

「なぜ……」

テッドは彼女の肩を抱くと、ソファにかけさせた。

「中国は共産主義国家だ。アメリカにとっては今も仮想敵国だ」

「そんなひと昔前の話」

「そうじゃない。確かに米中関係は、経済を中心に年々緊密になっている。いずれ日本以上に重要な投資先になるだろう。だが、それと政治の話とは別なんだ」

「それを意識していない人の方が多いわ。撮る意味はあるわ」

「確かに。でも、君が撮るのは時期尚早なんだ」

「じゃあ私がアメリカ人だったら、お金を出してくれる人がいたとでも言いたいの」

「はっきり、そう言われたよ」

不意に麗清の体から力が抜けた。

「中国に帰って、お国の金で撮らせてもらえとも言われたよ」

もう聞きたくなかった。ここは自由の国アメリカじゃないのか。

テッドはいたわるように彼女の肩を撫でた。

「正直なところ、僕も驚いた。最初は意味も分からなかった。だけど、連中が歯に衣着せぬ言葉を使い始めてようやく分かったんだ。この国の自由も平等も限定付きだとね」

空々しい言葉に響いた。テッドはまるで自分も中国人であるかのように話す。だが、彼はまぎれもなくアメリカ人であり白人だった。その偽善的な共感意識に嫌悪を感じた。

彼女は肩に回された手を振りほどこうとしたが、テッドの力強い腕はビクともせず、囁《ささや》く声は優しかった。

「レニ、短気は損気だ。連中を見返すためにも、ここは堪《こら》えるべきだ。そして、スピルバーグのように押しも押されもせぬ大監督になった暁に、好きな映画を撮ればいい」

そんな悠長な時間はどこにもない。

「上等じゃない」

「何だって」

思わず吐き捨てた中国語の意味を、テッドは聞き返した。

「中国で、お金を集めてくるわ」

「それも無理だ」

「どうして？　やってみなきゃ分からないでしょ」

テッドはふて腐れた麗清の顔を両手で包み込むと、諭《さと》すように続けた。

「理由は二つある。一つは、五輪前に物議を醸す映画に、中国が出資するはずがない。それにそんな金が集まったら、君のご両親にも迷惑がかかるだろ」

最後の言葉は、麗清の胸に突き刺さった。

「もう一つ。これ以上『天安門』に固執すれば、君はこの国で、二度と映画を撮れなくなるぞ」

「別にアメリカだけが映画を撮る場所じゃない」

「確かに。だが、こんな恵まれた環境は他にないぞ。それは、君が一番知っているだろ」

もちろん分かっていた。彼女にはハリウッドの水が合っていたし、ロスの乾いた空気と空が好きだった。彼女が言葉を探している間に、テッドが畳みかけてきた。

「それより、まずどうだろうハニー、この国の人間になることから考えたら」

「えっ？」

「つまり、僕のプロポーズを受けて、晴れてアメリカ人になるということさ」

去年のクリスマス・イヴの夜、テッドに求婚された。素直に嬉しかった。麗清は心から彼を愛していたし、ずっと一緒に暮らしたいとも思っていた。

なのにその時、即答しなかった。

――幸せに溺れたくないの。分かるでしょ、今、私は正念場に立っている。せめて『天安門』が完成するまで、集中させて。

呆れ半分、諦め半分の複雑な顔でテッドは返事を待つと約束してくれた。にもかかわらず、このタイミングで結婚話を再燃させる彼の神経を疑った。

「その返事は前にしたはずよ」

「中国人だから出資しないって言うんなら、アメリカ人になればいい。僕の家は君が大嫌いなくそったれワスプだけれど、その一族に加われば様々な恩恵を手に入れられる。それは魅……」

遂に怒りが沸点に達した麗清は、テッドの頬をぶっていた。

「出て行って！」

まるで汚らわしいものに触れられていたかのように、彼女はテッドから離れた。

「レニ……」

呆然と頰を押さえたテッドは彼女の名前を呼んだきり黙ってしまった。

「出て行って！」

彼女は同じ言葉を決然と言い放った。

「誰と結婚しようと、どの一族になろうと、私は中国人よ。監督の肌の色や国籍で撮る映画を指図するような国が、そんな程度で変わるはずがないでしょ」

「違うよ。君がアメリカ人になれば、風当たりも随分変わるんだ」

「張りぼての自由の国の人間になんて、誰がなるもんですか！」

再びテッドの両腕が伸びてきたが、今度は麗清も負けていなかった。彼女は手当たり次第にそばにある物を彼に投げつけた。

「出て行って！　あなたがどういう人間か、よく分かった。これ以上同じ道は歩めないわ、だから、出て行って」

涙が溢れ出た。それでもテッドが部屋から出て行くまで攻撃をやめなかった。

全部が許せない。自分の前に立ちはだかるもの、自分を取り巻く環境。何もかも信じられなくなった彼女は、一人になった途端、声を上げて泣き始めた。

6　二〇〇六年二月／紅陽核電

嵐の夜から三日間を、二、三時間の仮眠だけで過ごした田嶋は、節々が痛む体をほぐそうと核電予定地が見渡せる丘に来た。

冬の大陸らしい深い青色の空が広がっていた。整地された敷地が扇のように広がり、黄海の向こうには朝鮮半島がぼんやりと霞んで見える。その先には、日本がある。郷愁ではないが、あの空の下に日本があると思うと不思議と心が和んだ。彼は大きく伸びをすると、毛皮付きのフードを脱いだ。寒気を含んだ冷たい風が心地よかった。

建設現場の至るところに、痛々しい嵐の爪痕が残っていた。五トンまで吊り上げ可能な大型クレーンが倒壊した埠頭は、接岸部分が深く抉《えぐ》れ一部が陥没していた。

クレーンの倒壊現場の写真に陥没部分の建材サンプルを添えて、専門家に分析を依頼しているが、事故原因は地吹雪だけではなさそうだった。

鉄筋による杭打ちが行われていた原子炉建屋やタービン建屋でも、強風で吹き飛んだ資材などによる損壊が数十カ所にも及んでいた。何より痛かったのは、鉄筋を保管している保管庫の通風口が破壊され、塩分を含んだ雪が庫内に降り注いだことだった。鉄筋の天敵は海水だ。塩分を含んだ水分は、錆の進行を加速させる。

夜を徹して鉄筋に付着した塩水を一本ずつ丹念に拭《ふ》いた上で、コンテナや別の倉庫に移す作業を続けたが、被害は甚大だった。

だが、そこでも田嶋は嫌な物を見つけていた。

「ここでしたか」

振り向くと、背中を丸めて大町が立っていた。人なつっこい彼の顔にも疲労の色がくっきりと浮かんでいた。

「ああ、ちょっと気分転換だ。会議と検査ばかりでくたびれたよ」

田嶋が戯《おど》け顔を向けると、大町は頷きながら煙草をくわえて大きな伸びをした。

「嫌になるほどの晴天ですね」

「まっ、俺たちの無力さを思い知らせたいんだろ、神様は」

大町が隣で噎《む》せた。

「よしてくださいよ、田嶋さんが神様なんて」

「何だ、変か」

「神頼みするくらいだったら、徹底的に検査しろってのが、田嶋さんの口癖じゃないですか」

古い話だった。古巣のDHI原子力本部に所属していた頃、少しでも気がかりな点があれば、とにかく現場に急行して徹底的に検査した。妥協や言い訳は一切容赦しなかった。大町も随分泣かせた一人だった。

若い頃の強気一辺倒だった自分を思い出した田嶋は、苦笑いを浮かべて煙草をくわえた。

「若気の至りだな。その不信心の報いをずっと受けているよ」

「報いですか？」

「今まで手掛けたプラントの半分以上で甚大なトラブルが起き、死人も出た。係争中のものもある」

どれほど人事を尽くしても、人のやることにミスはつきものだ。細管をSGに固定する触れ留め金具が正しく取り付けられなかったために細管が破断し、あわや大惨事になりかけたこともある。放射能を帯びた水が漏れたり、工事中の漏電で火災が発生したこともあった。七年前に嶺南原発で起きた事故では、本来は田嶋のチームが処理すべきところを若手チームが代わったせいで、三人の仲間を失った。

田嶋の表情に翳《かげ》りを見つけたのか、大町が慌てて取り繕った。

「田嶋さんの責任じゃないですよ。現場のミスや不可抗力が」

「いや、神を冒瀆するのなら、ミスや不可抗力まで予測しないとな。神の火と言われる原発は人智を超えた存在なんだ。これを二四時間制御できるのは超人だけだ」

巨大構造物ながら、ナノテクレベルの技術と精度が求められる。ミクロ単位の誤差が命取りになり、人間の限界を嘲笑《あざわら》うように事故や不具合が起きる。それが原発だった。

不意に海から風が吹き上がってきた。それは田嶋の胸の中で燻《くすぶ》り始めた青い炎を冷やした。

「それで、俺に何か用か」

寒がりの大町が息抜きに来るとは思えず、田嶋は促した。

「塩水を被った鉄筋ですが、田嶋さんの予想通り、もっと前から慢性的に潮風を被っていたようです」

田嶋は煙と共に嫌気を吐き出した。

「それに倒壊したクレーンと埠頭ですが、そもそも基礎工事に欠陥がある可能性が出てきました」

「いずれも、受注業者はＤＰＧ系か」

「そうです」

またＤＰＧか……。

「鉄筋の材質はどうだった」

念には念を入れて調査したのだ。

「残念ながら、規格と違いました」

聞いた途端なじりそうになったが、唇を嚙み締める後輩を見て感情を押し留《とど》めた。

「申し訳ありません。鉄筋の材質検査の時、私は立ち会っていませんでした。二人目が生まれたんで二週間休暇をもらっていまして」

「岡部が一人だったんだな」

「そうです」

神戸市内の病院に見舞った時に、田嶋の胸ぐらを摑んで喚《わめ》き散らした同期の顔が脳裏に蘇ってきた。

——あの国は、狂ってるんだ。まともな人間が仕事をする場所じゃない。おまえ、殺されるぞ、そうだ。絶対に殺される！

「今まで敢えて聞かなかったんだが、岡部はここで、うまくいってなかったのか」

「それはもう酷いもんでした」

滅多に人の悪口を言わない大町が言うのだから、よほどのことだろう。

「環境に馴染もうとせず高飛車で、ご自身のやり方を、ひたすら押しつけようとしていました」

　現場経験が少ないエリートの岡部らしい。大町が続けた。

「もっとも中国では、そんな態度をとっても日本ほど反発されませんが、岡部さんの場合は行動が伴わなかったんです」

「現場に顔を見せなかったのか」

「そんなレベルじゃないですよ。技術者や現場監督がアドバイスを求めても、後で返事をすると言ったきり、まともに回答しない。その一方で、スケジュールの遅れや資材の納品数の正誤にはヒステリックなまでに厳しかった」

　確かに岡部には権威主義的なところがあったし、何かにつけ細かいと日本でも嫌がられていた。だが、無責任な男ではなかったはずだ。

「なぜ、岡部はアドバイスをしなかったんだ」

「しなかったのではなく、できなかったんだと思います」

「できなかった？」

「ここの連中が欲しかったのは、技術顧問のお墨付きです。たとえば、埠頭工事のセメントが足りない、追加していいかと聞いてきます。でも、本当は誰かが横流ししたため、あるべきものがなかったんです。その事実を知った時、岡部さんは烈火のごとく怒り狂ったのですが、連中は相手にしなかった。それどころか、盗難対策を講じなかった顧問のミスだと吊し上げた」

目に浮かぶようだった。盗難事件が起きれば、盗まれる方が悪いと平気で言うお国柄だ。だが、その発想は中国に限ったものでなく、欧米でも常識だ。ある意味、日本だけが特殊なのだ。

「だが、やりようはある」

田嶋が様々な盗難防止策を講じた結果、被害は随分と軽減された。

「岡部さんは一番やってはいけないことをやっちゃったんです」

田嶋はくわえていた煙草を携帯灰皿に押し込んだ。

「何をやったんだ」

「幹部連中を、部下の面前で何度も罵倒したんです」

奴ならやりそうだ。ここで一番偉いのが誰か。岡部はそういうことにこだわる男だった。

「幹部の面子を潰したわけか」

「ええ。そのうち彼らは岡部さんの指示を聞かなくなり、トラブルが起きると技術顧問の指導不足だと糾弾するようになりました。挙げ句に、『岡部は関東軍と同じで、権力を振りかざし、人民を酷使して当然と思っている』とやられました」

こちらの連中は、問題が紛糾すると最後の切り札に、過去の歴史を引き合いに出してくる。田嶋も当初、同じ目に遭った。だが、彼はその都度、笑顔を浮かべて「私は中国核電工程公司の技術顧問として、ここにいるんです。それを忘れてもらっては困ります。そして、私がいなければ、核電は運開できませんよ」と、歴史認識の問題を門前払いしてきた。

「岡部さんは、ただただ怒り続けた。私も随分やられました。おまえが普段から連中と仲良くするから舐められるんだとね」

双方の板挟みになって、大町もさぞ大変だったろう。

「おまえさんの功労は大きいよ。俺一人だったら、ただの勘違いオヤジになっていただろうな」

「からかわないでください。とにかく、私だけじゃなく洪さんら幹部連も、田嶋さんを心から信頼しています。ようやくまともな現場になってきました」

その手応えはあった。だが大きな正念場を迎えているだけに、手応えがあるからと満足している場合ではなかった。

「だとすると、この急場をどう凌ぐかだな」

とにかく復旧作業を急ぎ、遅れを取り戻すことを第一に考えるべきだという意見で、現場は一致していた。一方、核電開発の上層部や遼寧省の党幹部からは、人災についての責任問題を明確にせよという指令が来ている。

今回の被害については、「遼東半島に五七年ぶりに吹いた地吹雪という想定外の災害が原因」というのが政府見解だった。にもかかわらず、内部的には誰かを人身御供に出さなければ事が収まらないという歪《いびつ》な事態が起きていた。

「連中は全ての責任を技術顧問におっ被せてくるんじゃないかと心配です。彼らには、それが一番都合がいいですから」

同じ危惧は、田嶋にもある。

「俺は辞めんよ。完成するまで死んでも辞めん。世界最大で、最も安全な原発をこの地で運開させるために、俺はここに来たんだ」

「田嶋さん」

田嶋の断言に、大町はホッとしたように相好を崩した。

「つまらん面子や意地じゃないぞ。ここの仕事は、誰にでもできるわけじゃない。俺が外されたら、もう代わりはいない」

「私もそう思います。田嶋さんがベストです。ただ、田嶋さんをどう守っていいかが私には分かりません」

大町の気遣いが嬉しかった。田嶋は眩しそうに海を眺めながら、両肩にのしかかる使命の重さを改めて感じた。

「大丈夫だ。根回しはしてある」

「根回しですか？」

「核工のトップには、俺をクビにしたら、もう代わりは来ないと脅してある。ＤＨＩからも同様の連絡が行っているはずだ。ここではしごを外されたら、五輪開幕時の運開どころか完成すら危くなる。連中もそこまで無謀じゃないだろう」

「そうですか、じゃあ切られるのは俺でしょうか」

「いや、所長を辞めさせるように指示した」

　さすがの大町も予想していなかったようだった。

「それが筋だろ」

　紅陽核電建設事務所長の焦広大を辞めさせる理由はいくつもあった。資材横流しの黒幕であるばかりか、所長決裁の業者選定でキックバックを強要する。大口受注業者からも、自宅や車など多額の賄賂を受け取っていた。その上、嵐の日は彼だけが緊急呼び出しに応じず、現場に顔を出したのは翌朝だった。どうやら焦は自宅待機の命を無視して、妾宅で惰眠を貪《むさぼ》っていたらしい。

「しかし、彼はＤＰＧの息のかかった人物ですよ」

「そうらしいな。けれど、彼を切るのは鄧副書記の判断だ」

「あの傲慢副書記ですか」

核電建設現場で、鄧を良く言う者は誰もいない。

「これ以上、工事が遅れるのは、彼にとっても重大事だからな。昨日遅くに、副書記から電話があって告げられた」

厳密に言うと、電話してきたのは秘書の朱だった。彼女は流暢な日本語で、焦所長の解任とその理由を告げた。

――既に、遼寧省党書記と大連市長も了解済みです。

――それで、私の処遇については、どうされるおつもりです。

――田嶋先生には顧問として尚一層のご尽力を期待している、と副書記は言っています。

鄧を権威主義の権化のように思っていただけに、意外な回答だった。ホッと胸を撫で下ろした田嶋は、鄧に電話を代わってもらい、礼を述べた。

だが相手はそっけなく、「礼を言われる筋合いではない。一刻も早く遅れを取り戻すように」とだけ言って電話を切った。

「それで新しい所長は」

「そういう相談はなかった。個人的には洪さんの昇格が望ましいが、どうなんだろうな」

さりげなく腕時計を見た田嶋は次の会議時間が迫っているのを確認し、管理棟に戻ろうとした。

「微妙ですね。ならば、一つだけ私からお願いがあります」

田嶋に寄り添うように歩いていた大町の口調が改まった。

「慰霊祭の件は、核電会議で絶対に提案しないでもらえますか」

地吹雪の被害で命を落とした土木作業員のために、慰霊祭を開きたいと田嶋が提案していた。

だが「そういう習慣はない」という一点張りで、建設事務所内でも大反対されていた。それでも、「国家プロジェクトである紅陽核電のために命を落とした尊い人民の死を悼むことは、今後の核電工事進捗の士気を高めるためにも必要不可欠」と田嶋は譲らなかった。

結局、大連市や地元の党幹部らが出席する核電会議の席上で、田嶋の個人的な意見として提案するということでケリがついた。その会議がまもなく始まる。田嶋は丘を下りながら大町に問い質《ただ》した。

「なぜだね」

「亡くなった作業員には一人当たり一万元の弔い金が出ているんです。それで十分です」

「ご安全に」

　二人が話しながら歩いていると、復旧作業をしていた民工が顔を上げて中国語で挨拶した。

「ご安全に、王《ワン》さん、足の具合はどうだい」

　田嶋は立ち止まって声を掛けた。

「随分、よくなりました」

「まあ、無理せんことだ」

　そう言われて王は、小さく会釈をして作業を続けた。民工たちが働く様子に満足すると、大町の方を振り返った。

「慰霊祭は鎮魂のためだけにやるんじゃないよ。生き残った人たちにも必要なんだ」

「それはこの国の習慣にないことです」

「ならば、ここだけのやり方を作ればいい。見ろ、絶対に根付かないと言っていた挨拶だって、連中は口にするようになったじゃないか」

　作業時にすれ違った時には、必ず中国語で「ご安全に」と挨拶するよう、田嶋は着任早々に勧告した。彼自身、率先して挨拶を励行した結果、少しずつ根付いてきた。

　渋い顔をしている大町に、別の作業員が挨拶をした。大町が挨拶を返すのを見て田嶋が続けた。

「それにな、俺は現状を良しとしていないんだ」

何を言っても淡々と受け流す田嶋の態度で、大町の反論熱も冷めたらしく「同感です」と返してきた。

「何が足りないか。大町、わかるか？」

「いえ」

「一体感だよ。確かにおまえさんが言うとおり、技術顧問は皇帝のようにどっしり構えているべきかも知れない。だが、俺は民の中にいたい。舐められるかも知れないが、それ以上に一体感を大切にしたいんだ」

「しかし、慰霊祭は民工自身が望んでいません」

なおも引き下がらない大町に、田嶋は柔らかな笑みで答えた。

「そんなことはない。昨日の夜、文《ウエン》監督と飲んだんだ」

嵐の夜に田嶋に摑みかかった現場監督が文だった。

「彼に、俺の想いを伝えた。そしたら奴は俺に抱きついて泣いてくれたよ。日本人は好きじゃないが、おまえは親友だと」

「そんなことまで……」

大町は言葉を失っていた。その時、管理棟から副所長の洪が出てきて、大声で二人を呼んだ。会議が始まるという。

「たとえそうだとしても、今日の会議で慰霊祭を提案するのはやめてください」

田嶋は笑いながら、部下の肩をポンと叩いた。

「安心しろ。この国で自分の意見を通すために何をすべきか、俺も少しは学習したよ」

不意にまた岡部の声を聞いた気がした。

――いいか、田嶋。おまえ、本当に後悔するぞ。俺みたいになるな！

大丈夫だ、岡部。この国では俺のようないい加減な男が成功するんだ。

細工は流々だと田嶋は確信していた。すれ違う民工グループの連中に挨拶した彼は、洪に続いて管理棟に戻った。

7

二〇〇六年二月／紅陽核電

「議長、いいですか」

大波乱だった事故処理について幹部連で検討する会議を何とか乗り切ったと、議長を務めていた鄧が安堵した直後、巨漢の大連市長・趙凱陽が立ち上がっていた。

会議の冒頭で、焦広大・核電建設事務所長が辞意を表明した。出席者の一部からは驚きの声が上がったが、彼を引き留める者はいなかった。

鄧は当初、会議で焦を吊し上げることも考えた。だが、焦の背後に控える李寧寧の存在を鑑みて、進退伺いの名誉を焦に与えたのだ。

後任人事は鄧に一任するという了解を取り付け一息ついたが、その後も問題は山積で、ここぞとばかりに存在感をアピールする出席者に鄧は振り回された。それを何とかさばき、最後の仕上げだと思った矢先の市長の発言だった。鄧は嫌な予感を抱いたが、拒否はできなかった。

「趙市長、どうぞ」

趙は出席者全員をゆっくりと見渡してから話し始めた。

「ありがとう。さて、皆さん、一つ提案があります。今回の災害によって多くの尊い中国人民の命が奪われました。彼らは、紅陽核電という世紀の国家プロジェクトに、命を捧げた英雄です」

嫌な予感が当たった。鄧が出席者の顔色を窺うと、皆、感じ入るように大連市長の言葉に頷いている。だが彼らは、権力者に媚びへつらう仮面を被っているに過ぎなかった。その中で一人だけ、周囲とは異なる表情の男がいた。

田嶋伸悟。本来なら、真っ先に喜色満面になるはずの男が、むっつりと目を閉じていた。鄧の視線を感じたかのように田嶋が目を開いた。彼は目線を合わすと意味ありげに笑った。

この男が黒幕か……。

大連市長の演説は、さらに熱を帯びていた。

「勇気ある人民の尊い魂に、報いるべきだとは思いませんか。私、趙凱陽は、亡くなった三二人の御霊を弔う慰霊祭の開催を提案致します」

会場の空気が一変した。全員が口々に騒ぎ始めた。鄧は暫くの間、どよめきを鎮めようともせず、趙と田嶋の二人を交互に見ていた。

趙は同意を求めるように再び出席者を見渡していた。一方の田嶋は読書眼鏡をかけて、手帳に書き込みをしていた。

「只今、趙市長から傾聴に値するご提案がありました。田嶋技術顧問、ご意見をお聞かせ戴きたい」

会議室が静まり返った。田嶋はゆっくりと眼鏡を外して顔を上げた。

「技術顧問の立場から言わせて戴くと、今は、現場の不安と不信を払拭することを最優先し、これまで以上の高いモチベーションを生み出すべきだと考えています。そういう意味で、慰霊祭は意味があると思います」

反論はなかった。というよりも、田嶋の発言をどう捉えるべきなのか、皆が迷っているようだった。

賢い男だ。田嶋の意見は、今のままでは工期が大幅に遅れかねない現場の士気を鼓舞するためという一点に絞られていた。日本人的ヒューマニズムではない。出席者がどう反応するかが気になり、鄧は暫し沈黙した。

最初に口を開いたのは、意外な人物だった。大連市党常務副書記の田陽平で、鄧と同じ副書記だったが、大連市では市党書記、市長に次ぐ第三位のポジションにいた。

田は発言の前に必ず大きな咳払いをする。布袋体型の喉に息を通すためらしいが、自身の発言に注目させるための小賢しいジェスチャーだと鄧は見ていた。

「田副書記、何かございますか」

「うん、ここは党の代表者として一言言わせてもらいますよ。まず、趙市長のご提案に心から敬意を表します。これほどまでに人民想いの市長は、中国広しといえどもなかなかお目にかかれるもんじゃない。また、田嶋技術顧問の意見も傾聴に値します。ただ気になるのは、復旧作業に一刻を争う時に、慰霊祭を執り行う時間的な余裕があるのかという点です。鄧君、どう思いますか」

自分を目の敵にしている田らしく、腹に一物ある笑みを浮かべながら話を振ってきた。

「さすが田副書記、実は私もその一点を懸念いたしておりました。田嶋さん、いかがですか」

発言者が田嶋に移ったのが気に入らなかったのか、田はこれ見よがしに首を左右に振った。

「浅知恵で恐縮ですが、民工たちに一つ提案をしたいと思います。同胞の魂を弔う会を催したい。だが、時間はない。そこで、三日後の午前中までに復旧作業を終えられたら、午後に慰霊祭を執り行いたい、と」

先ほど、復旧には早くてもあと一週間は必要だと洪副所長が報告していた。解決策として、人民解放軍に協力を要請すれば、復旧作業は半分に短縮されるはずだと趙市長が請け合った。それを更に短縮すると田嶋は言っているのだ。

「なるほど、良い考えだ」という意味の言葉を出席者が口々に囁《ささや》きだし、会場に安堵の空気が広がった。

「田副書記、如何でしょうか」

「ご列席の皆さんも、ご異議がなければ」

典型的な日和見主義者である田に否があるはずもない。数人が拍手で応えた。そこに趙が加わってほぼ全員が同意を示した。最後の一人になった鄧が手を叩きながら立ち上がると、出席者一同も倣《なら》った。そして会議はそのままお開きとなった。

議長としては、ありがたい一件落着だった。所詮この社会は、きれい事と根回しで動いている。一々目くじらを立てるのではなく、柔軟に結果を受け入れる。それが処世術というものだ。しかし鄧は素直に喜べなかった。

この議題の根回しをしたのが、日本人だったからだ。

「いや、見事な会議さばきでした」

不意に声を掛けられて、鄧は我に返った。目の前に、趙市長の大柄な体があった。彼は日に焼けた顔をほころばして右手を差し出していた。鄧は苦笑いして市長の厚い手を握った。握りつぶされるかと思うほどの握力だった。痛みを堪《こら》えながら、鄧は笑顔を返した。

「とんでもないことです、素晴らしい提案に感服致しました」

感服とは言いすぎかも知れないと思ったのだが、言われた当人は満足そうに何度も頷いていた。

「いや、世紀のビッグプロジェクトを支える人民の心を蔑《ないがし》ろにしてはならない。私は常々そう思っているだけです。それで、鄧副書記、建設事務所長の後任については、どうお考えですか」

なるほど、この男のとってつけたようなお世辞はそのためか……。

鄧は腑に落ちると同時に、憂鬱になった。

「この際、国務院の国家原子能機構から人を出してもらおうと思っています」

国家原子能機構とは、日本の原子力委員会に相当する国家組織だった。焦前所長の腐敗の原因は、彼が地元の有力企業、DPGに取り込まれたためだ。ならば、中央から人を送り込む方がましなのではないか。そう判断した上での人選だった。

大連市党書記はいい顔をしなかったが、今回の腐敗を重く見ていた実力者の遼寧省党書記・朱克明も、鄧の意見を強く支持してくれた。

だが趙は気に入らなかったようだ。彼の笑顔は中途半端になり、より強く右手を握りしめてきた。

「それは何よりだ。いずれにしても、一日も早い工事の再開に尽力ください」

思わせぶりに一睨みしてから、趙は手を放した。

「大丈夫ですか」

趙が部屋を出てから、そばにいた朱が鄧の右手を気遣った。

「ああ、それより焦の身柄は」

一身上の都合を理由に辞意を表明した焦は、会議室を出た直後に遼寧省の紀律委員会に拘束され、取り調べを受ける手はずになっていた。

「省紀委の人たちの手で瀋陽に向かっています」

予定通りだった。もたもたしていたら、ＤＰＧの息のかかった連中から因果を含められたり、場合によっては毒を盛られる心配もあった。

鄧がふと見遣ると、田嶋が部屋を出ようとしていた。あの男とは、この後じっくりと話す機会がある。言いたいことは、そこで全部吐き出せばいい。

今朝早く、田嶋から連絡があり、会議の後、食事をしながらご相談したいことがある、と言ってきたのだ。鄧も一度、腰を据えて彼と話をしたかったため、誘いに応じた。今晩、大連市内のレストランで、田嶋と彼の腹心、鄧と朱の四人で密かな会合を持つ予定だった。

話の趣旨は、薄々察しがついていた。本来なら巻き込まれたくない話だったが、避けて通れない話でもあった。

「副書記、そろそろ出ないと」

朱にやんわりと促されて、会議室を出ようとした時だった。田副書記が再び近づいてきて、鄧の耳元で囁《ささや》いた。

「李総が、君と話したいとおっしゃっておられる」

いずれＤＰＧの誰かから接触はあると思っていた。だが、まさか党の幹部が伝令になるとは想像していなかった。彼は思わず立ち止まって、田を凝視した。鄧の視線が険しかったのだろう、田が一瞬、怯んだ。

「そんな怖い顔で睨まんでくれ」

「失礼しました。お呼びとあらば、いつでも参上致しますが」

「明日の午後二時、李総の別宅に来てほしいとの仰せだ」

相手も相当焦っている。鄧はそう思いながら頷いた。さて、どう攻めるか。彼は新しい難問の対策で、頭がいっぱいになった。

8

二〇〇六年二月／大連

田嶋との密談の場所をあえて大連市内に設定したのは、紅陽市内の至るところに李総のスパイが潜んでいるように思えたからだ。無論、大連市が絶対安全というわけではない。だが、鄧にとって一カ所だけ安心して密談が行える店があったのだ。

大連海鮮酒家という大連港近くのレストランだった。親友・黄剛の親戚が経営し、従業員は全員河南省出身者だった。

鄧は約束の時間より早く到着して特別個室で待っていたが、田嶋も五分前にやって来た。

部屋に入るなり、田嶋は人好きのする笑顔と共に両手で鄧の右手を握った。

「時間をつくっていただきありがとうございます」

同行してきた大町の強ばった表情で、彼らがいかに深刻な〝相談〟を持ち込もうとしているのかを察し、鄧は気を引き締めた。

「表の構えとは全然違う落ち着いた店ですね、一体どうやってこんな店をお知りになったんです」

田嶋だけは相変わらず朗らかで、おしぼりで顔を拭きながら訊ねてきた。大連市紀委の調査によると、田嶋は大連に居を構え、平日は夫人がひとりで留守を預っているらしい。彼は休みのたびに自宅に戻り、夫人と共に大連の食べ歩きを楽しんでいるという。

「何、古い友人の親戚がやっている店でして。私は、田嶋先生ほど食通ではありませんから」

この日は、普段よりは控え目な態度で接しようと決めていた鄧は、丁寧に答え、配膳準備を始めた服務員から人肌に温めた紹興酒を受けた。

旧満州時代の名残もあって、大連は海鮮料理が名物だった。年中、刺身が味わえる地域らしく、大きなヒラメの活け造りと名物のウニが食卓を飾った。

全員に酒が行き渡ったのを見て、鄧は杯を上げた。

「田嶋先生の深謀遠慮に」

「鄧先生の敏腕ぶりに」

双方が共に思わせぶりな態度で杯を上げ、酒を空けた。一通り料理が準備されて服務員が消えるなり、鄧は本題に入った。

「いきなりで恐縮ですが田嶋さん、ご相談の内容を伺いましょうか」

ウニとヒラメの刺身に舌鼓を打っていた田嶋が居住まいを正すと、大町がすぐに反応して分厚いファイルを取り出した。

「そうですね、皆忙しい身ですから。話は他でもありません。今後の工事についてです」

「今回の災害を機に、現在進行中の工事の内容を全て精査してみました」

差し出されたファイルを朱が受け取り、鄧の前で開いた。最初のページには、〝紅陽核電工事検証一覧〟とあり、懸念される点が列挙されていた。

「既に鄧副書記もご承知の通り、様々な部分で、杜撰《ずさん》な工事や使用する材料の誤魔化しが見つかりました」

ザッと見ただけで二、三〇はありそうだった。

「まず、気になるのが工事で使用されているセメントの質です。実際には、設計書より三割から四割もセメントの量が少なく、さらに鉄筋の直径も設計書よりかなり細くなっています」

田嶋は工事の問題点を次々と挙げた。核電の基礎部分の土木工事、埠頭工事、さらには各建屋建設のいずれでも、意図的な手抜き工事があると指摘した。

「これらの問題は、今日の所長解任で解決できたのではないかね」

聞いているだけで不快になり、吐き捨てるように答えた。

「一部は、それで改善できるでしょう。私ももっと目を光らせますから。しかし、問題はより深刻です」

田嶋が含みを持たせるように一呼吸置いた。

「現在受注しているメーカーには、核電の重要部分であるSGや原子炉回りを製作する能力がない。我々はそう判断しました」

ファイルの三ページ目には、材質の誤用が指摘されていた。工学的な専門用語が並んでいたが、設計書で決められている材質とサンプルの材質に違いがあることは、鄧にも見てとれた。

「能力がないとはどういうことですか、田嶋さん」

大町が鞄の中から金属の塊を取り出し、説明した。

「これは、SG内の伝熱管のサンプルです。本来は、インコネルTT690というニッケル合金が使われますが、これはステンレス鋼でした」

「ならばインコネルを作らせればいいのでは」

朱の指摘に田嶋は、微笑みを浮かべて答えた。

「インコネルを含んだ伝熱管を製作するには、特殊な電気炉が必要です。しかし現在発注しているメーカーには、それがない」

「電気炉を作らせればいいでしょ」

朱の直截《ちょくせつ》な物言いに田嶋は戸惑ったらしく、言葉を詰まらせて大町と顔を見合わせた。だが鄧は助け船を出さず黙って回答を待った。

「なるほど、そういう方法もありましょう。しかし、それでは工期が大幅に遅れてしまいます」

「どれぐらいです」

田嶋は酒を舐めて答えた。

「最低でも一年。ただ、私見を申し上げれば永久に無理でしょうな」

「〝永久に無理〟じゃ話にならないじゃないですか！」

朱はムッとして質した。

「核電の機器のほとんどは、世界に数少ない一流特殊鋼メーカーの技術を抜きにしては製造できないものばかりです。作れと言って簡単にできる技術ではありません」

「メーカーを替えればいい」

鄧は平然と言い放った。我が意を得たりという顔で田嶋の表情がほころんだ。

「同感です。ただ、若干問題がありまして。それが本日のご相談の本題です」

こういう持って回った言い方が気に入らない鄧は、苛立ちを隠そうともせずに先を促した。

「問題になっているメーカーは、何《いず》れもがＤＰＧ関連企業です。そして、同集団の企業内で代替メーカーは見つかりません」

追い詰められたと感じながらも、鄧は反論した。

「しかし、彼らは国務院・国家核電技術公司からお墨付きをもらっているはずだ」

国家核電技術公司は原発技術を統括する公司だったが、同時に入札の取りまとめも行っていた。

「確かに。お墨付きをどうやってもらったのかは私の関知するところではありません。しかし、当方で調べた限り、受注したメーカーの技術では原発はおろか火力発電所の機器すら作れないと思われます」

日本人にここまで言われたら、激高して恫喝するのが普通だ。だが、鄧は無駄な抵抗はしなかった。

「では、他を当たればいい」

「ごもっともなご意見なのですが、その場合にも大きな問題が出てきます」

勿体つけずに言ってくれ。そう叫びたいのを堪《こら》えて鄧は言った。

「どんな問題だ」

田嶋は紹興酒を手酌すると、それを一息であおってから答えた。

「限られた工期で絶対的に安全な製品を作るとなると、日本企業に依頼するしかありません」

9

二〇〇六年二月／紅陽市郊外

一時間近く待たされて、田嶋と鄧、朱の一行は、李寧寧が待つ大広間に通された。ドームを中心に美しい左右対称を描いた重厚な石造りの豪邸で、内装にはマーブル模様の大理石がふんだんに使われていた。

これが別荘なら、本宅はどんな豪邸なのだと思いながら、田嶋は毛足の長い赤絨毯が敷き詰められた廊下を進んだ。

待っていたのは、李総一人ではなかった。大広間の壁に沿うように二〇人近い男女が待ち構えていた。誰一人立ち上がる者はなく、ただ品定めするような冷たい視線だけを投げてきた。

大きな蛇に睨まれたネズミのようだな、これは……。

田嶋は作り笑いで緊張を抑え、部屋の中央にぽつりと置かれたテーブルの前に立った。彼以上に緊張しているらしい鄧が切り出した。

「本日は、お忙しい李総の貴重なお時間を頂戴し、ありがとうございます」

中央の椅子に陣取った五〇過ぎの女性が両手を広げて頷いた。李寧寧だった。

「こちらこそ、復旧作業で大変な時にご足労をかけました」

気持ちのこもらない低音の応答に、田嶋は伏せていた顔を上げた。小柄ながら威圧感のある李総は、組み合わせた両手に視線を落としていた。俺たちを見下している。そういうメッセージを田嶋は感じ取った。

「李総のお呼び出しとあらば、何をおいてもいつでも参ります」

鄧が卑屈なほど丁重に言うと、大粒のダイヤのピアスをいじりながら彼女は口元を歪めた。

「まずは、焦広大の件だけど、いつ帰してくれるのかしら」

「おばさま、座っていいかしら」

不意に田嶋らの後ろに控えていた朱が発言した。不躾で馴れ馴れしい物言いに、田嶋は肝を冷やした。

「あら、そうだったわね。皆さん、着席してくださいな」

別人のような李総の声音に驚き、田嶋は暫し腰を下ろすのも忘れて大連の大立者を見つめてしまった。

「焦前所長は、残念でした」

「そんなことを聞いているんじゃない！　彼をいつ家族の元に帰すのかを、李総はお訊ねなんだ」

鄧の答えに、李総の隣に控えていた脂ぎった容貌の男が怒鳴り散らした。ＤＰＧの総経理・白健《バイ・ジエン》だった。

「私には分かりかねます」

鄧は臆することもなく穏やかに答えた。

「分からんわけはないだろ！　あんたの仲間が連れ出したんだ」

白は、怒気を抑えようともしなかった。

「焦前所長を連れ出したのは省紀委のはずですが」

「つまりは、あんたの仲間だろ」

「何なら、私から叔父に訊ねてみましょうか？」

また、朱が言葉を挟んできた。田嶋には、高圧的な白の顔に驚きと怯えが浮かんだように見えた。

「それには及びません。彼は我が社に泥を塗った男です。煮るなり焼くなりお好きになさい。それで後任ですが」

李総は朱をたしなめずに、話題を変えた。

田嶋にはわけが分からなかった。確か朱は、遼寧省の党幹部の親戚だと聞いた。しかし、こちらは何といっても副首相夫人だ。小娘の生意気な態度を、大連屈指の実力者が許す意味が分からなかった。

「現在、検討中です」

「ぜひ、私から推薦させてもらえないかしら」

李総が下手に出てきた。

「申し訳ありません。所長人事は、国家発改委（国家発展改革委員会）預かりになってしまいました」

鄧が心底申し訳なさそうに言うと、広間に小さなどよめきが起きた。

「それでもあなたから候補者を進言できるのじゃなくて？」

「李総ご自身のお言葉の方が、遥かに効果があると思いますが」

田嶋の耳元で通訳している朱が、小さな笑い声を漏らした。

「私とあなたの双方から推薦すれば効果はさらに大きくなる」

李が尊大な態度で言う。

「どなたをご推薦されるので？」

田嶋もそれが知りたかった。

「大連理工大教授の銭　学《チエン・シユエ》先生です」

席の端の方で、三〇代のスーツ姿の男が立ち上がった。

「銭先生は大型プラント建築学の気鋭です。先端科学技術センターのマスタープランでもご尽力戴きました」

同センターは、大連市経済技術開発区内で建設が進められているＩＴの大規模研究開発施設だった。

銭は小さく会釈した。

「銭です。核電建設についても、現在、東北北部で建設中のチチハル核電のプラントのお手伝いをしています」

黒龍江省チチハルの核電計画なんぞ聞いたことがなかった。だが、鄧は気に留める様子もなく答えた。

「ご高名はかねがね伺っております。分かりました。私の方でも先生をご推薦する旨伝えます」

銭が恭《うやうや》しく頭を下げ、出席者からまばらに拍手も起きた。

「李総、本日は私からもたってのお願いがあって参上致しました」

淀んだ空気に警戒感が走った。所在なげにピアスを弄《もてあそ》んでいた李総が、一瞬厳しい視線を鄧に投げた。

「本日同行しております中国核電工程公司の技術顧問、田嶋伸悟先生よりご指摘を受け、工事の体制を見直す必要が出てきました」

取り巻きたちが色めき立ったが、李総は先を促した。

「遼寧省では五十数年ぶりという冬の嵐に見舞われ、紅陽核電の建設工事は大幅な遅れを取ってしまいました」

朱は先ほどまでの傍若無人な態度とは打って変わって、丁寧な口調で田嶋の発言を通訳した。

「被害は甚大で、北京五輪開幕時の運開という至上命題は極めて難しい状況になって参りました」

　ここまで話しても、誰の顔にも反応はなかった。

「それでも各方面のご協力により、遅れを取り戻す様々な対策を講じております。そこで、ＤＰＧの皆様にもぜひ、ご協力を賜りたいと思っております」

　田嶋はテーブルに置かれた水を含み、本題を切り出した。

「今後の工事に際して、いくつかの部門で新たな協力企業を加えて戴きたくお願い申し上げます」

　広間の温度が一気に下がったように思えた。

「新たな協力企業とは、何だ」

　先ほど鄧を恫喝した白が、相変わらずの高飛車な口調で質した。

「嵐によって破損した埠頭、各建屋の復旧工事、さらには原子炉とその周辺機器の製作について、貴集団に協力する形で専門企業を新たに参加させたいと考えています」

「我々では復旧ができないと言いたいのか」

　白は早くも喧嘩腰だった。

「そうではありません。紅陽核電には、限られた時間しか残されておりません。嵐の前から、工事は遅れ気味でした。ですので、助っ人を募る、というふうにお考え戴ければ」

田嶋は勢いに呑まれないように背筋を伸ばした。

「どこを加えるつもりだ」

「ＤＨＩと室蘭鉄鋼、およびその関連企業です」

白にとっては許し難いことなのだろう。怒りを露《あらわ》にしてテーブルに拳を打ち付けた。

「けしからん！　鄧副書記、あんた、こんな日本人の無礼を見過ごすのか」

「お言葉ですが白総経理、彼は今、核工の技術顧問として発言しております」

「だが、こいつはＤＨＩの人間じゃないか！」

出席者の間から口々に非難の声が上がった。隣で鄧が平静を保ってくれたお陰で、田嶋は動揺することなく広間が静まるのを待ち続けた。

李総がおもむろに咳払いした。

「田嶋さん、以前にあなたは、蒸気発生器の伝熱管の金属サンプルを提出するよう大連蒸気製作に依頼されたことがありますね」

「ええ。それが何か……」

「今回の申し出は、それと関係していますか」

「若干は。戴いたサンプルは仕様書とは異なる材質でした。他の部品でも、我々の要望とは異なるものがありました。こうした問題は我々核工側にも責任があります。改めて御集団の各企業に製造を依頼すべきなのですが、設計元であるアメリカのＷＣから、今回は、ＤＨＩと室蘭鉄鋼グループも参加するよう強い指示がありました」

ＷＣサイドに異論はなかった。彼らとしては設計書を売りつけただけで、実際の工事に関しては中国政府が責任を取るという言質《げんち》を得ていたため介入の意思はなかった。そうは言っても、彼らが関わった原発で不具合が生じれば、国際問題に繋《つな》がる。田嶋はＷＣの設計責任役員にねじ込んで、この言い訳を了承させた。

「つまり、業者変更はあなたではなく、設計者のＷＣの意向ということですか」

李総は呑み込みが早かった。

「おっしゃる通りです。それに業者変更をお願いしているのではありません。紅陽核電の受注企業は従来通り貴集団のまま、その下請けとしてＤＨＩと室蘭鉄鋼を入れてほしいと申し上げているのです」

出席者の表情が幾分緩んだように思えた。李総は白ら幹部とひそひそと耳打ちし合った。

「ＤＨＩや室蘭鉄鋼は了承しているのですか？」

「内諾は得ています。本日、ここで皆様の了承が得られれば、中国核電開発、ＤＰＧになり代わり核工が両社に正式に発注します」

「あんた、下請けと言ったな。ならば下請けとしての額しか払わないが、いいんだな」

白が鋭く突っ込んできた。

「はい、それでも両社はお受けしたいと申しております」

皆が信じられないと口々に言い合っていた。

実際、田嶋も信じられなかった。世界最大の原発に携わりながら黒子に徹するだけではなく、適正な価格も求めないなど業界の非常識もいいところだった。特に低価格での受注は、今後に悪例を残すことになる——。

だが、ＤＥＣの遠山にこの件を打診すると、快諾した。ＤＨＩや室蘭鉄鋼も了解していると言う。

——今回は儲《もう》け抜き。まあ、究極の日中友好だ。

遠山は電話で笑い飛ばしていた。

何かある。あの男にとって「日中友好」なんぞ、クソくらえのはずだ。政治的な駆け引きなどには疎い田嶋にも、きな臭いにおいが感じ取れた。しかし、それ以上踏み込まなかった。密約があったとしても、結果的に安全な原発が完成すればいい。

「さらに国家発展改革委員会より、世界に安全性を誇示するために、紅陽核電はＩＡＥＡ（国際原子力機関）の運開前の査察を受け入れたと、昨夜遅くに通達がありました」

つまり徹底した安全と精度の高さが求められます、と続けたかった。だが、その発言を呑み込んだ。田嶋が言わんとしていることは出席者にも十分理解されていると判断したからだ。

「少し時間をもらいます。隣の部屋でお待ち戴けるかしら」

李総が言うと、鄧は躊躇なく立ち上がった。田嶋としては、もう一押し説得したかったが、朱に促され席を立った。

◇　◇　◇

「何を揉めているんでしょうか？」

疲れと不安を隠しきれない様子で田嶋が訊ねてきた。

「分かりません」

百戦練磨の鄧にも展開が読めなかった。実際、田嶋はよくやったと思う。だが、ＤＰＧの連中が怒りと偏見を収めて現実的な判断を下すかどうかは、鄧にも分かりかねた。

控え室で待たされて、既に一時間余りが経過している。その間、二人はほとんど何も話さず、朱だけがノートパソコンを開いて何かを打ち込んだり、携帯電話が鳴って部屋を出入りするなど忙《せわ》しなかった。

李総が朱の態度を容認したことは良い兆候だと鄧は思っていた。いくら将来の主席候補とはいえ、朱の叔父・朱克明は、所詮は遼寧省の党書記に過ぎない。本来であれば、副首相夫人の李総が恐れる相手ではない。にもかかわらず、彼女は朱の無礼な態度を全て呑み込んだ。

噂では、夫である劉幹副首相の勢力が最近、急速に弱まっているらしい。また、今回の被災について党中央では、受注業者への責任追及の声が上がっているともいう。そんな状況だけに、ここはおとなしく鄧の申し出を受け入れるのが得策だと李総が考える可能性は十分あった。

さらに二時間近く待たされた挙げ句、ようやく彼らは呼び戻された。今度は応接室だった。待っていたのは、李寧寧一人だった。

「お待たせしてごめんなさいね。あれだけの大きな企業集団になると、話をまとめるのも大変なのよ」

彼女は満面に笑顔を浮かべて席を勧め、大切な訪問客をもてなすかのように自ら紅茶を用意し始めた。

「とんでもありません。我々の方こそ、ご無理を申しまして」

鄧は丁重に応じて相手の反応を窺った。彼女は優雅な手つきでカップに紅茶を注ぎながら、田嶋の方をちらりと見た。

「田嶋先生、先ほどの弊社の総経理の暴言を、まずお詫びいたします。私たちの過去には、色々蟠《わだかま》りもあります。ですが、もうそんな時代ではない。あの男にはそれが分かっていないんです」

鄧だけでなく、田嶋も目を剝いた。泣く子も黙る李総が、よりによって日本人に詫びている。こんなことはあり得なかった。

田嶋は恐縮しきったように、頭《かぶり》を振った。

「いえ、お気遣いは無用です。白総経理がお怒りになるのは、私にも分かります。技術顧問が日本人でなければ、もっとすんなり話は決まったでしょうから」

「ありがとう。で、結論ですが、お二人のお申し出をお受けします」

安堵感でも喜びでもなく、不気味な不安が鄧の胸に広がった。一方の田嶋は素直に感激したようで、恐縮しながら立ち上がると深々と一礼し、さらに李総の右手を両手で握り締めた。

「李総の勇気あるご決断に、心から感謝致します」

「私の目的は一つです。世界最大の核電を何としても五輪開幕に間に合わせ、偉大なる中国の凄さを世界に知らしめる。それだけですわ」

あまりにも嘘っぽかった。この国が滅びようが世界から注目されようが、彼女の知ったことではないはずだ。一生遊んで暮らせるカネと自身の名誉があればいい。

鄧は隣ではしゃぐ田嶋を冷たく眺めながら、李総の思惑を考えていた。

「田嶋先生、これからもよろしくお願いします。それと鄧副書記、少しお話があります。残ってもらえますか？」

声色とは裏腹に、李総の目は冷たかった。

「あなたも外して頂戴、小鈴」

朱が反論しようとしたが、鄧が制して二人を部屋の外へ追い出した。

二人きりになった途端、李総が豹変した。笑顔は消え、不機嫌を隠しもしなかった。彼女は煙草をくわえ、煙を鄧に吹き付けて罵《ののし》った。

「日本人の好き勝手にさせて、一体何ですか、この体たらくは！」

「お言葉を返すようですが」

「返さなくて結構、この無礼者！」

彼女は罵声と共に、火がついたままの煙草を鄧に投げつけた。

「あなたは、私にとんだ恥をかかせた。由々しきことよ。さらにあの小娘もね」

「私の不徳の致すところで」

「そう思うなら、あの小娘もろとも私の目の前から消えて頂戴！　言ったはずよ、余計なことをするなと」

まだ半分以上中身が入っているティーカップを投げつけてきたが、鄧は避けようとしなかった。ミルクティが一張羅の背広に大きな染みを作った。もう何を言っても無駄だと判断し、彼は黙って李総を見つめた。

「何、その目は。河南賊風情が、私を睨むとは、無礼千万」

カップがもう一つ投げつけられて口元で砕けた。妻の宋蓮と同じだった。見境なく怒りをぶつけてくる。

彼女は乱暴にテーブルに片足をかけると、身を乗り出して鄧のネクタイを引っ張った。カップの破片で切れた唇から数滴の血がテーブルに落ちた。

「いいこと、今度こんな恥をかかせた時は、ただでは済まないわよ。あんたをこの世から消すぐらい、造作もないいんだということを肝に銘じておきなさい」

そうじゃない、李寧寧。俺を本気にさせた以上、ただで済まないのは、あんたの方だ。

怒りの炎を悟られまいと、鄧は目を伏せた。

「至らない私を、どうかお許しください」

これは詫び言ではない。俺の宣戦布告だ。

第四章　柳絮《りゅうじょ》は風に

二〇〇七年五月／ウィーン

1

薄曇りのウィーンの空に綿毛が舞っていた。

「ほお、柳絮《りゅうじょ》ですね」

空中を軽やかに漂う柳の種に、田嶋は目を細めた。北京の短い春の風物詩が、ここではひと月ほど遅れて訪れるらしい。

田嶋と同行している中国人たちも、漂う綿毛を指差しながら嬉しそうに談笑していた。

「梅花は雨に　柳絮は風に　世はただ嘘に揉まるる」

田嶋と並んで歩いていた元経済産業省審議官の安在稔《あんざいみのる》の口から歌がこぼれた。経産省からIAEA（国際原子力機関）に転籍して事務局総務次長を務める安在は、紅陽核電幹部らの表敬訪問団の案内役を務めていた。

「何の歌です」

歌の文句に惹かれた田嶋は、粋人で知られる元審議官を見た。

「閑吟集《かんぎんしゅう》、室町時代の世捨て人による歌謡集だよ。こんな歌もある。〝なにせうぞ　燻《くす》んで　一期《いちご》は夢よ　ただ狂へ〟

しかし我々はそんな境地になかなかなれませんな」

久しぶりに会った懐かしさも手伝って二人で話し込んでいると、安在の部下が一行を呼びに来た。田嶋らはＩＡＥＡによる核電事前調査の招聘と、世界最大の核電運開をアピールするため、わざわざウィーンまでやって来たのだ。総勢二三人の中には、ＤＰＧ（大連鳳凰集団）のトップである李寧寧や鄧と朱、それに一行の様子を記録する中国中央電視台のクルーもいた。

訪問団のメンバーに指名された時、そんな暇があれば他にやるべき課題は山積みされていると田嶋は抵抗したのだが、いざ来てみると初めてのウィーンには心弾むものがあった。

厳重なゲートを抜けると視界が開け、万国旗はためくポールの前に大きな噴水が見えた。その背後に扇形に広がるビルが聳《そび》えていた。訪問団から感嘆の声が上がり、何人もがデジカメで記念撮影を始めた。

９・11以降、世界中でテロに対する警戒が厳重になっていたが、田嶋が想像したほどにはＩＡＥＡは過敏ではないようで、写真を撮る訪問団を咎める者はいなかった。一団から一人離れて田嶋はしみじみと原子力の砦を見上げていた。

IAEAは、一九五七年に発足した原子力技術の平和利用と科学技術を促進するための国際機関だ。五三年の国連総会で行われた、米国大統領アイゼンハワーによる「平和のための原子力（Atoms for Peace）」演説が設立のきっかけと言われ、核検認とセキュリティ、安全、技術移転の三本柱を軸に、国際的な〝核のお目付役〟を果たしている。二〇〇五年には、「原子力エネルギーが軍事目的に利用されることを防止し、平和目的のために安全に利用されることを確保した」功績に対して同機関と事務局長のモハメド・エルバラダイに、ノーベル平和賞が授与されている。

いわば原子力の〝良心〟の拠点の前で記念撮影を終えると、彼らは安在の後に続いて館内に足を踏み入れた。エレベーターに分乗し、スカイブルーの絨毯が敷かれた明るい廊下を進んで、広い会議室に案内された。

一行を待っていたのは、ナンバー2の事務次長ラルフ・ファイフと原子力部門の主要メンバー八人だった。中国側は事務局長との面談を熱望していたのだが、IAEA側は多忙を理由にセッティングをやんわりと断ってきた。

田嶋が仄聞《そくぶん》したところでは、将来の不測の事態を考慮しての判断が働いたらしい。だが、IAEA側は原発の最高責任者が応対するという言い回しで、中国側を納得させたようだ。

「皆様の厚い歓待に、心から感謝します」

訪問団の団長である国家発展改革委員会のエネルギー担当副主任・高学龍《ガオ・シュエロン》は、大仰に謝辞を述べた。双方の紹介が行われた後、中国核電開発の董事長《とうじちょう》から、紅陽核電工事の進捗状況の説明が始まった。

田嶋は技術顧問として上席を用意されていた。鄧は末席で居心地悪そうに説明を聞いている。三〇分以上にもわたって、誇張された経過報告を述べた高が、ようやく締め括りの言葉を告げた。

「二〇〇六年二月、地吹雪による被害で工期が大幅に遅れたこともありましたが、この一年あまりで、ほぼ予定の工程に戻せました」

そこで何人かのＩＡＥＡ職員同士が呆れたように顔を見合わせたのを、田嶋は見逃さなかった。

だから言ったのだ、工期の遅れを取り戻したことなんぞＩＡＥＡは評価しないと。むしろ突貫工事で工事が雑になったのではないかと疑われるだけだと。

しかし頭の固い幹部連中は、田嶋の意見を黙殺した。淀みなく発表を続ける董事長の顔も晴れがましそうに見えた。

「まもなく原子炉製作の下請け先である大亜重工業から、海路にて原子炉や蒸気発生器が届けられ、核電は最後の仕上げに入ることになります」

董事長が言い終わると訪問団のメンバー数人が拍手をしたが、IAEA側はその様子を怪《け》訝《げん》そうに眺めるばかりだった。

最初に切り出したのは、事務次長のファイフだった。英国政府で長年、原発行政に携わってきた切れ者と言われている。ノーブルな物腰で立ち上がったファイフは、まずは社交辞令を口にした。

「中国政府並びに紅陽原子力発電所が、我々の事前査察を快く受け入れてくれたことに感謝します。そして、このまま無事に運開されんことを祈っています」

原子力の番人と呼ばれるIAEAだが、彼らは世界中の原発全てを査察できるわけではない。六八年にNPT（核不拡散条約）が締結されたことによって、IAEAの立場は微妙に変化した。NPTとは、米露中英仏の核保有五カ国以外への、核兵器の拡散を防止する条約だった。そのためIAEAの強制力が及ぶのは、これら五カ国以外ということになる。むしろ保有国については、核兵器施設の査察は無論、原発すら査察する権利がなかった。つまりどのような状態で運転されていても口出しできないのだ。

もっとも実際は核保有国である五カ国も、IAEAの査察には協力している。しかし、それはあくまでも保有国の好意による査察という姿勢だった。日本をはじめとする非保有国では、全ての原発にIAEAの監視カメラが設置されていることに比べれば、寛容すぎる対応と言わざるを得ない。

ファイフがわざわざ丁重に礼を述べているのも、中国が事前査察を認めた〝好意〟への社交辞令だった。

高団長はさも当然のように頷いてみせたが、次に発言した原子力部長のジャック・オベールは鋭い質問で切り込んできた。

「貴発電所は、査察の時期を今年年末と申請されているが、可能なら運開ギリギリ、せめて出力一〇〇％の状況で拝見したい」

原発建設時の試運転は、限りなくゼロに近い出力で運転を開始し、以降三〇％、五〇％、七〇％と徐々に出力を上げるのが一般的だ。出力を上げる前には必ず一度停止し、徹底的に機器の状態を確認した上で、次のステージに進むことになる。

紅陽核電は出力三〇％段階をＩＡＥＡの事前査察の時期に指定している。世界からの非難を避けるため査察は受けるが、絶対的安全状態で見せて、そこから先は関与させないというのが、出力三〇％時査察の意味だった。

フランスが誇る原発エンジニアリング会社アレバで技術部長として長年務めてきた経歴のオベールは、紅陽核電の思惑を鋭く見抜いたようだ。

「それは、ちょっと」

高団長は苦しげに言葉を絞り出した。だが、オベールは容赦しなかった。

「世界最大の原発なんです。フルパワーで出力した時の凄さを、ぜひ拝見したい」

うまいことを言う。出力三〇％程度で査察に入っても、問題点はなかなか発見できない。彼らが一番気にしているのは、原発大国の日本やフランスですら実用化していない規模の原発を、中国が持つことへの危惧だった。

――正直言って、未だに我々は懐疑的だよ。本当にできるのかってね。

昨夜、夕食を共にした倉持憲行《くらもちのりゆき》は、渋い顔で釘を刺してきた。現在は原子力部でオベールの右腕を務める倉持は、かつて田嶋と一緒に原発を建設した仲間でもあった。

「いや、我々としては稼働直後にお見せしたい。これは既決事項のはずですが」

高団長が強面《こわもて》で突っぱねた。オベールは大仰に肩をすくめた。

「高団長、具体的な日程については、互いにじっくりとお話し合いをした上で最終決定をしましょうとお返ししたではありませんか」

オベールは洒落た老眼鏡越しに、憤然とする高を覗き込んだ。高は秘書や所長に向かって、小声ではあったがヒステリックな調子で何事かをまくし立てていた。

「技術顧問の田嶋さんはどう思われますか」

「どう、と言われますと？」

「世界最大の原発が運開するわけです。ならば、一〇〇％ステージでの試運転中の査察が妥当だとは思われませんかな」

物言いは柔らかかったが、オベールの目は笑っていなかった。田嶋は未だもめている高らを横目で見ながら立ち上がった。

「私の立場からは、貴機関の査察時期としていつが妥当かということは言えません」

「では、原子力に携わる者としてどうです」

オベールがあらたまって訊ねると、高の喚《わめ》き声が不意に止《や》んだ。田嶋は自分が置かれた立場につくづく嫌気がさした。それでも、真摯な態度で持論を口にした。

「個人的な意見を言わせて戴ければ、一〇〇％ステージで査察すべきでしょう」

背後から非難の声が上がった。だが田嶋が守るべきものは、中国人の面子《メンツ》ではなく、原発の安全性だった。そもそも技術顧問とは、安全に対する正論を貫くための存在だと彼自身は信じていた。

オベールは嬉しそうに首を縦に振っていた。その仕草が癪《しゃく》に障って田嶋は付け足した。

「ただ、これは極めて政治的な話です。この場で即決せず、結論は慎重にお願いしたい」

背中に集まった非難の視線は幾分弱まったようにも思えた。

「なるほど、ではひとまずここで休憩して、その話は午後からに致しましょうか」

訪問団の先導者である安在が、メンバーを食事に誘った。田嶋が同行しようとすると、すかさず高の秘書が近づいてきた。

「田嶋先生、恐縮ですが、昼食時に中国政府としての見解を検討しますので、ご遠慮願えますか」

政府の見解を検討する際には、必ず外される。今に始まったことではない話だが、田嶋を排除しながら、安在の引率は認めるという子供じみたやり方が不快だった。田嶋は憤りを込めて団長を睨んだが、高は視線に気づかないように背中を向けていち早く部屋を出ていた。

「一緒に食事でもどうだい」

二人のやりとりを見ていたのか、倉持が声を掛けてくれた。渡りに船、田嶋に断る理由はなかった。

「喜んでご一緒させてもらうよ」

田嶋が答えると倉持は手を挙げ、誰かに合図を送った。すると入口で集まっていた職員数人が戻ってきて、ドアが閉められた。同時に窓のカーテンが引かれて、スクリーンが下りてきた。

「悪いんだが、食事はここに運ばせるので、その前に見て欲しいものがある」

倉持の言葉が終わる前に灯りが消され、スクリーンに、東アジアの地図が浮かび上がった。地図には遼東半島の東岸にある紅陽核電が記されてあった。

「一体、何が始まるんだ、倉持」

不安を覚えて訊ねたが、倉持からの答えはなかった。

「これからお見せするのは、あるシミュレーションです」

スクリーンの脇に立つ男が断った。田嶋は緊張して唇を舐めた。

突然、地図上に示された核電の一帯が赤くなり、その染みは東側に広がって行った。

「ご存じのように、中国の原発で事故が起きた場合、その被害は事故が起きた場所から北東部に甚大な影響を与えます。赤く広がっているのは汚染の影響を示したものです」

彼らが何をシミュレーションしたか悟った田嶋は頭に血が上り、立ち上がって異を唱えかけた。その間にも赤い染みは朝鮮半島を覆い尽くし、着実に日本列島に近づきつつあった。

「最後まで見ろ」

倉持の抑えた声に、スクリーン横の男の声が重なった。

「中国の既存の原発は何れ《いず》も上海以南にあり、そのためこれまでは日本や朝鮮半島への影響はわずかでした。しかし紅陽核電でもしものことが起きると、大陸から吹く西風の影響で、最悪の場合では朝鮮半島で九万人が急性放射能障害で死亡する可能性があります。もちろん日本の被害も甚大です」

地図の片隅に、グラフが浮かび上がった。時間と共に増える死者数を示したものだった。解説者は続けた。

「さらに放射能を浴びることによってガンで死亡する人が北朝鮮で三〇〇万人、韓国で二五〇〇万人、そして日本で二八〇〇万人に達する可能性があります」

「一体何の話をしているんです」

見てはならないものを見ているようで、田嶋の喉がカラカラになった。

「けっして起きてはならない事故の話です。いや、田嶋さん、あなたには釈迦に説法であることは承知しています」

「まるで最初から紅陽核電で事故が起きると決めつけているような悪意を感じますな。しかも、このシミュレーションはゴフマン研究がベースになっているのでは」

田嶋は精一杯の異議を唱えてみた。だが誰も否定しなかった。J・W・ゴフマンは米国で原爆製造計画にも参加した化学者にして医師だが、原発事故における放射能汚染の影響を長年にわたって研究している。もっとも現在では、最悪のケースを前提とした彼のシミュレーションは過大評価と言われ、ＩＣＲＰ、国際放射線防護委員会は、実際は予想の約八分の一程度が妥当としている。

「悪意ではなく、心からの危惧です。田嶋さん、中国核電工程公司の技術顧問ではなく、一人の原子力のエキスパートとして、現在の紅陽核電の工事のやり方で、絶対に事故が起きないと断言できますか」

田嶋は不快感を露にしスクリーンを睨み付けた。

「原発に絶対はない。それは、皆さんもご存じのはずだ」

だが、部屋の中に二〇人近くはいる〝皆さん〟は誰一人、反応しなかった。唯一、スクリーン脇の人間だけが頷いた。

「確かに。だからこそ我々は、細心の注意を払って工事を行い、試運転を続ける。だが、連中の頭の中にあるのは、五輪開幕の日に運開することだけだ」

田嶋はカーテンを開けるよう倉持に求めた。部屋が明るくなり、意外なほどの大人数が集まっているのを知った。そこには原子力部長ジャック・オベールの顔もあった。腕組みしながら見つめている彼に、田嶋は食ってかかった。

「そこまで心配なら、こんな陰謀めいた回りくどい工作をせずに、団長に堂々と言えばどうです。このまま核電建設を突貫工事でやるのは即刻やめよと」

「それができないのは、あなたにもお分かりのはずだ」

「ならば、連中が、日本人技術顧問の話を聞かないのもご存じのはずだ」

「まあね。それでも、我々としてはあなたに託すしかないんだ」

「何を、です？」

「絶対に安全と確信するまでは、運開させないことを」

スクリーンのそばにいた若い職員が、オベールに代わって答えた。田嶋は思わず苦笑した。

「何かおかしいですか？」

「ええ、とても。いいですか、そんなことができたら苦労はしません。私が運開を阻止しようとしたら、連中は私を殺してでも運開を断行します」

「殺すとは、穏やかじゃありませんな」

オベールの戯《おど》けた物言いに、会議室に笑い声が上がった。

「穏やかじゃないですよ。五輪の開会式に間に合わせるというのは、彼らの至上命題です。それを邪魔する者は躊躇なく排除する」

「お察ししますよ、田嶋さん」

オベールが本当に察しているとは到底思えなかった。この男が心配しているのは、日本や朝鮮半島の人命の安全ではない。先進国だと勘違いしている極東の一国のせいで、彼のお国が誇る原発ビジネスが頓挫することを恐れているのだ。

田嶋の心の中の非難が聞こえたかのように、オベールが続けた。

「誰だってあなたの役回りなんてやりたくない。しかし、もしものことがあれば、あなたの国にも甚大な被害が及ぶんです」

俺は祖国の人命を人質に取られた上で、中国という巨人と一人で闘えと言われているわけか……。

「いや、それだけじゃない。たとえ事故が起きたのが中国であったとしても、世界中の全ての原発が停止を余儀なくされる。それぐらい事は重大なんだ。それを肝に銘じてくれたまえ」

肝に銘じたら、何かいいことがあるのか。

行き場のない怒りを堪《こら》えて見遣った窓の外で、柳絮が舞っていた。

――梅花は雨に　柳絮は風に　世はただ嘘に揉まるる
さっきは風情があるように響いた歌が別の意味に取れた。

風に乗って運ばれるのが、こんな綿毛なら誰も恐怖は抱かない。しかし風は死の灰をも運ぶのだ。そして、人は嘘ばかりつく……。

そう思った時、重くのしかかるような恐怖に田嶋は襲われた。

2

二〇〇七年五月／ウィーン

〝謎は三つだが、死は一つ〟

舞台上の群衆が歌う詞を席に設けられた字幕モニターで拾っていた鄧は、不意に胸が締めつけられた。

ウィーンの街の象徴ともいえる国立歌劇場の二階席で、ＩＡＥＡ表敬訪問団のメンバー全員が一様に身を固くして、舞台を見下ろしていた。鄧はあまりにも自分が場違いな存在に思えて、オペラを楽しむどころではなかった。生まれて初めての海外旅行だった。無論、オペラを観たこともない。だが今夜は特別に中国語で字幕化されたため、何とか鄧でも物語を追うことができた。

上演されているのはプッチーニの『トゥーランドット』だった。

チャイナナイトと称された今夜の公演には、ヨーロッパに駐在している中国人が大挙して詰めかけていた。各国の駐在大使、さらにＷＨＯ、世界保健機関などの国際機関に派遣されている国務院のエリートに混じって、鄧はオペラの殿堂にいた。

ヨーロッパ旅行は三度目という朱によると、プッチーニは一九世紀の半ばにイタリアのトスカーナ地方に生まれた作曲家だ。『トスカ』や『蝶々夫人』など、大衆に支持される作品を世に放ったオペラ界の巨人の一人だという。その彼の遺作として広く知られる『トゥーランドット』は王朝時代の北京を舞台に、姫の愛を勝ち取ろうとする王子の物語だ。各国の王子が美しい姫に求婚するたびに、彼女は三つの謎を投げ、全てを正解しなければ首を刎《は》ねると条件をつける。誰一人、謎を解く者が現れない中、カラフという異邦の王子が謎に挑む。

鄧も作品名だけは知っていた。一九九八年、故宮の労働人民文化宮で、映画監督として知られる張藝謀の演出による同作が上演されたからだ。当時、北京市の紀律検査委員会にいた鄧は会場整理の応援に駆り出され、世紀の上演に立ち会った。

今夜は、大胆な演出で舞台上に巨大な天安門が出現し、観客を沸かせていた。

絢爛たる衣裳を身にまとったトゥーランドット姫が登場した。

〝お姫様！　お慈悲を〟

謎が解けず断頭台に上ることになった王子を哀れむ群集の声を無視して、姫は刑の執行を命じていた。

——まるで、李総だ。

姫の冷徹な目を見た鄧は、反射的に感じた。皮肉なものだ。八〇年以上前にイタリア人が創り上げた姫そっくりの冷酷な女が、今まさに俺を苦しめている。

一年余り前、副首相夫人であり、大連最大の企業グループＤＰＧの総帥でもある李寧寧の逆鱗《げきりん》に触れてしまった。精度の高い核電工事はＤＰＧには無理、という田嶋技術顧問の意見を鄧が聞き入れたためだ。以来、ことあるごとに彼女は妨害を仕掛けてきた。

そもそもＤＰＧの安全基準に問題があったにもかかわらず、彼女は冬の嵐で受けた被害を補償するよう鄧に詰め寄った。請求先は核電工事を発注している中国核電開発だと言っても、彼女は取り合わず、鄧を責め続けた。

さらに、工事の遅れを取り戻すため、親友の黄《ホアン》に頼んで、土木工事に慣れた河南省出身の民工を助っ人として入れたところ、元いた民工たちの面子を潰したと和解金まで求められ、挙げ句に作業員宿舎の再建費用についても圧力をかけてきた。〝下請け〟という形で、ＤＰＧを陰で支える日本企業に対する横暴も後を絶たないようで、彼女の無理難題を止めてくれるように、田嶋から何度も頼まれた。

その大半は、鄧が担当する案件ではない。だが、李総が彼を呼びつけて命令を出すため、逃げようがないというのが実状だった。

〝私は勝ちたいのです〟

〝栄光に満ちて勝ちたいのです〟

舞台上では勇ましい異邦の王子が、姫への求愛を諫《いさ》める父王に向かって高らかに宣言していた。

俺はそんな風に思ったことがあったろうか。いや、俺の人生に一度も〝勝利〟はなかった。あるのはただ一つ、〝生き抜く〟ことだけだ。だが、現在の状況を生き抜くには、李総に打ち勝つ以外に方法がなかった。

ドーンという銅鑼《ドラ》の音が鳴り響き、人目も憚《はばか》らず居眠りをしていた表敬訪問団員らが目を覚ましたところで第一幕が終わった。

「やっぱり本場は違いますね」

興奮した朱が嫌がる鄧を無理矢理ロビーに誘った。ロビーは華やかな正装に身を包んだ観客で溢れ、鄧の冴えない灰色の背広はかえって目立った。朱は、そんなことも気にならないかのようにはしゃぎ、鄧を壁際に待たせてカウンターに向かった。ウィーンでは彼女一人が元気だった。

確かにこの街は、彼女に合っている。

大胆に背中があいた真っ赤なドレスを着た朱を眺めながら、鄧は彼女にはこんな華やかな場所で生きて欲しいと思った。

不意に誰かの視線を感じて、辺りを見渡した。反対側の壁際に立つ田嶋と目が合った。IAEA本部に行ってから、田嶋の覇気が失せたようだ。最初は、訪問団の会議から外されたためかと思ったのだが、どうもそうではないらしい。

昨夜、李総が主催したパーティに参加したのも田嶋の会社のトップだけで、本人は体調が悪いと、ずっと独りで部屋に閉じこもっていたらしい。

今、こちらを見つめている顔も冴えなかった。どんな事態が起きても明るさを忘れない男にしては珍しかった。何か話したいのではないかと思い彼に歩み寄ろうとしたが、両手にシャンパングラスを持った朱に阻まれた。

「お待たせしました！　乾杯しましょう」

彼女は有無を言わさず鄧にグラスを渡すと、自分のグラスを重ねた。

「音楽の都に！」

彼女の肩越しに田嶋を目で追ったが、一方の田嶋も隣の男に話しかけられたようで、またいつもの笑顔に戻っていた。

「私、リュウの気持ち、とても分かります」

意味が分からず、視線を目の前の朱に戻した。

「誰の気持ちだって」

「リュウですよ、カラフ王子に仕える女奴隷です。彼女、たった一度カラフに微笑んでもらっただけで、彼に一生を捧げようと決心するんです」

「あり得ない話だな」

まだ田嶋のことが気になっていたが、鄧の意識を引き戻すように朱が畳みかけてきた。

「そんなことありませんよ、副書記は女心が分からなすぎます」

彼女の瞳は、普段とは違う熱を帯びていた。今夜の彼女は格別に美しい。自分の胸が騒ぐのに戸惑い、少し後ずさりした。

「逃げないでくださいよ、副書記。私はリュウのような気持ちで副書記にお仕えしているんですから」

「おいおい冗談は」

さらに後ろに下がろうとする鄧の腕を朱は抱え込むように摑んで、丁度通りかかった同行のカメラマンに声をかけた。

「一枚、お願い！」

彼女は言うなり、さっと寄り添ってカメラに収まった。朱の大胆さに面食らい、慌てて彼女から離れた。不意に嫉妬深い妻の顔が浮かんだ。

内憂外患、俺の周りは難題ばかりだ。

そうは思いながらも、彼の腕にしがみつき嬉しそうにはしゃぐ朱の温《ぬく》もりとさわやかな香水の香りに、長い間忘れていたときめきのようなものを感じていた。

「お似合いですよ、お二人さん」

カメラマンに冷やかされて、珍しく苦笑いが浮かんだのもそのせいだった。

「副書記、ウィーンに来て初めて笑いましたね」

朱は手にしていたシャンパングラスを、もう一度鄧のグラスに重ねていた。

「何の真似だ」

「副書記の素敵な笑顔にですよ。私、前から思ってたんです。副書記の笑顔って、とても可愛いって」

言ってくれる。鄧は無理に仏頂面を作ろうとしたが、弾《はじ》けるような朱の笑みに釣られるままに顔が緩んでいた。解放感——。久しぶりにそんな感覚が、体の中を駆け巡っていた。

俺はここに大切な仕事で来ているのだ。浮かれている場合じゃない。この街がいけないのだ。何もかも着飾り、そして誰もが笑顔を振りまいている。こんな堕落した街に毒されてはならない。

近寄ってきた知り合いと話し始めた朱を置いて、鄧は一足先に席に戻り、再び表情のない灰色の仮面を貼り付けた。

二幕目のクライマックスは、姫の難題をカラフ王子が次々と解き、彼女に求婚する場面だった。

〝毎夜それは生まれ、毎夜それは消えるもの――〟

最初の難題を聞いて、鄧の脳裏にある言葉が浮かんだ。ほぼ同時にカラフ王子が同じ言葉を言った。

〝それは、希望〟

姫は正解に驚いたが、鄧はこんないとも簡単な問いを難題と称した作者を嘲笑《あざわら》った。

希望――、それは俺が祖国で一生持てそうにないものだ。いや、そもそもそんなものの存在すら知らない中国人だってたくさんいる。

先進国は、中国の繁栄の陰で深刻化する格差社会に注目しているようだ。だが、中国に格差なんぞない。富める者と貧しき者は、それぞれ別の国の民なのだ。彼らは互いの存在を見ようともしないし、見えたところで何も感じない。その無関心こそが、大中華を支えているのだ。

にもかかわらず、鄧は希望をずっと追い求めてきた。文革で下放された父が、忘れてはならない言葉として彼ら兄弟に教えたからだ。

──希望とは、人が生きる原動力だ。どんな酷い目に遭っても、どんなに貧しくても、希望を失ってはならない。そして、人々から希望を奪う者がいれば、我々は勇気を持って闘わなければならない。

その父の口癖のせいで、兄は六・四（天安門事件）で命を落とした。

──あんたが兄さんを殺したんだ！

兄の死を知った時、父を罵った。

──そして、俺の希望も奪った。

兄が六・四に関与したため、鄧は合格していた大学から入学を拒まれたのだ。以来、父も鄧も希望という言葉を二度と口にしなかったが、実際は一日たりとも忘れたことはなかった。岳父にどれほど媚びようと、妻に罵られようと、希望のために耐えてきた。

だが、やはり希望は消えるものらしい。物語が進むにつれ、鄧にとってのトゥーランドットとは、李総だけではないような気がしてきた。もっと巨大なもの、すなわち、中華人民共和国という巨大な赤い闇こそが、俺のトゥーランドットなのだ。そして、こいつはオペラのような生やさしい問いではなく、至難をぶつけ、俺の全てを奪おうとしているのだ……。

──勝ちたい！

心の中で鄧は叫んでいた。栄光に浴さなくてもいい。泥塗《まみ》れでいい。ただ、俺は勝って生き抜きたい。希望のために闘い、愚かな弟を全身全霊で愛してくれた亡き兄のために……。

ブラボー！

会場の至る所から歓声が沸き上がり観客が総立ちになった時、鄧は妄想から覚めた。隣で朱も立ち上がっていた。彼女は感極まって泣いているようだった。

そう、この天真爛漫なお嬢さんのためにも俺は勝たねばならないんだ。

鄧は周囲に合わせるように立ち上がり、何に対してかも分からず拍手を始めた。

劇場を出ようとしていた時、田嶋から声をかけられた。先ほどとは別人の明るい笑顔だった。

「鄧さん、どうです。我々の核電にトゥーランドットと名をつけたら」

胸の内を見透かされたかのようで、思わずつっけんどんに返事してしまった。

「我々にそんな習慣はない」

「我々も同様です。しかし、無理難題ばかり吹っかけて王子をいじめ抜くトゥーランドット姫は、まさに紅陽核電そのものじゃないですか」

「なるほどね、私は寧寧おばさまが浮かんだんですけど、紅陽核電の方がぴったりかも」

一行の中に「寧寧おばさま」すなわち李寧寧がいることなんぞ気にもせずに、朱はあっけらかんと言い放った。田嶋もつられて笑い声を上げた。調子に乗った朱が続けた。

「じゃあ、田嶋さんはカラフですね」

「いやあ私は、あんなできた人間じゃないですよ」

「でも、我らがトゥーランドットの無理難題をいつも解決してくださっているじゃないですか」

「解決とはほど遠い。そういう意味では、私より鄧副書記の方が遥かにカラフに相応《ふさわ》しい」

「まあ、田嶋さん、お上手ですね」

朱は嬉しそうに鄧の腕に触れた。

「とんでもない、本心からですよ。そうすると朱さんはリュウということになりますかな」

朱の顔が真っ赤になり、彼女は照れくさそうに田嶋の肩を叩いた。鄧はますます不機嫌になり、それを隠そうともしなかった。

「戯《ざ》れ言を現実世界のたとえにするのは止《よ》してほしい。それより、田嶋さん、何か私に話があるのでは」

一瞬、田嶋の表情が曇ったように見えたが、すぐにいつもの笑顔に戻って頭をかいた。

「さすがに鄧副書記。あなたには、どんな隠し事もできませんなあ。どうです、ちょっと一杯つき合ってもらえませんか」

「この後のパーティをどうするんです」

「なに、近くのホテルのバーで一杯ひっかけるだけでいい」

田嶋はクロークでバッグを受け取ると、歌劇場近くにある宮殿風の建物に鄧を誘った。

「ブリストルという高級ホテルにうまいスコッチを飲ませるバーがあるんですよ。一杯だけ、それで用件は済みます」

いつになく強引な田嶋の態度に緊急性を感じた鄧は誘いに乗ることにし、先にパーティ会場に行くよう朱に告げた。

ホテル・ブリストルは、鄧をヨーロッパ貴族の館に紛れ込んだような気分にさせた。田嶋は勝手を知った様子でバーを目指した。薄暗いバーは、オペラ帰りの客が既に大半の席を埋めていた。奥まったところにあるテーブル席に腰を下ろすと、すかさずボーイが注文を取りに来た。

「私はマッカランの一六年にしますが、鄧さんはどうしますか」

鄧は肩をすくめて同じものを頼んだ。

「さて、お察しのいい鄧さんには単刀直入に申します。実は昨日、ＩＡＥＡの連中から、とんでもないシミュレーションを見せられました」

田嶋はバッグの中からノートパソコンを取り出した。

「オペラ見物にパソコン持参というのも無粋なんですがね。一刻も早くあなたに見せたかったんです」

彼はパソコンを開くと、画面を鄧の方に向けた。

「連中はご丁寧に、紅陽核電で事故が起きた際のシミュレーションを作ってくれました」

画面上に遼寧省の地図が浮かび上がった。やがて紅陽核電の辺りから赤い染みが広がり、見る見るうちに日本にまで及んだ。

「最悪の事故の想定です」

鄧は食い入るように画面を見つめた。地図の横に棒グラフが現れて数字のカウントと共にグラフが伸びた。

「死者の数です。連中は敢えて貴国のデータを入れていません。ただ、朝鮮半島ですら、急性の放射能障害で九万人もの死亡者が出ると分析している。遼寧省内の死者は、とんでもない数になるでしょう」

鄧は怒りにまかせて乱暴にパソコンを閉じた。

「これは由々しき誹謗だ!」

鄧の声がよほど大きかったようで、他の客の視線が集まった。田嶋が両手を広げて彼らに詫びると、頃合いを見計らったように酒が二人の前に置かれた。

「誹謗と非難するのはご自由です。また、このシミュレーションは、この手の研究の中では最悪の係数で計算されています。つまり明らかに悪意がある。問題はそういうことじゃない」

田嶋は一度言葉を切ると、乾杯するようにグラスを掲げてから酒を舐めた。

「何が言いたいんです」

鄧がいきり立つのを宥めるように、田嶋は酒を勧めた。

「まあ、一口やってください。ちょっとは落ち着く」

酒を一気にあおると、焼けるような熱さが喉の奥を焦がした。

「なんて飲み方をするんです。これは白酒じゃないんですよ」

噎《む》せている鄧を気遣って、田嶋がバーテンに水を頼んでくれた。

「いいですか、鄧さん。こんな悲惨な事故は、私が絶対に起こさせない。むしろ問題は、世界が本気で心配しているということです」

「心配しているとは、私にはとても思えない。これは我々をバカにしている証《あかし》だ」

幾分喉の痛みが治まった鄧は、厳しい口調で反論した。

「私もそれは認めます。ただ、連中を敵に回しても得る物はない」

「得る物？」

「そうです。紅陽核電が世界一の原発となるためには、安全面でも世界一であることを証明すべきです」

「完成すれば、証明できる」

鄒の飲み方を咎めたくせに、田嶋も酒を一気に流し込んだ。

「それじゃ遅いんですよ、完成前の試験中に、しかも出力一〇〇％の時に査察を受け入れるべきです」

——私は勝ちたいのです。

脳裏に、カラフの言葉が蘇ってきた。

鄒は大きなため息をついて、そばを通ったボーイに身振りで二人分のお代わりを頼んだ。

3　二〇〇七年五月／ウィーン

どうやってホテルまで戻ってきたのか、定かではなかった。部屋に戻っても灯りもつけず、鄒はソファに崩れるように座り込んでいた。

結局、中国大使館主催のレセプションには顔も出さなかった。とてもそんな浮かれた気分にはなれなかった。

「顔出しだけしてきますよ」という田嶋と別れ、さまようようにウィーンの夜の街を歩いてホテルまで辿り着いた。頭が空っぽで何も考えられなかった。空っぽなのは心も同様で、麻痺して感情が湧いてこなかった。

世界最大の核電を建設する――。北京でその話を聞いた時、いかにも中国らしい大法螺《ぼら》だと信じて疑わなかった。何でも一番が好きな国なのだ。自分たちが先進国の仲間入りをしたと思い込みたい連中が大勢いる。そういう連中の与太話であれば珍しくもない。

したがって、国家発展改革委員会の専門家から説明を受け、完成予想図を見せられても、鄧には「あり得ない」という拒絶反応しかなかった。

経済について詳しくはなかった。それでも、河南省時代には鉄工所で働いたこともあるし、様々な潜入捜査の際に、成功しているというメーカーのハイテク工場などを見たこともある。だがどこも最新鋭と言いながら、実体はおそまつな限りというのが実情だった。中国産の工業製品の大半は外資系との合弁によるものか、あるいは違法コピーの産物だった。そんな国が世界最大の原発を造るなんて、どう考えても〝悪い冗談〟としか思えなかった。

実際、説明を受けた時に、自身の疑問を専門家にぶつけてもみた。

「本当に、中国にそんな施設を持つだけの力があるんですか」と。専門家たちは渋い顔で直接は答えず、ただ「これは力の問題ではなく、国家の威信の問題である」と突き放した。結局、参考資料として見せられた旧ソ連のチェルノブイリ事故の生々しい写真の印象だけが、しっかりと刻まれてしまった。

だからこそ、田嶋からシミュレーションを見せられても、本心では驚いていなかった。それどころか「やっぱり俺の危惧は正しかったんだ」と納得したほどだ。

彼がショックだったのは、IAEAのやり方だった。

「このシミュレーションには、明らかに悪意がある」

田嶋の言う通りだった。これは紛れもない、いじめだった。

中国ごときが先進国を差し置いて、世界最大にして最新鋭の原発を持つなんぞ、一〇〇年早い！

彼らはそう言いたいのだろう。ならば、堂々と言えばいい。いや、むしろ言って欲しいと思っている。

なのにIAEAの連中は表向きは建設に反対していない。一体、この卑劣さは何だ。なぜ、正面切って、中国の勘違いを糺《ただ》そうとしないんだ。

「そうだ、俺は連中のやり方が、許せないんだ」

声に出して拳で膝を打ってみても、湧き上がってくるのは虚しさばかりだった。

「そもそもあのシミュレーションを、なぜ俺たちにではなく、日本人技術顧問にだけ見せたんだ。これも許せない！」

だが、そうだろうか。もし、プレゼンテーションの場であれが披露されれば、おそらく訪問団は即座に猛烈な抗議をして、ＩＡＥＡを激しく非難するだろう。だからこそ訪問団の中で、厳しい現実を唯一理解できる人間に、彼らの危惧を託したのだ。

「だとしても、許せない。連中は、俺たちを同じ人間として見てないんだ」

そうだ、自分の虚無感の原因は、それだ。俺たちは、ウィーンでは人間として認められていない。結局オリンピックを開催しても、世界最大の核電を運開しても、中国なんて国は、存在していないも同じなんだ。

「何が希望だ！　何が〝私は勝ちたい〟だ。そもそも俺たちは、勝負の舞台にすら立たせてもらっていないんじゃないか」

そう叫ぶと激しく髪をかきむしった。

「あの、副書記」

ノックと共に聞こえた声で我に返った。

「朱鈴です、入ってもよろしいですか」

ドアを開けて朱を招き入れると、鄧は自らの醜態を取り繕うように煙草をくわえた。

「前を通りかかったら、お声がしたものですから」

彼女は窓際のスタンドを灯して、心配そうに鄧の顔を覗き込んだ。

「レセプションにいらっしゃらなかったので心配してました。田嶋さんは、ちょっと疲れたようだよと、おっしゃっていましたが」

そうやって気遣われるのも疎ましく、彼女から顔を背けて煙草に火をつけた。

「副書記と一緒に飲もうと思って、ワインを一本、会場から失敬してきたんですけど、いかがですか」

鄧が答える前に、朱は丸テーブルに赤ワインのボトルを置くと、ミニバーからワイングラスを二つ持ってきた。濃いルビー色の赤ワインをグラスになみなみと注ぐと、鄧の前に差し出した。

「ウィーン最後の夜に乾杯してください」

「とてもそんな気分じゃない」

唇を歪めて返した言葉は無視され、彼女はグラスを突きつけたまま鄧が受け取るのを待っていた。

「話してください」

「何をだ」

「あなたがこんなに打ちひしがれている理由を」

「ちょっと疲れただけだ」

丸テーブルにあったスタンドに光が灯った。

「ちょっと疲れたなんて顔じゃないですよ。今にも死んでしまいそう」

彼女はすぐそばにしゃがみ込んでいた。

「副書記はいつもそうです。辛いことは全部自分の胸にしまい込んでしまう。私、そういうの辛い」

彼女のか細い手が、鄧の膝に触れた。

「それは君の職務ではない」

「職務ですよ。いえ、違うかも知れません。でも、私は、あなたの全てを知りたい」

胸の奥がザワザワし始めたのを感じて、鄧はワインを一気に飲み干した。濃厚な味わいが、逆に胸のざわめきを加速させた。

「そうやって目を逸《そ》らさないで。私、いつまでもあなたのおそばで生きていたいんです」

「止《よ》さないか」

耐えきれなくなって鄧は立ち上がった。その拍子に朱がバランスを崩し、尻餅をついてしまった。

「悪かった」

思わず彼女を抱き起こした瞬間、彼女の両腕が鄧の首に巻き付いた。数センチ先に憂いを漂わせる朱の顔があった。

「朱鈴、やめるんだ」

「やめません。私、あなたを幸せにしたいんです。あなたのためならリュウのように命だって惜しくない」

「朱」

そこで、朱鈴の唇に塞《ふさ》がれてしまった。

抵抗できなかった。酔いのせいなのか、絶望的な精神状態のせいなのかは分からなかった。

ただ、単純に朱が欲しかった。

激しくむしゃぶりついてきた朱に、彼女以上の激しさで応えた。彼女の情熱的な舌に自身の舌を絡めた。絶望も虚無感も全て忘れて、彼女に溺れていった。

4

二〇〇七年五月／ロサンゼルス

暗闇の中の青白いライトが脚線美を浮かび上がらせた。楊麗清はカメラをもう一度覗き込んでから声を張り上げた。

「もっと躍動的に動いてよ」

「その前に、ちゃんと顔にもライト当ててよ」

モデルの苛立つ声を無視して、麗清は音楽担当にキューを出した。

助監督がそれを受けて、「スタート！」と叫んだ。スタジオが暗転し、ビートの利いたサウンドが鳴り響くと、モデルが体でリズムを刻み始めた。

いいわ、その調子よ。

モニターの中のモデルの動きに勢いがつくと、麗清はストロボライトを顔に当てるようADに指示した。

だがライトが当たるなり、せっかくの躍動感はぶち壊しになった。しかもライトのタイミングが間に合わず、美しい脚線のインパクトまで台無しになった。

「カット！」

彼女は立ち上がると、両手を広げて撮影を中断させた。

「何度言ったら分かるの。自分でリズムを刻んで、光が当たる前に表情を作るように言ってるでしょ！」

やにわにモデルがステージから飛び降りて怒鳴り返してきた。

「偉そうに言うけど、そんな神業できるわけないでしょ」

「プロならやれるわ」

「何ですって！」

怒りで歪んだ金髪モデルの顔が、麗清の鼻先まで迫ってきた。彼女は全く怯まず相手を睨み付けた。

「一流のプロならね」

いきなりモデルが摑みかかってきた。軽く右手で払っただけだったが当たり所が悪かったのか、モデルは大げさに尻餅をついた。

「何すんのよ！」

「別に顔はなくてもいいのよ。ストッキングのＣＭなんだから。それを、おたくのマネージャーが頼み込むから、あなたのきれいなお顔が映えるカメラワークを考えたの。でもできないなら、やめるだけよ」

冷たく言い放った麗清に再びモデルが摑みかかろうとした時、プロデューサーが間に入った。

「もう少し大人になれ」

諭《さと》されたのは、麗清の方だった。彼女は信じられないという顔で脂ぎった男を睨んだ。

「彼女の顔にライトを当てるのは、クライアントの要望でもあるんだ」

「それでストッキングが売れなくてもよければ」

「そこを上手にやるのが、プロだろ。カメラドールの勲章が泣くぞ」

麗清は歯を食いしばって男を一睨みし、背を向けた。

「一五分、休憩よ。誰か、このアホ女に、タイミングの取り方教えてやって頂戴」

捨て台詞のように吐き捨てて、麗清はスタジオ棟を出た。

目が眩むほどの日差しが襲ってきた。澄み切った青空が憎らしかった。思えば二年前、カンヌで見た空も青かった。空の青さはカンヌと変わらなかったが、その下にいる自分の置かれた立場はあまりにも違いすぎた。

今の私は、ターナーの絵のように鈍色《にびいろ》に塗りつぶされた世界で行き詰まっているのに、どうだ、このロスのドライで脳天気な青空は。麗清は、怒りを紛らわそうと薄汚れたスタジオの壁にもたれかかって煙草をくわえ、澄み切った青空に煙を吹き上げて汚してやった。

自力で始めた映画『天安門』のスポンサー探しは、何一つうまくいかなかった。やがて、資金集めのためと、何でもいいから映像を撮りたいという欲求に負けて、安手のテレビドラマやCM撮影の仕事を請け始めた。だが、どれもこれも駄作ばかり。自分らしい視点も切り口も叶わなかった。それでも酒や薬に溺れなかったのは、どんなことをしても、『天安門』を世に出したいという執念からだった。

「レニ、お客さんよ」

マネージャーの声で顔を上げた麗清の前に、場違いなスーツ姿の男が二人立っていた。麗清は煙草をくわえたまま二人を見た。

「何か」

「楊麗清さんでしょうか」

仕立ての良いスーツを着た若い東洋人が、英語で話しかけてきた。

「ええ、あなたたちは?」

「BOCのPR部長、周啓徳《ジョウ・チードウ》と言います」

「BOC?」

「北京オリンピック組織委員会、Beijing Olympic Committee のことです」

周と名乗った男が礼儀正しく名刺を差し出した。

「あなたに是非、お願いしたいことがありまして」

「PR映画の相談なら願い下げよ。私は、もうコマーシャルにはうんざりしているから」

麗清は煙草を地面に落とし、ふさぎの虫になっている自分も一緒に踏み潰した。

「あなたに公式記録映画を撮って欲しいと思って北京から来ました」

言葉の真意を測ろうと、麗清は頭半分背の低いPR部長の顔を覗き込んだ。

「私に何をさせたいですって」

「楊麗清先生に、北京五輪公式記録映画の総監督を、是非お願いしたい」

聞いた途端、笑いが込み上げてきて、ごまかすように空を見上げた。

「私の英語が変でしたか？」

「あなた、自分が何を言っているのか分かっているの」

乾いた笑い声と共に麗清は嚙みついた。

「もちろん」

周は白い歯を見せた。

「分かった、お話を伺いましょう」

いきなり周は両手で、麗清の右手を握りしめた。

「ありがとうございます！　では、早速ですが」

勢い込んで本題に入りかけた五輪PR部長を、彼女は冷たく制した。

「ここじゃダメ。それに、私は仕事中なの。ビバリーヒルズホテルのスイートを取って。周啓徳さんの名前でね。一九時にロビーに行くから、迎えに来て頂戴」

一泊八〇〇ドル以上という高級ホテルのスイートで会うことで、麗清は彼らの本気度を測ろうとした。

周の後ろにいた初老の男が、手帳にメモをしていた。周は北京語で男に時間と場所を伝えた。どうやら周の方が立場が上のようだ。

「では、一九時前に、ロビーでお待ちしております」

周は中国人らしからぬ明るい印象を残して去った。彼らの姿が見えなくなるまで見送った後、麗清はもう一度空を見上げた。

さっきまでは恨めしかったロスの青空が、「チャンスを摑め！」とエールを贈っているように思えた。

麗清は約束より三〇分も早くホテルに到着した。とっとと撮影を済ませた後、急いで自宅に戻り、シルクの黒いドレスに着替えていた。

創業一九一二年という老舗のビバリーヒルズホテルは別名ピンクパレスと呼ばれ、ビバリーヒルズ随一の高級住宅街のサンセットブールバード沿いに広大な敷地を持つ高級ホテルだった。ロック好きの麗清にとっては、イーグルスのアルバム『ホテル・カリフォルニア』のジャケット写真のイメージが強かったが、映画『プリティ・ウーマン』の舞台でもあった。

長身痩軀を引き立てる大胆なデザインのドレスに身を包んだ麗清を、ベルボーイは恭《うやうや》しく迎え入れた。彼女は自身の緊張を解きほぐすように笑みを投げて、赤い絨毯のロビーに入った。

周が見当たらなかったので、一人でポロラウンジの屋外の席に着いてピンクマルガリータを頼んだ。

彼女の頭の中では、一つの疑問がずっと渦巻いていた。

なぜ、私に北京五輪公式記録映画総監督などという大役が巡ってきたのか。

カメラドールを獲った頃ならまだしも、次はいつ映画が撮れるか分からないような〝忘られた監督〟を、起用する彼らの気が知れなかった。

「きっと何かあるわ」

心の中で呟《つぶや》いた言葉が、口からこぼれ落ちた。ちょうどボーイがカクテルを持って来たところで、彼は「何でしょうか」と訊ねた。

「いえ、こっちの話。ありがとう」

彼にチップをはずむと、麗清はトロピカルピンクの酒を舐めた。グラスの飲み口に付いた塩とマルガリータの甘みが混ざった味は、今の心境そのものだった。

ついにチャンスが来たという興奮と、人生は甘くないという自戒——酒に説教されている気分だった。

最初は、今なお復縁を迫るテッドの策略かと考えた。だが、さしもの彼も北京市政府を動かせるほどの力はない。

次に考えたのは、誰かに担がれている可能性。何事においても桁外れのハリウッドは、冗談や悪ふざけも半端じゃない。だが、この街にそんな知り合いはいない。

そこで、麗清はある答えに行き着いた。

「そうか、そういうことね！」

今度は、周囲の客たちに軽く睨まれた。麗清は顔を赤らめることもなく、むしろ挑発するように酒をあおった。甘さの中に潜んでいたテキーラが喉を焦がしたが、煙草をくわえて苦みを呑み込んだ。

仕掛け人は、両親じゃないか——。

ここ二年ほど麗清は一度も祖国に戻っていない。その間、母が二度ロスに来て、そろそろ帰ってこないかと、やんわり切り出しもした。

前に会った時に、母は外交部でオリンピック対策委員会の副委員長に就いたと言っていた。その職権を使えば、ＢＯＣのＰＲ部長が、ロスくんだりまで口説きに来たのも理解できた。

だが、そういう話なら、この誘いは断るしかない。

「何で断るの」

今度は声を抑えて自問した。黒幕が誰であったとしても、このオファーはいい話じゃないのか。商業映画に背を向け、コマーシャル撮影にうんざりしているんだ。五輪の記録映画の監督は、キャリアとしては願ってもないじゃないか。

「でも私は記録映画監督じゃない」

目先の栄光に飛びつこうとする自らを諌《いさ》めた。

麗清自身が目指すのは、ドキュメンタリータッチのシリアスなエンターテインメント作品だった。真実を撮っているという勘違いの自負だけが目立つような重い映画は、自分の性に合っていない。リアリティの中で、ヒリヒリするようなドラマを展開させたい。

それ以上に、撮る映画まで両親に与えられる自分が情けなかった。

「こちらにいらっしゃいましたか」

見上げると笑顔の周が立っていた。約束通り、彼らは最高級のガーデンバンガロースイートに彼女を招き入れた。センスの良い落ち着いた色調の部屋だった。窓の外にビバリーヒルズ名物のパームツリーが見えなければ、ロスにいることを忘れてしまうような空間だった。

「お気に召しましたか」

不動産業者のように部屋の中央で両手を広げた周が、大仰に訊ねた。麗清は顔をしかめただけで内心の感激をごまかした。

「まあ、いいんじゃないの」

彼女はソファに体を沈めると、周に本題に入るよう促した。

「食事でもしながらどうですか？」

「いえ、話が先よ。悪いけど、私はこう見えても忙しいの」

周は嫌な顔一つせず、彼女の前にあるアームチェアに腰を下ろした。昼間も付き添っていた初老の部下は、壁際の椅子に静かに座った。

「二〇〇八年に北京で開催されるオリンピックの公式記録映画の総監督を、先生にお願いしたい」

暫し相手の真意を窺うように、麗清は周をじっと見つめた。

「本気なの」

「私は、冗談を言うために、ロスにやって来たわけじゃありません」

確かに。彼がこの部屋を予約したことでも証明されている。だが、それでも彼女は信じがたかった。

「中国には世界的巨匠がたくさんいるじゃない。彼らの方がよほど相応《ふさわ》しいわ」

「我々はあなたにお願いしたいんです」

「我々って？」

「BOCならびに公式記録映画推進会議です」

どうやら本気のようだった。

「なぜ」

「あなたが中国を愛しているからです」

眉一つ動かさず、周は即答した。麗清は思わず噴き出さずにはいられなかった。

「私が中国を愛しているですって！　誰にそんな与太話を吹き込まれたの」

「誰でもない、あなたが創り上げた映画が、我々にそう感じさせたんです。さらに、アメリカでは日の目を見なかった『天安門』のプロットにも、あなたがいかに祖国を愛しているかが滲み出ていました」

語るに落ちた、と思った。政府は無論の事、中国の映画関係者にも『天安門』のプロットは見せていない。だが、母には一部コピーを渡して意見を聞いたことがあった。一気に希望がしぼんでいった。

「黒幕は誰？」

「何の話です？」

「黒幕がいるでしょ。あなたをよこして、こんな贅沢な待遇をしていいと言った黒幕が」

周が初めて言い淀んだ。彼は唇を舐めて、気を取り直したように肩をすくめた。

「そんな人はいません」

「嘘、私の母でしょ？」

「お母様？」

「潘慶、外交部オリンピック対策委員会副委員長を、知らないとは言わせないわよ」

「あなたが潘副委員長のお嬢様だったとは存じませんでした」

不快を表すために、麗清は露骨に鼻を鳴らした。

「嘘が下手ね」

「嘘ではありません。私はアメリカ暮らしが長くて、三カ月前に北京に戻ったばかりです。そういう事情に疎いんです」

「誰に『天安門』のプロットを見せてもらったの。中国であのプロットを持っているのは母だけよ」

　麗清は身を乗り出して、落ち着きをなくした周を睨み付けた。

「それは申し上げられません。ただ、神に誓って潘副委員長ではありません」

「中国に神なんていないわ。黒幕が誰か言えないなら、この話はなかったことにしましょう」

　麗清は怒りに任せて立ち上がった。バカなことをしているという自覚はあった。誰が黒幕だろうと喜んで受ければいい。そうすれば自分には新しい道が開けるのだ。だがテッドと別れて以来、胸の底に溜まりに溜まった鬱憤を抑えることができなかった。

「李明恵です」

　部屋を出ようとした彼女の足を、周とは違う声が止めた。

「おい、あんた」

　周が男に食ってかかろうとしたが、壁際に座っていた初老の男は動じることなく立ち上がって一礼した。

「周部長はお立場がありますので、私が一存でお話ししたことにしてください。あなたを五輪公式記録映画の総監督に強く推薦されたのは、小説家の李明恵先生です」

　思いもよらぬ名前が飛び出してきて、麗清はたじろいだ。

「なぜ、明恵なの」

「李先生も、五輪公式記録映画推進会議のメンバーのお一人です」

そう言えば先日、断り切れなくて五輪のＰＲの手伝いをやる羽目になったと明恵からメールがあった。

男は、一呼吸置いて続けた。

「実は、公式記録映画の総監督選びは、大変難航しております。楊先生がおっしゃった通り、多くの世界的巨匠が候補に挙がりましたが、いずれも実現しませんでした。そんな時、李先生が、あなた様を強く推されたのです」

周は諦め顔で頷いた。

カンヌのカメラドール受賞後の記者会見で、フランス人記者の意地悪な質問を切り返してくれたのも、明恵だった。確かに、彼女にも『天安門』のプロットを送っていた。多くの友人知人が難色を示す中で、ただ一人手放しでプロットを褒めてくれた。それだけでなく、「私に何ができるか分からないけど、パリの知り合いたちに聞いてみる」とまで言ってくれた。

「李先生は、あなたこそが公式記録映画の総監督に最も相応しいと何度も繰り返しおっしゃっています」

周が落ち着きを取り戻して口を開くと、初老の男は再び壁際の椅子に腰を下ろして気配を消してしまった。

「どういう意味？」

「今回の記録映画は、単にオリンピックを記録するのではない。国際社会に仲間入りしようと必死に踠《もが》きあがく中国の姿を、過不足なく後世に残す責任を負っていると。そのためには、妙な技巧や主観的な演出を好む他の監督たちではダメだと。目の前で起きている現実から目を背けず、むしろその現実の中から真実を浮かび上がらせようとする楊麗清監督以外に、この大役を果たせる人はいない、とおっしゃっていました」

言ってくれるじゃない、明恵。

麗清は胸が熱くなるのを堪《こら》えて、もう一度席に戻った。

「ここから先は、食事をしながらにしてくれないかしら。私、おなかがすいたわ」

5

二〇〇七年六月／神戸

その日の神戸は、朝から雨が降りしきっていた。だが田嶋には不快な湿気すら懐かしかった。

半年ぶりの帰国だが、紅陽核電に納品する原子炉などの部品チェックで休む間もなかった。そのうえ核電幹部がＤＨＩ（大亜重工業）の工場視察で来日しており、田嶋はその引率まで引き受けていた。

視察団は、紅陽核電の建設に携わるＤＰＧの技術責任者や、建設事務所の幹部、それに発注主である中国核電開発のエンジニアたちだった。一行は、原子炉容器などを製造する大型機器工場にいた。

神戸市兵庫区沿岸部に七〇万平方メートルという広大な敷地を有するＤＨＩ神戸製作所には、原発機器製造を行う最新鋭工場が並んでいた。高さ四〇メートルもある巨大工場は世界にも類のない規模で、一五〇万キロワット超級の原発を余裕で製造できる環境を誇っていた。また、特殊鋼を用いた巨大機器をミクロの精度で仕上げる複合工作機の〝スーパーミラー〟や、世界最高の品質を生み出すために開発された各種加工機械を完備していた。

視察団のメンバーは最先端の工場システムに目を見張り、技術的なことについて次々と質問していた。

「ほんま、あんな無茶な工程にもかかわらず、ええ出来や。中国政府から勲章の一つでももらわんと割に合わんわ」

田嶋と一緒に器機の最終チェックに立ち会っていた門田次朗が、視察団に目を遣りながら減らず口を叩いた。彼は今年の四月に、出向先のＤＥＣ（大亜エンジニアリング）から本社に戻り、原子力推進室長に就いていた。

田嶋はそれを聞き流し、梱包が始まった〝子供たち〟の様子を食い入るように見つめた。

「設計上の問題はなかったのか」

「経験のない連中が造ったレベルとしては、ようでけとる。五〇カ所ぐらいは微調整させてもろたけどな」

中国核電設計公司の技師たちが製作した設計書を褒められて、田嶋はなぜか嬉しかった。

「じゃあ、問題なしだな」

「当たり前やろ。けどな、問題はこっからや。これを船に乗せて大事に大連まで運んだ後、箱入り娘のままで、機嫌良く運開させられるかどうかやな」

門田自身も同行し、輸送期間中の管理から紅陽核電現地での設置、運開まで、技術指導顧問として陣頭指揮を執ることになっていた。

「頼りにしてるよ、推進室長」

田嶋は労をねぎらうように、同胞の肩を叩いた。紅陽核電とＤＰＧが次々と繰り出す無理難題とトラブルを乗り越え、ようやくここまでこぎ着けられたのは、日本で頑張ってくれた門田の尽力の賜《たまもの》だ。

また、皮肉な〝事件〟も紅陽核電には幸いした。昨年から、世界最大の原発エンジニアリング会社WC（ウィルバー・コム）の親会社が、同社の売却を発表。原発メーカー数社による熾烈な買収合戦の末、それまでWCと業務関係がほとんどなかった日本の原発メーカーに競り負けてしまった。

WCは、PWR（加圧水型原子炉）の旗艦社であり、DHIの機器はすべてWCと二人三脚で生み出されてきた。それをあろうことかBWR（沸騰水型原子炉）を製作していたメーカーに掠《かす》め取られてしまったのだ。この一報に世界中の電力会社が騒然としたが、逆にDHIは今後、独自で総合原発メーカーを目指す方針を打ち出した。既に社内でも独自性の確立が叫ばれていただけに、良いタイミングと言えた。

いわば悲願の実現が思わぬ形で転がり込んできたDHIは、紅陽核電運開を最初のミッションに選んだ。八分の力で仕事することをよしとするのどかな社風は一変し、目の色を変えて紅陽核電の機器製造に取り組むことになったのだ。

視察団が蒸気発生器工場に移動を始めた時、門田が耳元で囁《ささや》いた。

「田嶋、ちょっと話がある」

門田の意味ありげな素振りには、嫌な既視感があった。最近こうやって近づいてきた者は皆、ろくな話をしなかった。

「何だ、急ぎの話か」

努めて明るく訊ねた田嶋の方を見ようともせずに、門田は視察団から離れるように歩き始めた。

雨脚が強くなり、当分は止む気配がなかった。彼は待機させていたらしいワンボックスカーに田嶋を押し込んだ。

「何だ、やけに手回しがいいな」

不安を隠しきれずに田嶋が口を開いた。車はすぐに動き始めた。

「おまえさんが先月、我々に送ってよこした紅陽原発の事故シミュレーションは、かなりショックやった」

雨に濡れた頭をタオルで拭いながら、門田は続けた。

「今の時代にゴフマンモデルなんぞ使うところに、ＩＡＥＡの悪意を感じるけどな」

「だが、そのリスクは、おまえさんたちの努力で解消されたんだろう。紅陽核電内でも、様々な勉強会や再検証作業が続いている。あんな悲惨な事故は起きんよ」

田嶋は自分に言い聞かせるように返した。

「だと、ええんやがな」

こちらを向いた門田の目に複雑な感情がこもっていた。雨を弾《はじ》くワイパーの音がやけに大きく聞こえた。

何事にも強気の門田が、こんな表情を浮かべるほど、とんでもない話がこれから始まるというのか……。

「おい、脅かしっこなしだ」

無理に平静を装った田嶋だったが、顔は強《こわ》ばったままだった。

車は広い敷地内を疾走し、DEC社屋の前で停《と》まった。田嶋は覚悟を決めて、車を降りた。

案内されたのは、設計書の検討などに使うデザインビュールームだった。

この間のウィーンと同じだ。IAEAの再現が、これから始まるのだろうか――。

「まあ、そんな嫌な顔すんな。別にとって食おうってわけやない」

意外に神経の細かい門田が、気遣うようにドアを開けた。

数人の先客がいた。DEC社長遠山康明や、土木部長の湯《ゆ》浅望《あさのぞむ》の顔もあった。湯浅は、原発プラント建設を得意とする大手ゼネコンの清成建設からスカウトされて来た人物だ。他にも社外の人間が四人揃っていた。その内の一人が懐かしそうに近づいてきた。

「ご無沙汰しています。伺ってますよ、中国でのご活躍ぶり」

清成建設原発部長の荒瀬《あらせ》道隆《みちたか》だった。

「こちらこそ。お元気ですか」

田嶋は両手で荒瀬の手を握り締めて応じた。

「元気だけが取り柄だからね。もっとも最近、国内原発は新規がないんで、今は、新しい耐震基準対策の工事を主にやってます」

原子力安全委員会は二〇〇六年、耐震設計審査指針を見直した。そのため、日本にある五五基の原発全てで、補強工事が始まっていた。

「ウチの耐震構造設計の第一人者の芳村君だ」

荒瀬の紹介で、研究者らしい華奢な男が立ち上がり会釈した。

「で、こちらのお二人は神戸大学の土木工学の教授《せんせい》で、戸塚宗一《とつかそういち》教授と助手の方」

大型プラントや高層ビルにおける耐震構造の権威だった。長い白髪をかき上げて会釈した戸塚教授と名刺交換しながら、田嶋は会の趣旨を理解した。

紅陽核電の耐震構造に、何か問題があるのだ……。

「さて、話は他でもない。我らが紅陽原発について、ちょっと気になることがあると湯浅君から相談されてね。それで荒瀬部長を通じて、戸塚教授にご相談したわけだ」

不機嫌を隠そうともせずに、遠山が話を切り出した。続いて湯浅が立ち上がった。

「設計図によりますと、紅陽核電は震度六強に耐えるだけの杭打ちが施工されているはずです」

　スクリーンに核電の図面が浮かび上がった。

「しかし、その形跡がありません」

「形跡がないとはどういうことです？」

　言いがかりをつけられたような気分で、田嶋はスクリーンを睨みながら問い質《ただ》した。

「田嶋さんから工事の記録を精査するよう指示されて、もう一度文書を当たった結果、判明したんです」

　湯浅は淡々とした口調で報告を続けた。

「まず、あの一帯の地質調査データが、非常に杜撰《ずさん》でした。実は偶然、別の研究チームが同地域の記録を手に入れたのですが、核電側から提出されたものとは随分違います」

　肩に重圧を感じながら、田嶋は二つの研究データを見比べた。明らかに問題があった。

「紅陽核電一帯は地表付近は硬い花崗岩なのですが、地下約三〇メートルの場所に泥炭層があります。戸塚先生のご意見では、泥炭層の下層にある花崗岩にまで杭を打たなければ、震度六強には耐えられないそうです」

　湯浅の説明を、スクリーンに現れたCGが明快に示していた。泥炭層の下にある花崗岩層の深度は、地下五〇メートル強。だが、紅陽核電は地下三〇メートル部分までしか杭打ちされていない。

「硬い岩の間にプリンが挟まっているようなもんや。いくら岩盤にしっかり杭打ちしても、下にプリンがあったら危のうてしゃあない」

門田がプリンを引き合いに出したのは彼独特のジョークなのだろうが、笑う者は誰もいなかった。

「さらにもう一つ、地形的に問題点があります」

今度は戸塚教授が立ち上がった。スクリーンが切り替わり、紅陽核電用地周辺の地形の立体図が出た。

「建物が受ける地震動の大きさは、ガルという単位で示されるのが一般的です。ガルとは地震動の大きさを加速度で表したものです」

一般の人にでも分かるように工夫したのだろう、地面の上に立つビルや構造物のアニメーションが画面上に現れた。

「一ガルとは、一秒間に秒速一センチ加速するという意味です」

アニメーションでは地面の揺れに続いて建物も揺れた。その揺れている部分がガルになる。

「問題は、加速する際に感じる衝撃です」

戸塚教授は、田嶋が理解するのを確かめるように言葉を切った。

「たとえば、通常震度六強だと八三〇～一五〇〇ガル程度だと言われています。仮に一〇〇〇ガルだとすると、一秒間に一〇メートルも動くような加速度を感じるわけです。これはかなりの衝撃です」

一〇〇〇ガルの威力をクルマを例に解説するアニメーションに切り替わった。

「ビルが、スーパーカーよろしく一秒間で一〇メートル分も振幅するような動きをした場合を想像してください。つまり急発進時の衝撃ですね」

田嶋は椅子の背もたれに、強く押しつけられるような圧迫感を感じた。

「一〇〇〇ガルというのは、それほどとてつもない衝撃だというのをご理解ください。原発でもかなりのダメージを受けることになります」

「それで一体、何が言いたいんです！」と叫び出したくなるのを堪《こら》えて彼は、戸塚教授が本題に入るのを待った。

「さて、問題となる紅陽核電ですが、背後に山があり、その麓《ふもと》を切り開いたように用地が造成されています。こういう場所では、局地的に大きな揺れが起きる可能性が高いと考えられます。実際、日本で起きたマグニチュード5程度の地震で、一〇〇〇ガルを観測した場所がありましたが、紅陽核電用地の地形も酷似しています」

「おまけに、プリンサンドの地盤ときてるからな」

門田の指摘に戸塚教授も大きく頷いた。

「正直申し上げて、相当強固な耐震構造が必要だということは、お分かりいただけると思います」

紅陽核電には、その配慮がないということか。

「驚くのはまだ早いで。お前言うてたやろ。中国の連中は皆、中国で大震災は起きへんから、日本のような厳しい耐震構造はいらへんと口を揃えて主張しよると。けど、どうもちゃうみたいやぞ」

門田の不穏な言葉に、田嶋はさらに驚いた。

「中国には地震がない、あるいは少ないというのは、残念ながら大きな間違いです。それどころか、中国は世界有数の地震多発地帯なんです」

スクリーンに、地震多発地帯・中国を示すデータが並んだ。全世界の直下型地震件数の約三分の一は中国国内で発生。事実、中国ではマグニチュード8以上の巨大地震が一〇〜一五年に一度、マグニチュード7〜7・9の大地震が三年に二度の割合で発生している。

「火力発電プラント工事に携わっていた日本人技師三人が命を落とした一九七六年七月の唐山地震は有名ですが、この時には市内の九〇%が壊滅し、少なくとも二四万人が死亡したと言われています」

田嶋の胃が痛み、気分が悪くなってきた。戸塚は容赦なく続けた。

「原発予定地である紅陽市周辺は、二つの大きな地震地帯があります。一つは、唐山地震や、七五年にマグニチュード7という大地震が発生した海城県を通る燕山―渤海地震帯が遼東半島の西側を通っています。おまけにすぐそばにはもう一つ、営口―郯城―廬江地震帯もあります」

スクリーンに映し出された中国大陸には、沿海部、内陸部を問わず龍が寝そべるかのように地震帯がうねっていた。田嶋は核電近くに横たわる二匹の〝龍〟から目が離せなかった。

「地震帯の真上っちゅうわけやないけど、かなり危険やな」

「実は、大連市郊外の原発は当初、遼東半島の西岸に計画されていたんだ。それを思うと背筋が寒くなる」

田嶋の発言に、出席者から呻《うめ》き声が漏れた。

「それは地震帯を避けたためですか」

湯浅が訊ねた。

「いや、単なる利権争いだ。例のＤＰＧが強引に最初の案をひっくり返して、現在の場所に持ってきた」

「あほちゃうんか」

あの国にいたら、毎日「あほちゃうんか」と叫びたくなるよ、門田。

田嶋は口にはできない言葉を、目で伝えるように盟友を見た。

「さらに、あと三つ厄介なことがあるんです」

教授の口から次々と飛び出す驚愕の事実に戦《おのの》きながら、田嶋は固唾《かたず》を呑んで話の続きを待った。

「一つは、彼らが地震予知に絶対的な自信を持っていることです。地震が起きる前には安全な措置がとれると主張しています」

「けど、原発はそうはいかんなあ」

門田の言う通りだった。

「もう一つ、矛盾した問題ですが、中国では古《いにしえ》から、大地震は政治に対する天の警告であるという考えがあります。実は唐山地震の際も国家地震局は、かなりの精度で大地震を予測していました。ところが、当時は周恩来元首相が亡くなった直後で、鄧小平は追放され、毛沢東も死に体に近い状況にありました。さらに被災地である唐山が、北京市からそう遠くないのも災いし、政府上層部はこの情報を握り潰したという説もあります」

北京五輪前だからといって、現政権がそんな愚行を犯すまいと田嶋は信じたかった。だが、地震予測を理由に五輪時の運開を中止する勇気が現場の人間にあるだろうかと考えると、それも疑問だった。

「三つ目は、何です」

田嶋は自棄《やけ》になって、先を促した。

「中国の大地震は、直下型が多い点です。原発は直下型地震に一番弱い。先ほど説明したガルが強くなる可能性が高いからです。その上、紅陽原発沿いを通る燕山―渤海地震帯は、東西や南北への遷移が観測されています」

「地面の下の龍が勝手に移動して地震を起こしよる、そういうこっちゃ」

しばらくの間、室内には、重苦しい沈黙が流れていた。自分が口火を切らなければならないと感じて田嶋は全員に訊ねた。

「それで、私にどうしろと」

「今からでも遅ないから、あそこで原発造るのはやめにすべきや」

「門田君、無茶を言うのもその辺にしておきたまえ。なあ、田嶋君。既に我々は、後に引けないところまできている。ならば、このまま進むしかない」

田嶋とは別の意図を持って紅陽原発運開に情熱を注いでいる遠山は、あっさりと言い放った。田嶋は否定したかったが、もはや後戻りできないことは彼自身が一番知っている。

「大変だが、もう一汗かいて、面子《メンツ》で凝り固まった連中に、基礎工事の補強を進言してくれないかね」

前門の虎、後門の狼のみならず、どうやら俺の足下では龍まで暴れ始めたようだ……。

日に日に増大する重圧にうんざりしながら、田嶋は龍が蠢《うごめ》く中国大陸の地図を睨んでいた。

（下巻につづく）

この作品は二〇〇八年七月東洋経済新報社より
刊行されたものに修正をしたものです。

ベイジン(上)

真山仁《まやまじん》

平成22年4月10日　初版発行

発行人——石原正康
編集人——永島賞二
発行所——株式会社幻冬舎
〒151-0051東京都渋谷区千駄ヶ谷4-9-7
電話　03(5411)6222(営業)
　　　03(5411)6211(編集)
振替00120-8-767643
印刷・製本—図書印刷株式会社
装丁者——高橋雅之

幻冬舎文庫

ISBN978-4-344-41468-6　C0193　ま-18-1